クライブ・カッスラー/著
中山善之/訳

タイタニックを引き揚げろ(上)

Raise the Titanic!

扶桑社ミステリー
1548

Japanese translation published by arrangement with
Peter Lampack Agency, Inc.
350 Fifth Avenue, Suite 5300, New York, NY 10118 USA,
through Tuttle Mori Agency, Inc., Tokyo

タイタニックを引き揚げろ（上）

登場人物

ダーク・ピット	国立海中海洋機関《NUMA》の特殊任務責任者
ジェームズ・サンデッカー	NUMA長官
メル・ドナー	メタ・セクションのメンバー
ジーン・シーグラム	同上
ダナ・シーグラム	ジーンの妻、NUMAの研究者
ジョージフ・ケンパー	ペンタゴン海軍作戦部長
シド・コプリン	科学者
アル・ジョルディーノ	NUMAの特殊任務次長
ルディ・ガン	〈サッフォー〉指揮官
ベン・ドラマー	サルベージ隊員
ヘンリー・ムンク	同上
ジョン・ビガロー	〈タイタニック〉の元船員
J・H・ブルースター	鉱山技師
アンドレー・プレフロフ	ソ連情報将校
パーベル・マーガニン	プレフロフの副官
ボリス・スローユク	ソ連海軍情報部長官

プレリュード

一九一二年四月

A甲板《かんぱん》、特別室三三号の客は、狭い寝台のなかで、顔に汗を浮かべ、悪夢の深みをさまよいながら、寝苦しそうに寝返りをうっていた。小柄な男で、身長は五フィート二インチそこそこだった。白髪はうすく、やさしい顔だちをしていた。ただ、太く黒い眉《まゆ》に人を威圧するものがあった。両手は胸の上でからみ合い、指はせわしなくひきつっていた。彼は五十代に見えた。彼の肌は、歩道のコンクリートのような色と肌理《きめ》をしていた。目の下の皺《しわ》は、深く刻まれていた。だが彼は、十日後にやっと三十四歳の誕生日を迎えるのだった。

過去五カ月間の肉体の酷使と精神的な苦悩のために疲れ果てた彼は、狂気の瀬戸際にあった。起きているとき、彼の心は時間と現実から完全に遊離して、虚《うつ》ろにさまよい歩いた。彼は自分のいる場所と日付を、絶えず思い出さねばならなかった。彼は気が狂いつつあった。ゆっくりと、しかし、回復の見込みのない気の狂い。一番悪いことに、彼は自分でそのことを自覚していた。

彼はまばたきしながら目を開けると、特別室の天井の止まっている扇風機に目をそそいだ。彼は両手で、顔をまさぐった。この二週間剃《そ》っていない顎《あご》ひげが、手にふれた。自分の服はあらためて見るまでもなかった。神経性の汗で汚れ、皺になり、しみになっていることを、彼は知っていた。この船に乗船してから風呂に入り、着替えるべきだったのだが、彼はベッドに横になり、ほぼ三日間、ときおり目をさますだけで、悪夢にとりつかれながら眠って過ごした。

日曜日の宵も遅くなっていた。船がニューヨークの波止場に入るのは、五十時間ちょっと後の、水曜日の早朝になる予定だった。

もう安全なのだ、と彼は自分に言いきかせようとした。しかし彼の頭は、あんなに多くの人命を犠牲にして得たかけがえのないものが完全に保管されているのに、その考えをしりぞけた。彼は何回となく、チョッキのポケットに入っている塊《かたまり》にさわった。鍵《かぎ》がちゃんとあることを確かめて満足すると、汗で光っている額を片手でこすり、また目を閉じた。

どれくらいまどろんだのか、見当がつかなかった。彼はなにかにぎくっとして目をさました。大きな音でも激しい揺れでもなかった。マットレスから伝わってくる震動と、右舷《うげん》にある彼の特別室のはるか下のほうから聞こえる、奇妙なきしるような物音のように思えた。彼はからだを硬くして上半身を起こし、脚を床に投げ出した。二、三分たった。震動が止まった異様な静けさを、彼は感じた。そのとき、朦朧《もうろう》とした彼の頭にも、理由がのみこめた。エンジンが止まったのだ。彼は耳をそばだててすわっていた。しかし聞こえてくるのは、乗客係たちが通路で交わしている罪のない冗談と、隣り合っている船室から伝わってくる、とらえどころのない話し声だけだった。

彼は、総毛立つような不安の予感に包まれた。ほかの乗客たちはエンジンが止まったことなどあっさり無視して、早々と眠りにもどったかもしれないが、精神障害の一歩手前にいた彼の五感は休みなく目覚めており、あらゆる印象を拡大してとらえた。三日間、飲み食いせずに、この五カ月間の恐怖を追体験しながら船室に閉じこもっていたために、急激に崩壊しつつあった彼の精神の背後で燃えたっている狂気の炎は、かえってあおられる結果になっていた。

彼はドアを開け、おぼつかない足取りで通路を進み、大階段のほうへ歩いて行った。乗客は、談笑しながらラウンジからそれぞれの特別室へ向かっていた。彼は階段中央の踊り場に置かれてある、両側に浅浮彫の人間の姿を配した華麗な青銅製の柱時計に目を止めた。金色の針が十一時五十一分をさしていた。

階段下の照明用の豪奢《ごうしゃ》な支柱にそって立っていた乗客係が、さげすみの色をあらわに、彼を見上げた。色彩豊かな東洋の絨緞《じゅうたん》の上を、夜会用の優雅な正装をまとった乗客が散策している一等船客用の設備のなかに、こんなみすぼらしいなりの人間が迷いこんで来たのを見て、はた迷惑に思ったのだ。

「エンジンが……エンジンが止まってしまった」と彼はくぐもり声で言った。

「たぶん、ちょっとした調整のためでしょう」と乗客係は答えた。「なにしろ処女航海に出た新造船ですから。手当てを必要とする二、三の故障はありがちなのです。ご心配にはおよびません。ご承知のように、この船は不沈船ですから」

「この船が鋼鉄でできているのなら、沈むことだってありえる」彼は充血した目をこすった。「外へ出て、見てみるとしよう」

乗客係は首を振った。「おすすめできかねます、お客様。外はおそろしく寒いですよ」

皺だらけの服を着た乗客は、肩をすくめた。彼は寒さにはなれっこだった。向きを変えると、階段を登り、ボート・デッキの右側に通ずるドアを通り抜けた。彼は無数の針を突き立てられでもしたかのように、あえいだ。特別室の暖かさのなかで、三日間、横になっていた後だったので、零下一度に近い寒さがひどくこたえた。春のそよ風の気配など、薬にしたくてもなかった。一点の雲もとどめぬ大空から、刺すような、微動だにしない寒気が、屍衣《しい》のように垂れこめていた。

彼は手すりに近づき、上着の襟を立てて、身を乗り出した。庭の池のように静かな、黒い海しか見えなかった。つぎに彼は、前後に目をやった。一等喫煙室の張り出した屋根から高級船員の居室の前方に位置している操舵室《そうだ》にいたるボート・デッキには、まったく人影がなかった。黒と黄色に塗り分けられた巨大な四本の煙突のうち、前方の三本から煙がゆっくりとたなびいているだけだった。ラウンジと読書室の窓から明るい光が洩《も》れ出ていたが、人気《ひとけ》はなかった。

巨大な船がゆっくりと進行速度を失い、果てしない星づく夜の下で漂いはじめると、船体ぞいの白い泡は黒い海水のなかに消えていった。事務長が高級船員食堂から出て来て、舷側《げんそく》からからだを伸ばして海面をのぞきこんだ。

「なぜ、止まったのです?」

「なにかにぶつかったのです」事務長は振り向かずに答えた。

「ひどいんですか?」

「それほどでもないようです。万一、浸水が起こっても、ポンプで処理できるはずです」

だしぬけに、耳をつんざくような大きな音が、八本の外部通風筒からとどろいた。それはデンバーとリオ・グランデを結ぶ機関車が一〇〇輛《りよう》一緒にトンネルを走り抜けたような轟音《ごうおん》だった。彼は耳を両手でふさいだが、それでも原因には思い当たった。長年、機械とつき合ってきたので、往復機関が停止しているために生じた余分な蒸気が、側管バルブから噴き出していることがわかった。ものすごいとどろきのために、事務長と話せなかった。彼は向きを変えた。彼はボート・デッキにやって来るほかの乗組員を見つめた。彼らは救命ボートの艤装《ぎそう》を解き、ボートを上げ下げするための鉄柱に結びつけてあるロープをほどきはじめた。それを見て、彼は身のすくむような不安に襲われた。

彼はそこに一時間近く、立ちつくしていた。その間に、通風筒から飛び出してくる耳を聾《ろう》する轟音は、夜のしじまのなかへゆっくりと消えていった。彼は寒さを忘れ、手すりを握りしめていた。小人数からなる乗客のいくつものグループが、一種異様な静まり返った混乱に陥り、ボート・デッキをうろつきはじめたことに、彼はほとんど気づかなかった。

下級船員の一人が通りかかった。彼は二十代前半の若者だった。その顔は、イギリス人に典型的な乳白色だった。それに彼は、いかにもイギリス人らしいそっけない表情をしていた。彼は手すりの男に近づき、肩を軽く叩《たた》いた。

「失礼ですが、お客様。救命胴衣を着けてください」

相手はゆっくり振り向いて、見すえた。「沈むんですか、どうなんです?」男はかすれ声できいた。

船員は一瞬、躊躇《ちゅうちょ》したが、うなずいた。

「海水の浸水に、ポンプがおいつけないのです」

「どれくらい、もつんです」

「なんとも言いかねます。あと一時間くらいはもつでしょう、機関室に水が入らなければ」

「なにが起こったのです？　近くに船は一隻《せき》もいない。なににぶつかったんです？」

「氷山。船体が切り裂かれたのです。まったくついていませんよ」

男は船員の腕を強く握りしめた。若者はたじろいだ。

「私は貨物艙《かもつそう》へ行かなければならない」

「とうてい行けはしませんよ、お客様。F甲板の郵便室は水があふれています。荷物はもう、貨物艙のなかで浮いていることでしょう」

「あそこへ、案内してもらいましょう」

船員は腕を振りほどこうとした。しかし、まるで万力《まんりき》でおさえられているようだった。

「不可能です！　私は右舷の救命ボートの手配を命ぜられているのです」

「ほかの船員がボートに乗せるさ」と乗客は平然と言った。「君は貨物艙へ私を案内するのだ」

そのとき船員は、二つのことにぎくりとした。一つは、乗客の顔に浮かんだ、歪《ゆが》んだ狂気の表情。もう一つは、腰に押し当てられた銃口だった。

「言われたとおりにしろ」と相手は怒気をはらんだ声で言った。「長生きしたいんだろう」

船員は唖然《あぜん》としてピストルを見つめ、それから、やおら顔を上げた。不意に彼は、どうともなれと思った。言い争う気にも、さからう気にもならなかった。充血した目が、狂気の深みから燃えたっている目が、彼の目を見すえていた。

「やってみるだけですよ」

「では、やるんだ！」と乗客は鋭く言った。「汚ない真似《まね》はするんじゃないぞ。おまえさんのうしろにずっと離れずにいるのだから。馬鹿《ばか》なことをしたら、おまえさんの背骨のつけ根を二つに撃ち砕いてやる」

男は慎重を期してピストルを上着のポケットに滑りこませると、銃口を船員の背中に押し当てた。ボート・デッキで押し合いへし合いしながらうごめいている人の間を、彼らはなんなく進んで行った。いまや船内の様相は一変していた。笑い声一つするでなく、陽気な雰囲気もなく、身分の差もなかった。富める者も貧しい者も、一様の不安にとらわれていた。微笑を浮かべ、話しかけているのは、ぞっとするほど白い救命胴衣を手渡している乗客係たちだけだった。

遭難を知らせる信号弾が、大空に打ち上げられたが、いっさいを塗りこめる暗闇《くらやみ》のもとでは、小さく、虚しく見えた。白く飛び散る信号弾の閃光《せんこう》は、運命の決したこの船に乗り合わせた者の目にしか映らなかった。それは、悲痛な別れの、この世のものとも思えぬ背景をなしていた。連れの女性や子どもをやさしく救命ボートに乗せる男たちは、その閃光にしいて希望の輝きを目に浮かべた。この情景の恐ろしいまでの非現実性は、同船の八人編成のバンドが、楽器に青白い救命胴衣といった不釣り合いな姿でボート・デッキに集まるとともに強まった。彼らは、アービング・バーリンの「アレキサンダーズ・ラグタイム・バンド」の演奏をはじめた。

ピストルを押しつけられた船員は、救命ボートをめざして押し寄せる乗客の波にさからい、かき分けながら大階段をおりた。船首のわずかな傾きが、ひどくなった。階段をおりて行く彼らの足は、バランスを失った。B甲板で彼らはエレベーターを確保し、D甲板へおりて行った。

若い船員は、避けがたい死からいっそう逃れがたい状態に自分を情容赦なく突き落とした相手の気持ちをはかりかねて、振り向くと、まじまじと見つめた。唇は固く閉じられており、目はぼんやりと遠くを見つめていた。乗客は目を上げた。そして、船員が自分を見つめているのに気づいた。長い間、二人は見つめ合った。

「心配は無用だ……」

「ビガローです、お客様」

「心配は無用だ、ビガロー。君は船が沈む前に脱出できるさ」

「貨物艙のどこへ行きたいのです？」

「G甲板の第一貨物室にあるこの船の金庫室だ」

「G甲板は、もう水につかっているにちがいありません」

「行ってみなければ分かるまい、そうだろう？」エレベーターのドアが開くと、乗客は上着のポケットのピストルで命令した。彼らは外へ出ると、人ごみをぬって進んだ。

ビガローは救命胴衣を脱ぎ捨てると、E甲板につながる階段へ駆け寄った。そこで足を止めて、彼は下を見た。海水がゆっくりと、しかし着実に階段をせり上がってきていた。冷たい緑色の水の下で、明かりがまだいくつかともっていて、ものの怪《け》のような、歪んだ光を放っていた。

「駄目です。ご覧のとおりです」

「別の道はないのか？」

「防水ドアは、衝突の直後に閉められました。脱出用の梯子《はしご》を使っておりられるかもしれません」

「じゃ、進むのだ」

彼らは回廊状になっている狭い幾筋もの廊下をへて、通路と梯子のトンネルからなる果てしない鋼鉄製の迷路を、急いで通り抜けた。ビガローは立ち止まり、丸いハッチのふたを持ち上げ、狭い開口部からなかをのぞきこんだ。驚いたことに、下の貨物艙の甲板をおおっている海水の深さは、二フィートほどだった。

「無理です」船員は嘘《うそ》を言った。「水でいっぱいです」

乗客は船員を荒々しくわきに押しのけ、自分の目で確かめた。

「この程度の水なら、おれの目的は果たせる」と彼はゆっくり言った。彼はピストルでハッチのほうをさした。「進むのだ」

二人は船の金庫室をめざして、海水に逆らって貨物艙のなかを進んだ。頭上には、まだ電燈が光を放っていた。甲板につながれたルノーの大きなタウン・カーの真鍮《しんちゅう》に、鈍い光が反射してきらめいていた。

氷のように冷たい水に手足がこごえ、二人は数度、つまずいてころんだ。酔っぱらいのようによろめきながら、彼らはやっと金庫室にたどり着いた。それは貨物室の中央にある立方体で、八フィート四方の箱だった。その四方の頑丈な側面は、厚さ一二インチのベルファスト製の鋼鉄でできていた。

乗客はチョッキのポケットから鍵を一つ取り出すと、鍵穴に差しこんだ。錠は新しく堅かったが、やがてカチッというはっきり聞きとれる音とともに開いた。彼は頑丈なドアを押し開けて、なかに入った。そして振り返ると、はじめて笑いを浮かべた。「力をかしてくれてありがとう、ビガロー。君は上部舷側へ行きたまえ。まだ間に合う」

ビガローは当惑の表情を浮かべた。「あなたは、ここにいるつもりですか？」

「そうとも、おれは残る。おれはすばらしい本物の男を八人、殺してしまったのだ。そのおれが、生きてるわけにはいかんのだ」淡々とした口調だったが、断固とした響きがあった。

「けりがついたんだ。なにもかも」

ビガローは語りかけようとしたが、言葉がどうしても出てこなかった。

乗客は分かったといわんばかりにうなずくと、ドアを引いて閉めにかかった。

「主《しゅ》よ、サウスビーの件を感謝します」と彼は言った。

つぎの瞬間、彼の姿は金庫の暗い内部に吸いこまれた。


ビガローは生き残った。

彼はわきたつ海水との競争に勝ち、ボート・デッキにかろうじてたどり着くと、舷側からからだをひるがえした。それから何秒とたたぬうちに、船は沈んだ。

巨大な遠洋定期船の船体が視界から没するとき、同夜の大凪《おおなぎ》のもとで船尾のマストの先にだらりと垂れ下がっていた白い星をあしらった赤い三角旗は、海面にふれた瞬間、墓場の上に広がっている凍《い》てつく海水のなかで、体温を奪われ、あるいは溺《おぼ》れて死にかかっている総数一五〇〇人にのぼる男女、それに子どもたちに、最後の敬礼を送りでもするかのように、突然、ひるがえった。

ビガローは、向こう見ずな本能にとらわれた。彼はすべるように通り過ぎる三角旗を腕を伸ばしてつかまえた。我に返り、自分の愚かな行為にともなう危険をあますところなくさとったときには、すでに彼は水の下に引きずりこまれていた。それでも彼は、かたくなに旗を握りしめ、離すまいとした。彼が海面から二〇フィート近くまで引きこまれたときに、ついに三角旗の索環が動索からちぎれ、旗は彼のものとなった。そこではじめて、彼は黒い海水のなかをもがいて、海面へ出ようとした。とこしえとも思える時をへて、ふたたび夜の大気のなかに頭を出した彼は、沈みゆく船のまきこむ力に、引きずりこまれずにすんだことを感謝した。

零下二度を下回る海水に、彼はすんでのところで命を落とすところだった。凍てつく海水のなかにあと十分もいたら、彼は間違いなくあの恐ろしい悲劇の犠牲者の仲間に加わっていたことだろう。

一本のロープが彼を救ってくれた。転覆したボートから垂れているロープに片手がふれた。彼はそれをつかむと、弱りつつある体力の最後の力を振り絞って凍りつきそうなからだをボートに引き上げ、ほかの三〇人と一緒に五体の感覚を奪う鋭い寒気の痛みに耐え、四時間後に、別の船に救助されたのだった。

命を落とした多くの人間のあわれをとどめる叫び声が、生き残った者の胸から消え去る日はあるまい。しかし、転覆し、なかば沈んだ救命ボートにしがみついているとき、ビガローは別の思いに心を奪われていた。それは、沈没した船の金庫室に、自らを永遠に閉じこめた奇妙な男のことだった。

彼は何者なんだろう?

彼が殺したといった八人の男たちとは何者なのか?

あの金庫室には、どんな秘密が隠されているのか?

ビガローは、こうした疑問に、その後七十六年間にわたって、いやそれどころか、息をひきとるほんの二、三時間前までとりつかれることになった。

1　シシリアン計画

一九八七年七月

1

大統領は頭のうしろで両手を組み、椅子《いす》をぐるっと回転させると、執務室の窓の外に見るともなく目をそそぎ、自分の運命を呪《のろ》った。彼はこれまで思ってもみなかったほど激しく、自分の任務を憎んでいた。彼は自分の任務から心のときめきが消え去ったその瞬間を知っていた。彼はベッドから起きるのをたいぎに思った朝に、それを知った。それがいつも、最初の症候なのだ。一日のはじまりに対する恐れ。

いずれにせよ、感謝されることのないいまいましい仕事に、なぜこんなに真剣に、しかも長期にわたって奮闘しなければならないのか、と彼は就任してから何度となく考えた。

代償は、胸が痛むほど高くついた。政治家として生き延びるために、彼は多くの友人を失ったし、結婚も破局に終わっていた。それに彼は、大統領就任の宣誓をすませるやいなや、発足したばかりの自分の行政府が、財務省のスキャンダル、南米での戦争、航空会社の全国的な規模のストライキ、さらにはホワイトハウスの主人なら誰彼の区別なく信頼しなくなってしまった議会の敵意に揺さぶられていることに気づいた。議会に対する彼の呪いはつのった。議会は彼が最近、二度にわたって行使した拒否権を無効にした。その知らせに、彼は釈然としなかった。

ありがたいことに、我慢のならない選挙に二度と苦しめられずにすむ。彼は自分が二期にわたって勝利を収めたことを、いまだに信じかねていた。彼は大統領に当選するための要諦《ようてい》とされている政界のタブーを、すべて犯していた。彼は離婚したやもめだったし、教会へも通ってはおらず、人前で葉巻をくゆらしたし、そのうえ、豊かな口ひげをたくわえていた。選挙運動の際には、対立候補を無視し、激しい口調の演説を有権者に叩きつけた。ところが、それが有権者にうけたのだった。

平均的なアメリカ人は、にっこり笑い、テレビカメラに愛想をふりまき、ありきたりなことを言い、報道関係者がひねりをきかせる余地もなく、隠された意味を探すまでもない文章を並べたててしたり顔の候補者にうんざりしていた。彼はたまたまその時流に乗ったのだった。

あと十八カ月で、彼の大統領としての二期目の任期は切れる。その日を楽しみに、彼は政務に精励した。彼の前任者は、カリフォルニア大学の評議会委員長のポストについた。アイゼンハワーはゲティスバーグにある農場に、ジョンソンはテキサスの牧場に引退した。大統領は微笑《ほほえ》んだ。老齢の政治家が田舎でひっそりと、なんていう生活は考えていなかった。彼は四〇フィートの二本マストの帆船に乗って、南太平洋に身を隠す計画をたてていた。その地で彼は、世界をさわがせているいまわしいあらゆる危機を無視して、ラムをすすり、鼻が平たく、風船のような胸をした、あたりをうろつく土地の娘たちをながめて暮らすのだ。彼は目を閉じた。その光景がまざまざと浮かびはじめようかというときに、副官がドアをすっと開け、話しかけた。

「失礼します、大統領。シーグラム氏とドナー氏がお待ちです」

大統領は椅子を回して机に向かうと、銀髪の濃い髪の毛を両手でかき上げた。「いいよ、二人をよこしてくれ」

彼の顔が余所目《よそめ》にも生気をおびた。ジーン・シーグラムとメル・ドナーは昼夜の別なくいつでもすぐに大統領に会えた。彼らはメタ・セクションの考課責任者だった。メタ・セクションは、完全な秘密裡《ひみつり》に、いくつかの研究プロジェクトに従事している科学者たちのグループで、前例を見ないこの一連のプロジェクトは、現在の科学技術を一挙に二、三十年分、前進させることを狙《ねら》いとしていた。

メタ・セクションは、大統領自身が考え出したものだった。彼は大統領に就任した最初の年に、この着想を得て、無限の秘密資金の使用を黙認すると同時に操作し、中核を形成する有能で献身的な人間の勧誘に自らあたり、小人数から成るグループをつくり上げた。彼はひそかにメタ・セクションをたいそう誇りにしていた。ＣＩＡも国家安全保障局（NSA）も、その存在をまったく知らなかった。

万に一つの成功の可能性しかない不可能な計画、現実離れした計画に技術と才能をなげうつ男たちのチームの後楯《うしろだて》になることを、彼はいつも夢見てきた。メタ・セクションは創設以来この五年間に、なんの成果も収めていなかったが、彼はまったく意に介していなかった。

彼らは形式ばった握手などせず、暖か味のこもった声をかけ合っただけだった。そしてシーグラムは、使い古した革製のブリーフケースの止め金をはずし、航空写真がたくさん納まっているフォルダーを取り出した。彼は写真を大統領の机の上に並べると、透明のおおいに丸印で囲んである数カ所の地域を指でさし示した。

「ノバヤゼムリヤの北側の島の山岳地帯です。この島は、ソ連本土の北に位置しています。私どもの衛星センサーからの情報を総合しますと、この地域に多少の可能性があるようです」

「なんたることだ！」と大統領は、静かにつぶやいた。「われわれがなにかを発見すると、きまってソビエトや手出しのできない地域にある」

彼は写真に一わたりざっと目を通すと、ドナーのほうを向いた。

「地球は広い。ほかに可能性を秘めた場所があって不思議はないと思うがね？」

ドナーは首を振った。「残念ながら、大統領、地質学者たちは、一九〇二年にアレクサンダー・ビーズリーがビザニウムの存在を発見して以来、ずっと探しつづけてきました。私たちの知るところでは、まとまった量が発見された例はありません」

「あの崩壊速度は、けたはずれなのです」とシーグラムが言った。「ビザニウムは地球上の大陸からずっと以前に姿を消してしまっており、ごくわずかに残っているにすぎません。私たちが集めたこの元素のなけなしの断片は、人工的に調合したわずかな分子から、時間をかけて取り出したものです」

「人工的な手段で、供給はできないのかね?」と大統領はきいた。

「できません、大統領」とシーグラムが答えた。「私たちが高エネルギーの加速機でかろうじてつくり出したもっとも寿命の長い分子でも、二分以内に崩壊しました」

大統領は椅子に深く腰をかけ、シーグラムを見つめた。

「君たちの計画を完成させるには、どれだけの量が必要なんだね?」

シーグラムはドナーを見やってから、大統領のほうを向いた。「もちろんご承知のように、大統領、私たちはまだ検討段階でして……」

「どれだけの量が必要なんだね?」と大統領は繰り返した。

「約八オンス、と私は考えております」

「なるほど」

「これは、理論をあますところなくテストするために必要な量にすぎません」とドナーがつけ加えた。「わが国の国境ぞいの戦略地点に、完全に使いものになる装置を設けるためには、さらに二〇〇オンス必要になることでしょう」

大統領は椅子に沈みこんだ。「では、この計画を破棄して、なにか別のことを考えるのだな」

シーグラムは背が高く、やせぎすの、もの静かな声の持ち主で、礼儀正しく、鼻が大きくて平らでなければ、頰《ほお》ひげをたくわえていないアブラハム・リンカーンと見違えるほどよく似ていた。

ドナーはシーグラムとちょうど正反対だった。彼は背が低く、背丈ほど横幅があるような印象を与えた。髪は小麦色で、瞳《ひとみ》は憂いをたたえている。彼の顔はいつも汗をかいているような感じを与えた。彼が口早に話しはじめた。

「シシリアン計画は、実現に近づいており、いまさら葬り去るわけにいきません。私は推進するよう、強くすすめます。私たちは目的のために邁進《まいしん》いたします。そして成功の暁《あかつき》には……そうですとも、大統領、その成果は並はずれたものです」

「提案に耳はかすよ」と大統領は静かに言った。

シーグラムは深く一つ息をすると、思い切って切り出した。「まず第一に、私たちは必要な施設の建設許可をいただきたいのです。第二には、必要な資金。そして第三には、国立海中海洋機関（NUMA）の援助です」

大統領はいぶかしげに、シーグラムを見つめた。「最初の二つの要請は理解できるが、NUMAがもつ意味が飲みこめない。どういう役割をするのかね？」

「私たちは練達の鉱物学者をノバヤゼムリヤ島にひそかに送りこまざるをえないでしょう。あの島は海に囲まれていますので、NUMAの海洋学の探検隊がそばにいてくれると、私たちの任務をおおい隠すのにうってつけなのです」

「試験を行い、組み立て、そして装置をすえつけるのに、どれくらい時間がかかる？」

ドナーは、ためらわずに答えた。「十六カ月と一週間」

「ビザニウムなしで、どれくらいまで進められるかな？」

「最終段階の直前まで」とドナーが答えた。

大統領は椅子の上でからだをうしろに引くと、大きな机にのっている置時計に目をそそいだ。彼はほぼまるまる一分間、なにも言わなかった。やおら彼は口を開いた。

「私が思うに、君たちは千万単位の金がかかる、なんの保障もなければ試験も行なっていない複雑なシステムの後楯をしろというのだね。しかも、肝心の元素は非友好国から盗むしかないので、作動しないシステムの」

シーグラムは、ブリーフケースをまさぐっていた。ドナーは、うなずくばかりだった。

「考えてもみてくれよ」と大統領は言葉をつづけた。「金にこまかい議会のリベラルな連中が、国の周辺に広がるそうした施設の迷路を調べ上げる気を起こしたとき、どう説明するんだね?」

「そこがこのシステムのよいところです」シーグラムは言った。「それは小さくて、コンパクトです。コンピューターによれば、小さな発電所程度の建物で、仕事をちゃんとやれることになっております。ソ連のスパイ衛星も、隣りに住んでいる農夫も、異様に思う気づかいはありません」

大統領は、顎をこすった。「一〇〇パーセント用意が整う前に、シシリアン計画に着手するのはどうしてだね?」

「私たちは賭《か》けているのです、大統領」とドナーが言った。「私たちは、これからの十六カ月間に、突破口を切り開いて研究所でビザニウムをつくれるか、それとも地球上のどこかに採掘可能な鉱床を見つけられるか賭けているのです」

「かりにそのために十年かかっても」とシーグラムは思わず口走ってしまった。「施設は整った状態で待っております。私たちの損失は、時間だけということになりましょう」

大統領は立ち上がった。「諸君、私は君たちのSF顔負けの計画に協力することにする。しかし、一つ条件がある。君たちに与える時間は、十八カ月と十日かっきりだ。そのとき、誰かはともかく、新しい人物が私の任務を引き継ぐ。したがって、君たちがそれまでにこのパトロンを喜ばす気があるならば、私になんらかの成果を見せてくれたまえ」

　机に向かい合っていた二人は、ほっとした。

　やがて、シーグラムが口を開いた。「感謝します、大統領。なんとかして、なんらかの方法で、私たちのチームはビザニウムの主鉱脈を見つけてみせます。ご信頼ください」

「よろしい。失礼させてもらうよ。ローズ・ガーデンで、米国愛国婦人会のふとっちょのおばあちゃんたちと写真を撮らないといけないので」大統領は手を差し伸べた。「幸運を祈る。それに忘れないでくれよ、隠密《おんみつ》作戦に失敗するな。アイゼンハワーのＵ２偵察活動の二の舞はごめんだからな。分かったな」

　シーグラムとドナーに答えるいとまも与えずに、大統領は向きを変えると、横のドアから出て行った。


　ドナーのシボレーは、ホワイトハウスの門を通り抜け、車の本流に合流すると、ポトマック橋を渡ってバージニア州に入った。彼は、大統領が考えを変え、使いの者に拒絶の返事を持たせて、自分たちを追わせているのではないかという不安から、バックミラーをのぞくのに恐れにも似た気持ちに襲われた。彼は窓をおろし、湿った夏の空気を吸いこんだ。

「うまくいった」とシーグラムは言った。「あのことは君も知っているだろう」

「私に言ったじゃありませんか。二週間前に、私たちが、ソ連領に男を一人、送りこんだのをもしも大統領が知っていたら、話はご破算になったろうね」

「まだそのおそれはある」シーグラムは一人つぶやいた。「まだそのおそれはある、NUMAがあの男を連れ出せなければ」

2

シド・コプリンは、自分の死を確信した。彼の目は閉じられていた。片腹の出血が、白い雪を赤く染めていった。意識が徐々にもどってきたとき、コプリンの頭のなかで一条の光が渦を描いた。彼は不意に吐き気に襲われ、抑えようもなくもどした。撃たれたのは一度だったろうか、それとも二度？　はっきりしなかった。

彼は目を開けると、四つん這《ば》いになった。頭は、圧搾《あっさく》ハンマーのようにがんがんと鳴り響いていた。彼は片手を頭に当て、頭のてっぺんの左側の凍結してしまった大きな傷口にふれてみた。頭は痛んだが、体表の感覚はまったくなかった。頭の痛みは、寒気に鈍っていた。しかし、肋骨《ろっこつ》のすぐ下の脇腹《わきばら》の焼けつくような苦しさは、いっこうに麻痺《まひ》しなかった。そこに、二発目の弾丸が当たったのだ。シロップのようにべっとりした血が、服の下を両方の太腿《ふともも》から脚へ伝っておりていくのを、彼は感じた。

自動小銃を一しきり発砲する音が、山にこだました。コプリンはあたりを見回した。目に映るのは、極地の激しい風にあおられて逆巻いている白い雪だけだった。凍てついた空気を、また銃声がつんざいた。音はわずか一〇〇ヤードのところでしている、と彼は見当をつけた。ソ連の巡視兵が、彼にまた命中するのをあてこんで、ブリザードのなかにむやみに発砲しているにちがいなかった。

いまや、逃げようなどという気持ちはなかった。これで一巻の終わりなのだ。スループ（一本マストの帆船）をつないできた入江にもどれないことを、彼はさとっていた。それに、全長二八フィートの小船を駆って外洋を五〇マイル横切り、待ち構えているアメリカの海洋学調査船と落ち合うことなど、この状態ではとうてい無理だった。

彼はまた雪のなかにからだを沈めた。出血のために弱ってしまい、彼はこれ以上、からだに無理を強いることはできなかった。ソ連兵に、なんとしても見つかってはならなかった。それがメタ・セクションとの取決めの一つだった。死ぬにしても、死体を見つけられてはならなかった。

苦しみに耐えながら、彼は雪をかき集めて自分のからだにかけはじめた。ほどなく彼は、ベドナヤ山の人跡まばらな斜面の白い小さな一つのこぶになり、たえず厚さをましていく氷の厚板の下に永久に葬られることになるのだ。

彼は一瞬、手を休めて、耳を澄ました。聞こえてくるのは、自分のあえぎ声と風の音だけだった。彼は耳に両手をそえ、さらに神経を集中した。うなりを生ずる風ごしに、犬の吠《ほ》え声が一声聞こえた。

「もう駄目だ」と彼は心の中で叫んだ。からだのぬくもりが残っているかぎり、あの犬の鋭敏な鼻が私の臭《にお》いをかぎつけるのは避けがたい。彼は敗北感にうちのめされた。仰《あお》向《む》けに寝て、自分の生命がじわじわとしみ出していくのを待つ以外になかった。

しかし、朦朧となって死んでいくにまかせてなるものか、という思いが胸の奥底でひらめいた。慈悲深い神様、私はソ連兵が捕まえに来るのを、ただ横になって待っているわけにまいりません、と彼は熱にうかされたように思いめぐらした。私は鉱物学の教師にすぎません。訓練を積んだ情報員ではないのです。私の精神と四十歳の肉体は、徹底的な尋問に耐えうる仕組みになっていません。もしも死なずにいたら、彼らはものの二、三時間のうちに、私から全貌《ぜんぼう》をつかみとらずにはいないでしょう。肉体的な苦痛を上回る挫折《ざせつ》感にさいなまれ、彼は目を閉じた。

目をふたたび開けたとき、彼の視野いっぱいに巨大な犬の頭が飛びこんできた。コプリンはその犬が、肩の高さが三〇インチ近くもあり、白いもじゃもじゃの分厚い毛皮におおわれているコモンドール種であることを知った。犬は獰猛《どうもう》なうなり声をあげた。ソ連兵の手袋をした手で抑えられていなかったなら、コプリンの喉《のど》を嚙《か》み切ったにちがいなかった。その兵隊は、平然とした表情を見せていた。彼は左手に犬の革紐《かわひも》を持ち、右手に自動小銃を握りしめて、立ちつくし、無力な獲物をじっと見おろしていた。踝《くるぶし》までくる大きな外套《がいとう》を着ている彼は、恐ろしげに見えた。色の薄い無表情な目には、コプリンの傷を思うあわれみの色がまったく宿っていなかった。兵隊は小銃を肩に掛けると、手を伸ばし、コプリンを引き上げて立たせた。そして一言ものを言わぬまま、ソ連兵は傷を負ったアメリカ人を島の警備隊基地へ向かって引きずりはじめた。

コプリンは、苦痛のためになかば気絶状態にあった。彼は雪の上を何マイルも引きずられているように感じたが、わずか五〇ヤードにすぎなかった。

その地点まで来たとき、雪嵐《ゆきあらし》をついて人影が一つぼんやり現われた。その姿は、逆巻く雪の壁にぼやけていた。無意識の状態に近い薄暗い靄《もや》ごしに、コプリンは兵隊が身を硬くするのを感じた。

柔らかな「ポン」という音が、風ごしに響いた。巨大な犬が音もなく、雪のなかに横倒しになった。ソ連兵はコプリンの手を振りほどくと、必死になって小銃を持ち上げようとした。しかし、また奇妙な音がした。兵隊の額の中央に、突然小さな穴が開き、赤い血が噴き出した。やがて彼の両目が生気を失った。そして彼は、犬の隣りに崩れ落ちた。

なにかがひどく狂っている、こんなことはありえない、とコプリンは自分につぶやいた。しかし疲れきった彼の頭では、筋道の通った結論は引き出せなかった。彼は膝《ひざ》から倒れこんだ。白い靄のなかから姿を現わした、灰色のパルカに身を包んだ長身の男が、犬をじっと見おろす様子を見守るのが精いっぱいだった。

「かわいそうなことをした」と男は短く言った。

その男は、堂々たる風采《ふうさい》をしていた。褐色に日焼けした顔は、北極には場違いな感じだった。顔だちはいかつく、冷たい感じを与えるほどだった。だが、コプリンはその目にひかれた。彼はこんな目を、これまで一度も見たことがなかった。その濃い青緑色の目は、心にしみいるような暖か味をたたえており、顔の鋭角な線ときわだった対照をなしていた。

男はコプリンのほうを向くと、微笑んだ。「コプリン博士、そうですね?」その声は柔らかく、さりげなかった。

その見知らぬ男は、サイレンサーつきの拳銃《けんじゅう》をポケットに入れると、彼の目の高さにひざまずき、コプリンのパルカを通して広がっている血を見てうなずいた。「この傷を調べられるところへ、あなたをお連れしたほうがよさそうですね」そう言い終わると、彼はまるで子どもでも扱うようにコプリンをかつぎ上げ、海に向かってすたすたと山を下りはじめた。

「あなたはどなたです?」コプリンはつぶやいた。

「私はピットといいます。ダーク・ピット」

「私は分からないのです……あなたはどこから来たのです?」

コプリンは、その答えを聞かずじまいになった。その瞬間、不意に意識を失い、暗い帷《とばり》がせり上がってきた。彼は心地よくその帷に包みこまれた。

3

シーグラムはキャピトル通りからほんの少しはずれた小さな庭園レストランで、昼食を一緒にする妻が現われるのを待つうちに、マルガリータを飲みほしてしまった。待ち合わせの時間は過ぎていた。結婚してから八年の間に、彼女がどこであれ時間どおりに来た例《ためし》はなかった。彼は給仕の目をとらえると、もう一杯持って来てくれと、手振りで合図した。

ダナ・シーグラムは、やっと玄関に現われた。そして広間にちょっと立って、夫を探した。夫を見つけると、テーブルの間をぬって彼のほうに歩きはじめた。彼女はオレンジ色のセーターに茶色のツイードのスカートを組み合わせたとても若々しい服装をしていたので、大学院の女子学生のような感じだった。金色の髪の毛は、スカーフでたばねられていた。コーヒー色の目は、気さくで、明るく、生き生きと動いた。

「長く待った?」と彼女は微笑みながらきいた。

「かっきり十八分」とシーグラムは言った。「いつもより約二分と十秒、長く待たされた」

「ごめんなさい」と彼女は答えた。「サンデッカー提督がスタッフ会議を開いて、それが予想外に延びてしまったの」

「今回のブレーンストーミングは、なんのためだい？」

「海洋博物館に棟を建て増しすることになったの。彼はその予算を獲得し、現在、記念物の入手計画をたてているところなのよ」

「記念物？」とシーグラムはきいた。

「有名な沈没船から引き揚げた部品よ」給仕がシーグラムの飲み物を運んで来た。ダナはダイキリを注文した。「驚くほど少ししか残っていないものなのね。〈ルシタニア〉号から、救命胴衣が一つか二つ。〈メイン〉号からは通風筒一つ、それに〈バウンティ〉号からは錨《いかり》といった調子なの。このどれ一つとして、一カ所にきちんと納められていないのよ」

「納税者の金の使い道としては、もっと気のきいた方法があるように思うがね」

ダナは顔を赤く染めた。「どういう意味なの？」

「古くさいがらくたを集め、錆《さび》つき、腐食して見分けもつかぬ廃品を、埃《ほこり》をかぶらぬようにガラスの下にご丁寧に納め、いわれも知らぬ者に見せることとさ。金の無駄遣いだよ」と彼は遠慮がちに言った。

戦端が切って落とされた。

「船やボートを保存することは、人類の過去の歴史とつなぐ重要な輪になってくれるわ」ダナの褐色の目は燃えたった。「知識に貢献することなど、あなたのような間抜けな連中の眼中にはないのよね」

「まるで、本物の海洋考古学者のような口調だね」と彼は応じた。

ダナは意地悪く笑った。「あなたは自分の妻が独力でなにかをやると、相変わらずなんくせをつけるのね。そうじゃなくて？」

「ぼくが文句を言いたいと思うのは、ねえ君、君の汚ない言葉だけさ。進歩的な女性は、どうしてみんな悪態をつくことをしゃれていると思うのかね？」

「あなたが時流について、お説教をするなんて恐れいったわ」とダナは言った。「あなたはこの大都市に来てから五年にもなるのに、いまだにオマハの鉄床《かなとこ》売りみたいな格好をしている。どうしてほかの方のような髪の形にしないの？　アイビー・リーグの髪形は、何年も前にすたれたのよ。あなたと一緒のところを人に見られると、私、うろたえちゃうわ」

「行政府における立場上、六〇年代のヒッピーのような格好はできないのさ」

「おや、おや」彼女はもの憂《う》げに首を振った。「鉛管工か剪定師《せんていし》と結婚するんだったわ。どうして私、農場地帯出身の物理学者に恋をしてしまったのかしら？」

「君がかつては私を愛してくれていたことを知って、気が安まるよ」

「いまだってあなたを愛しているのよ、ジーン」と彼女は言った。その目は、なごんでいた。「私たちの間にこんな溝ができたのは、この二年のことにすぎないわ。私たちは一緒に昼食をとるときでさえ、互いに傷つけ合おうとせずにいられないのですからね。こんなことさっぱりとやめにして、午後いっぱい、モーテルで愛し合いましょうよ。私、とてもセクシーな気分なの」

「そんなことをしても、結局のところ、なに一つ変わりはしないさ」

「それをきっかけにするのよ」

「ぼくにはできない」

「また義務への献身なのね」とダナは顔をそらしながら言った。「あなたは分からないの？　私たちはお互いの仕事のために、ばらばらになってしまったのよ。私たち自身の手で救えるのよ、ジーン。その気になりさえすれば、二人とも仕事をやめて、教壇へもどれるのよ。あなたは物理学の博士号をもっているし、私は考古学の博士号をもっている。それに私たちには経験と資格があるから、この国のどんな大学だって自由に選べるわ。私たちが出会ったときには、同じ学部にいたのよ。おぼえていて？　あのころはいつも一緒で、一番幸せなときだったわ」

「分かってくれ、ダナ、やめるわけにいかないのだよ。いまは」

「なぜなの？」

「私はある重要な計画に関係している……」

「この五年間、どの計画もみな重要だったのじゃなくて。お願いよ、ジーン。私たちの結婚を救ってちょうだいって、あなたにたのんでいるのよ。あなたは最初に行動を起してくれさえすればいいのよ。私はあなたのどんな決定にもついていくわ。私たちがワシントンから脱け出せさえすれば。これ以上、長く待っていたら、この街に私たちの生活を救う望みを断たれてしまうわ」

「あと一年、必要だ」

「あと一カ月でも、手遅れになるわ」

「私は、どんなことがあっても投げ出すわけにいかない計画にたずさわっているんだ」

「その馬鹿げた秘密の計画とやらは、いつかは終わりを迎えるの？　あなたはホワイトハウスの道具以外のなにものでもないのよ」

「そんな感傷的でリブかぶれのたわごとを、君に言われる筋合いはない」

「ジーン、後生だから、仕事をやめてちょうだい！」

「後生だなんて、おおげさなことを言うなよ、ダナ。母国のためなんだ。君に分かってもらえず、残念だ」

「仕事をやめてちょうだい！」とダナは繰り返した。彼女の目に涙が浮かんだ。「不可欠な人間なぞ、いるものですか。メル・ドナーに後を継いでもらうのよ」

シーグラムは首を振った。「断わる」彼ははっきりと言った。「私がこの計画を無からつくり上げたのだ。私の頭脳が生みの親なのだ。私は完成を見届けなければならない」

給仕がまたやって来て、注文がありますかとたずねた。

ダナは首を振った。「おなかすいていないの」ダナはテーブルから立つと、彼を見おろした。

「夕食をとりに帰ってくる？」

「事務所で夜遅くまで仕事があるんだ」

ダナは、もう涙をこらえることができなかった。

「あなたのなさっていることがどんなことであれ、やる価値のある仕事であることをお祈りするわ」とダナはつぶやいた。「だって、あなたはたいへんな代償を払うことになるんですもの」

そう言うと、彼女は向きを変え、足早に歩き去った。

4

アメリカ映画によく見られるソ連の典型的な情報将校とは異なり、アンドレー・プレフロフ大佐の肩は角ばっていなかったし、頭も剃っていなかった。彼は均整のよくとれたハンサムな男性で、髪の手入れはいきとどいており、当世風に刈りこんだ口ひげをたくわえていた。オレンジ色のイタリア製のスポーツカーを乗り回し、モスクワ川を見おろす豪華な家具の整ったアパートに住んでいる彼の生き方を、ソビエト海軍対外情報課の上官はあまり快く思ってはいなかった。しかし、プレフロフの好みは、いらだたしくはあったが、彼がこの課の高い地位から追われる可能性はまずなかった。彼はこれまでに細心の注意を払って海軍きっての優秀な情報専門家であるという定評を築き上げていたし、彼の父が党の一二番目に位する重要人物であることもあって、プレフロフ大佐には手出しできなかった。

なれきった、さりげない手つきで、彼はアメリカの煙草《タバコ》ウィンストンに火をつけ、シヨットグラスにボンベイ・サファイアをついだ。やおら腰をおろすと、副官のパーベル・マーガニン大尉が先刻、自分の机の上に重ねておいたファイルに目を通した。

「私にはよく分からないのです、大佐」とマーガニンは静かに言った。「あなたは西欧のつまらぬものを、よくもまあ平然と使えますね」

プレフロフはファイルから目を上げると、冷やかに、さげすむようにマーガニンを見つめた。「われらが同志の実に多くの者と同じように、君も広い世界を知らない。私はアメリカ人と同じように考え、イギリス人と同じように飲み、イタリア人のように運転し、フランス人のように暮らしている。ところで、どうしてこんなことをしているか分かるかね、大尉？」

マーガニンは顔を赤らめ、おずおずとつぶやいた。「分かりません、大佐」

「敵を知るためだよ、マーガニン。肝心なのは、敵がこっちを知っている以上に、敵をよく知ることだ。敵自身が気づいていない点まで知るためだ。そして、敵の機先を制す」

「それは、同志ネルフ・チェツキーからの引用ですか？」

プレフロフは、うんざりして肩をすくめた。

「違う、馬鹿なことを言うな。私はキリスト教徒の聖書にひっかけて言ったんだよ」彼は煙草を吸いこみ、煙を鼻から出し、ジンをなめた。「西欧のやり方を学ぶんだ、君。もしもわれわれが彼らから学びとらないのなら、われわれの存在理由は失われる」彼はファイルに目をもどした。

「ところで、なぜこれらの件がわれわれのところへ回されてきたのかね？」

「事件が海岸に面した、ないしはその付近で起こったからにすぎません」

「この件について、われわれはどの程度の知識を握っているのだね？」プレフロフは、つぎのファイルをぞんざいに開いた。

「ごくわずかです。ノバヤゼムリヤの北側の島で巡視していた兵士が一名、一頭の犬とともに行方不明なのです」

「機密上の不安に結びつくとは、とうてい考えられない。ノバヤゼムリヤは無人島も同然だ。時代遅れのミサイル基地、警備隊基地、それに二、三の漁師——あの島の数百マイル以内に、機密施設は一つもない。人間一人と犬を一頭、巡視に出すことすら、たいへんな時間の無駄だ」

「西側もあそこに情報員を送りこむことを、同じように思っているにちがいありません」

プレフロフは天井をはすかいに見つめながら、机を指で叩きつづけた。

やがて彼は口を開いた。「情報員？　あそこには、なにもありはしない……軍事的な関心をひくものは、なに一つない——しかし——」彼は途中で口をつぐむと、屋内通話器《インターコム》のスイッチを入れた。「アメリカ海中海洋機関の船の、この二日間の位置を示す図表を持って来てくれ」

マーガニンは眉をつり上げた。「連中は海洋学探検隊を、ノバヤゼムリヤの近くに送りこむような真似はしないでしょう。あの島は、ソ連の水域の奥深くにあるのですから」

「バレンツ海は、わが国の領海ではない」とプレフロフはいらだつ気持ちを抑えて言った。「公海なんだ」

こざっぱりとした茶色の服に身を包んだ、魅力的な金髪の秘書が、部屋に入って来て、プレフロフにフォルダーを渡すと、静かにドアを閉めて立ち去った。

プレフロフはフォルダーの書類をめくり、やがて探していたものを見つけた。「これだ。NUMAの船〈ファースト・アテンプト〉。わが国のトロール船が、フランツ・ヨーゼフ・ランドの南西三二五海里の海上で目撃したのが最後だ」

「だとすると、その船はノバヤゼムリヤのそばにいたことになる」とマーガニンが言った。

「おかしい」とプレフロフはつぶやいた。「アメリカ合衆国海洋学調査予定によれば、〈ファースト・アテンプト〉はこの目撃がなされた時点では、ノース・カロライナ沖でプランクトンの研究をしているはずなのだ」彼はジンの残りを飲みほすと、吸いさしの煙草の火をもみ消し、新しい煙草に火をつけた。

「実に興味深い一致だ」

「どういうことでしょう?」マーガニンはきいた。

「なにも分かりはしないさ。しかし、ノバヤゼムリヤの巡視兵が殺された。殺害した情報員は脱出した。〈ファースト・アテンプト〉と落ち合った線が濃いように思える。NUMAの調査船が説明なしに予定からはずれた行動をとったからには、アメリカ合衆国がなにか企んでいると思われる」

「連中はいったいなにを狙っているのでしょう?」

「まるで見当がつかん」プレフロフは椅子に背をもたせかけ、口ひげをなでつけた。

「問題の事件が起こった時刻の現場付近の衛星写真を、ただちに拡大させろ」


執務室の外の通りが夕闇に暮れなずむころ、マーガニン大尉は、拡大した何枚かの写真をプレフロフの机の上に広げ、拡大率の大きい拡大鏡を手渡した。

「あなたの読みが当たっていました、大佐。興味深いものが見つかりました」

プレフロフは、写真を仔細《しさい》に調べた。「船におかしな点はないがね。典型的な調査用の設備。軍事探知用の装置を思わせるものはまったくない」

マーガニンは、感光乳剤の上に船が小さな白い点としてかろうじて写し出されている、広角度写真を指さした。

「右上隅の〈ファースト・アテンプト〉から約一〇〇〇メートルのところにある小さな

形に注目してみてください」

プレフロフは、拡大鏡ごしにほぼ三十秒ほどのぞきこんでいた。「ヘリコプターだ!」

「そうです、大佐。そのために拡大に手間どってしまったのです。私はこれらの写真を、独断でR局で分析してもらいました」

「わが国陸軍の機密パトロール機の一機、そうだろう」

「違います、大佐」

プレフロフの眉はつり上がった。「これが、あのアメリカの船に属するものだというのか?」

「R局はそう解釈しています、大佐」マーガニンは、さらに写真を二枚、プレフロフの前に置いた。「彼らは別の偵察衛星が以前に撮った写真も検討しました。両方くらべて見るとお分かりのように、問題のヘリコプターはノバヤゼムリヤを離れ、〈ファースト・アテンプト〉のほうへ向かっています。R局は、高度を一〇フィート、速度は一五ノット以下だと判断しています」

「いうまでもなく、われわれのレーダー網を避けているのだ」とプレフロフは言った。

「アメリカにいる情報員に、活動態勢をとらせましょうか?」マーガニンが言った。

「いや、待て。アメリカの狙いをはっきりつきとめるまで、身許が割れるような危険に彼らをさらしたくない」

プレフロフは写真をまっすぐ伸ばし、きちんとフォルダーにはさみこみ、オメガ製の腕時計に目をやった。「バレエを見に行くので、もう夕食をとりに行かないとならんのだ。ほかになにか、大尉？」

「ローレライ海流漂流探検に関するファイルだけです。アメリカの深海潜水艇が、ダカール沖、一万五〇〇〇フィートの深さに達したと、今度報告がありました」

プレフロフは立ち上がると、そのファイルを取り上げ、脇にかかえた。「おりを見て調べてみよう。たぶん、海軍の機密にさしさわることは一つもないと思うがね。しかし、読み物としては面白いはずだ。風変わりで楽しい計画はアメリカ人にまかせておこうじゃないか」

5

「あら、あら、なんということでしょう！」と、ダナはうらみがましい声をあげた。「見てちょうだい、私の目のまわりに小皺が現われはじめたわ」彼女は化粧台《ドレッサー》にすわりこみ、鏡に映し出された自分の顔をなさけなさそうに見つめた。「老齢は堕落の一形態だと言ったのは誰だったかしら？」

シーグラムは背後から歩み寄ると、彼女の髪の毛をたくし上げ、柔らかな首筋にキスした。「この間の誕生日で三十一になったばかりというのに、すでに君は、今月の〝ベスト中年女〟を名乗るつもりかい」

ダナは、夫が珍しく愛情を示したことに当惑をおぼえつつ、鏡のなかの彼を見つめた。

「あなたはいいわね。男性はこんな心配をしないですむのだから」

「男だって、齢《とし》につきもののいろんな病気やカラスの足跡に、苦しんでいるさ。男には皺ができないって、どうして女性は考えるのだろう？」

「でも、男性は気にしないもの」

「私たちのほうが避けがたいことを素直に受け入れるのさ」と彼は微笑みながら言った。

「避けがたいことといえば、赤ちゃんはいつごろになるんだい？」

「ひどい人！　あなたあきらめていないの、どうなの？」ダナは化粧台にのっていたヘアブラシを投げつけた。ガラスの上に整然と並んでいた化粧品の瓶《びん》の列が倒れた。

「私たち、このことについてはさんざん話し合ったでしょう。私は妊娠して醜い格好になりたくないのよ。私は一日に一〇回も、汚れたおむつを取り替えるようなことは、絶対にしたくないの。地球の人口をふやす仕事は、ほかの人におまかせするわ。おぞましいアメーバみたいに、自分の精神を分ち与える気はないの」

「そんな理屈は理由にならん。君自身、本当のところ、信じちゃいないのだろう」

ダナは鏡に向きなおり、返事をしなかった。

「赤ちゃんが私たちを救ってくれるんだよ、ダナ」とシーグラムはやさしく言った。

彼女は両手のなかに顔を埋めた。「私は仕事をあきらめたくないの。あなたが自分のプロジェクトを大切にしているのと同じことなのよ」

彼はダナの金色の柔らかな髪をなで、鏡のなかの彼女を見つめた。「君のお父さんはアルコール中毒で、君がわずか十歳のときに、家族を見捨てた。君のお母さんはバーの女給勤めをし、酒代を余分にかせぐために男たちを家に連れこんだ。君と君の兄は、動物のような扱いを受け、君に言わせると、屑箱《くずばこ》も同然の家から二人が逃げ出せる年になると、家を飛び出した。兄はいやしい人間になり、酒屋やガソリン・スタンドで強盗をはたらくようになった。そのあげくに、殺人を犯し、終身刑でサン・クエンティンに入れられる羽目に陥った。誰も知るまいが、君がひどい境遇から立ち上がり、一日に十八時間働いて、大学と大学院を出たことを私は誇りに思っている。たしかに君は、救いのない子ども時代を過ごしたさ、ダナ。それで君は、おぞましい記憶のために、子どもを産みたくないのだ。いいかい、君の悪夢は、未来にはおよばないんだよ。息子なり娘が生まれ出る機会をしりぞけてはいけないんだ」

石の壁のような沈黙がつづいた。ダナは彼の両手を振り払うと、ものすごい勢いで眉毛を抜きはじめた。話し合いは、終わったのだ。彼女は断固として、彼をしめ出してしまった。まるで彼が部屋から姿を消したかのように。

シーグラムがシャワー室から出て来ると、ダナは全身が映る鏡戸棚の前に立っていた。彼女は、デザイナーが創作した服をはじめて見るときのように、自分の身なりをきびしい目つきで調べていた。彼女は白いシンプルなドレスを着ていた。それはからだにぴったりしていて、踝《くるぶし》に向かって広がっていた。襟ぐりが深くて、彼女の胸もとが見えすぎるほどだった。

「急いだほうがいいわよ」とダナはさりげなく言った。言い争いなど、まるでなかったような口ぶりだった。「大統領を待たせたくないから」

「二〇〇人以上もの人が来るだろうさ。遅刻したって、出席者名簿の私たちの名前に目を止める者など一人もいやしないよ」

「それでもいいわ」と彼女はふくれ面《つら》をした。

「私たちは毎晩、ホワイトハウスのパーティーに招待されるわけじゃないでしょう。時間どおり行って、少なくともよい印象を与えたいの」

シーグラムは溜息《ためいき》をもらすと、やっかいな蝶《ちょう》ネクタイを結び、片方の手でぎごちなくカフスをはめた。正式なパーティーのために身づくろいするのはめんどうで、彼はいやだった。ワシントンの社交の集いは、どうして気楽な形で行えないのだろう？　ダナにとっては心ときめくおりであるかもしれないが、シーグラムには気の重いお務めだった。

彼は自分の靴を磨き、髪をなでつけ、居間に入って行った。ダナは長椅子にすわり、報告書に目を通していた。彼女のブリーフケースは、開けたままコーヒーテーブルの上に置かれてあった。彼女は没頭しており、彼が居間に入って行っても頭を上げなかった。

「ぼくの用意はできたよ」

「すぐ一緒しますから」とダナはつぶやいた。

「ストールを取って来てくださらない？」

「夏の盛りなんだよ。毛皮を着て、汗をかこうっていうのかい？」

彼女は読書用の角縁の眼鏡をはずして言った。「私たち二人のうち一人は、ちょっとはくをつけるのもいいと思うの、どうかしら？」

シーグラムは広間に行き、電話を取り上げ、ダイヤルを回した。最初の呼び出しベルのなかばで、メル・ドナーが出た。

「ドナーですが」

「まだ連絡はないか?」シーグラムはきいた。

「ファースト・アテンプト――」

「コプリンを乗せたと思われる、NUMAの例の船か?」

「そうです。あの船は五日前にオスロを通過しました」

「へえ! なぜ? コプリンは船をおり、民間機で帰って来る手筈《てはず》になっていたのに」

「つきとめるすべはありません。この船は無線を切っています。あなたの指示に従って」

「どうも、雲行きがあやしいな」

「筋書になかったことはたしかです」

「十一時ごろまで、私は大統領のパーティーに出席している。なにか聞きしだい、電話してくれ」

「まかせておいてください。楽しくお過ごしを」

シーグラムが電話を切ろうとしているところへ、ダナが居間から出て来た。彼女はシーグラムの表情から思いにふけっていることに気づいた。「悪い知らせなの?」

「まだはっきりしない」

ダナは彼の頰にキスした。「普通の人たちのように、あなたが自分の心配ごとを私に話せるような生活ができないなんて、いやねえ」

彼はダナの手を握りしめた。「そうできればいいのだが」

「政府の秘密なんて、本当にうんざりだわ」彼女はいたずらっぽく笑った。「あらっ！」

「あらって、なんだい？」

「紳士らしく振る舞っていただけないの？」

「すまん、忘れていた」シーグラムは戸棚から彼女のストールを取り出し、彼女の肩にかけてやった。「ぼくの悪いくせだ、自分の妻を無視しちゃって」

ダナはふざけるように、にやりと笑った。

「そのかどで、汝《なんじ》を夜明けに銃殺に処す」

万一、コプリンがノバヤゼムリヤでミスをしたら、銃殺ともまんざら縁がないともいえないな、とシーグラムはみじめな気持ちで考えた。

6

シーグラム夫妻は、イーストルームに通ずる入口にかたまっている人の群れのうしろにつき、挨拶《あいさつ》の番がくるのを待った。ダナは以前にホワイトハウスに入ったことがあり、まだそのときの強い印象を忘れかねていた。

大統領の立っている姿はスマートで、どきっとするほどハンサムだった。彼は五十代前半で、見るからにすごくセクシーだった。そのことは、彼の隣りに立って招待客の一人一人に熱心に挨拶しているのが、金持ちの親類で、離婚歴をもつワシントンでももっとも優雅で洗練された独身女性、アシュレー・フレミングであることによっても、裏づけられていた。

「まあ、ひどい!」ダナは息を飲んだ。

シーグラムは、妻のいらだちに顔をしかめた。「今度はどうしたんだい?」

「大統領と並んで立っている女」

「アシュレー・フレミングだろう」

「それは分かっているわよ」ダナはシーグラムのからだのかげに隠れるようにしながら、

ささやいた。「彼女のガウンを見て」

　シーグラムは、はじめ気づかなかったが、やがて思い当たった。彼は吹き出しそうになるのをやっとの思いでこらえた。「驚いたなあ、君たち二人はまったく同じ服を着ている！」

「おかしくなんかあるものですか」とダナは表情を硬くして言った。

「君はその服をどこで手に入れたの？」

「アネット・ジョンズから借りたの」

「通りの向こうの、あのレスビアンのモデル？」

「クロード・ドルシニから彼女がもらったものなの、ファッション・デザイナーの」

　シーグラムはダナの手を取った。「少なくとも、私の妻はよい趣味の持ち主だということだ」

　彼女が答えようと思ったときには、列がゆっくりと前へ進み、それと気がついたときには、二人は大統領の前にぎごちなく立っていた。

「ジーン、よく来てくれたね」大統領はやさしく微笑んだ。

「私たちをお招きくださり、ありがとうございます、大統領。私の妻はご存じでしたね」

　大統領はダナをしげしげと見つめた。彼はダナの胸もとの切れ目に、長く目を止めていた。
「もちろん。魅力的だ、まったく魅力的だ」と言うと、からだを折って、彼女の耳にな
にやらささやいた。
ダナの目は、大きく見開かれた。彼女の顔は真っ赤に染まった。
大統領はからだをまっすぐもとに伸ばすと言った。
「美しい女主人、ミス・アシュレー・フレミングを紹介いたします。アシュレー、シー
グラム夫妻」
「やっとあなたに会えて、たいへん光栄です。ミス・フレミング」シーグラムはつぶや
いた。
シーグラムは棒きれに話しかけているようなものだった。アシュレー・フレミングは、
ダナの服をくい入るように見つめていた。
「シーグラム夫人」とアシュレーは柔らかく言った。「私たちのどちらかが、明日の朝
一番に新しいファッション・デザイナーを探すことになるようですわね」
「私は変えるわけにいきませんわ」ダナはさりげなく答えた。「私は子どものころから、
ジャック・ピネーが行きつけなのですもの」
アシュレー・フレミングの眉墨で描きこんだ眉が、いぶかる気持ちからつり上がった。
「ジャック・ピネー？　その方のお名前は、聞いたことがないわ」

「J・C・ペニーという名のほうが、よく知られているわね」ダナはにっこり微笑んだ。「下町にある彼の店で、来月、在庫一掃の売出しが行われる予定なんです。一緒に立ち寄ってみません。楽しいと思うわ。そうすれば、同じ服を着ずにすむでしょうし」

アシュレー・フレミングは、腹をたてて表情を硬くした。大統領は、ひとしきり咳《せ》きこんだ。シーグラムは、弱々しく頭《こうべ》を垂れると、ダナの腕をつかみ、急いで彼女を出席者の大きな群れのなかに連れこんだ。

「ああまで言わなくてもいいだろうに」とシーグラムは怒りをこめてたしなめた。

「言わずにいられなかったのよ。あの女、高尚ぶっているけど娼婦《しょうふ》にすぎないわ」

そしてダナは、驚きの表情を浮かべて夫を見上げた。

「彼、私に誘いをかけたのよ」と信じかねて言った。「アメリカ合衆国大統領が、私を誘ったのよ」

「ウォーレン・G・ハーディング、それにジョン・F・ケネディは、快楽主義者だという噂《うわさ》があった。この大統領も同類だ。彼も人間なのさ」

「好色漢の大統領なんて。いやらしいわ」

「彼の誘いにのるつもりなのか？」シーグラムは、にやっと笑った。

「馬鹿なこと言わないで！」ダナははねつけた。

「戦いの仲間に加えていただけますか？」青いタキシードを粋に着こなした、燃えたつような赤毛の小柄な男が声をかけた。きちんと刈りこんだ顎ひげは、髪の毛にマッチしていたし、射るような薄茶色の目差《まなざ》しを和らげていた。シーグラムはその声になにやら聞きおぼえがあるような気がしたが、顔に見おぼえはなかった。

「どっちの味方をするかにかかっていますね」とシーグラムは応じた。

「あなたの奥さんは、ウーマン・リブの熱烈な支持者ですな」と見知らぬ男は言った。「ご主人に加勢させていただければと思っております」

「ダナを知っていらっしゃるのですか？」

「知っていますとも。私は彼女のボスですから」

シーグラムは驚いて相手を見つめた。「それじゃ、あなたは――」

「ジェームズ・サンデッカー提督です」ダナが笑いながら、間に入った。「海中海洋機関の長官。提督、すぐにいらだつ私の夫、ジーンを紹介させていただきます」

「光栄です、提督」シーグラムは手を差し伸べた。「私はお受けしたあのご親切に、じかにお目にかかってお礼を申し上げる機会を心待ちにしておりました」

ダナはけげんな表情を見せて言った。「知り合いなのですか？」

サンデッカーがうなずいた。「私たちは電話で話したことがあるんだよ。会ったことはこれまで一度もないがね」

ダナは二人の腕に両手を滑りこませた。「私の好きな二人の男性は、私に隠れてつき合っていたのね。なにがきっかけなの？」

シーグラムはサンデッカーの目を見つめた。

「私が提督に電話をかけ、ちょっとした情報をお願いしたことがあるんだよ。それがすべてさ」

サンデッカーはダナの手を軽く叩いて言った。「この老人のために、スコッチの水割りを一杯もらって来てくれると、とてもありがたいのだが」

彼女は一瞬ためらったが、サンデッカーの頬に軽くキスすると、快くバーのまわりを取り巻いている人の群れをぬって進みはじめた。

シーグラムは、あっけにとられて首を振った。「あなたは女の扱い方を心得ている。もしも私が飲み物を持って来てくれと言ったら、彼女は私の目に唾《つば》を吐きかけるでしょうね」

「私は彼女に給料を払っています」サンデッカーは言った。「あなたは払っていない」

彼らはバルコニーへ出た。シーグラムは煙草に火をつけた。サンデッカーはすいさしの太い葉巻をふかした。彼らは黙って歩き、ほかに誰もいない奥まった隅の高い円柱の下で止まった。

「〈ファースト・アテンプト〉に関して、あなたの筋からなにか連絡が入りましたか？」シーグラムは静かにたずねた。

「あの船は、グラスゴーのそばにあるクライド湾のわが国の海軍潜水艦基地に、こちらの時間で、今日の午後の一時に入港しました」

「だとすると、およそ八時間前ですね。なぜ私に連絡がなかったのだろう」

「君の指示は、きわめて明瞭《めいりょう》なものだ」サンデッカーは冷やかに言った。「君の情報員がアメリカ本土に無事もどるまで、私の船からはいっさい連絡しないこと」

「でも、どうして……」

「私の情報は、海軍の古くからの友人から得たものです。つい三十分ほど前に、彼がかんかんに怒って電話をかけてよこし、私の配下の船長が海軍の施設を許可なく利用できる権利をどこから得たのか知らせろ、と要求してきたのです」

「どこかで手違いが起こったのだ」とシーグラムは力なく言った。「あなたの船は、オスロで停泊し、私の部下を陸《おか》に揚げることになっていたのです。あの船はスコットランドで、いったいなにをしているんです?」

サンデッカーは、シーグラムをじっと見つめた。「一つはっきりさせておきましょう、シーグラム君。NUMAはCIA、FBI、あるいはほかのいかなる情報機関の一翼でもありません。したがって、君が共産主義者の領域でスパイ・ゲームを繰り広げてほっつき歩いているからといって、私はすきこのんで部下の命を危険にさらすようなことはしません。われわれの任務は、海洋学の研究です。今度、君がジェームズ・ボンドの役をやりたいときには、君の汚れた仕事は海軍なり沿岸警備隊にさせるのですな。大統領を口説いて、私の船の一隻を引っぱり出すよう命令させたりしないでください。お分かりいただけましたか、シーグラム君？」

「あなたの機関にご迷惑をかけた点については、おわびします、提督。私はなにも非難しているのではありません。私の不安な気持ちを察していただきたいものです」

「お察しします」提督の表情は少しばかりなごんだ。「ですが、私を信頼して、目的を教えてくれさえすれば、ことはずっと簡単に進んだはずです」

シーグラムは、顔をそむけた。「申し訳ありません」

「そうですか」サンデッカーは言った。

「〈ファースト・アテンプト〉が、オスロを通過したと、どうしてお考えなのです？」

シーグラムは言った。

「私が思うに、君の情報員はオスロで民間機に乗るのは危険すぎると判断し、軍用飛行機を利用することにしたのじゃないだろうか。クライド湾のわれわれの原子力潜水艦の基地だと、飛行場に一番近い。それで彼は、私の研究船の船長に、ノルウェーで止まらずあそこへ行くよう命じたのではないだろうか」

「そうであってくれるとよいのですが。理由はどうあれ、私たちが決めた計画どおりにことが運んでいないからには、面倒な事態が予想されます」

サンデッカーは、バルコニーの入口に、ダナが飲み物を片手に立っているのを見届けた。彼女は二人を探していた。提督は手を振った。彼女は気づき、二人のほうに向かって歩きだした。

「君は幸福な男だ、シーグラム。君の奥さんは、明るく愛らしい」

だしぬけに、メル・ドナーが姿を見せ、足早にダナを追い抜き、二人のところに先にたどり着いた。彼はサンデッカー提督に失礼しますと断わりを言った。

「海軍の輸送機が、シド・コプリンを乗せて二十分ほど前に到着しました」ドナーは静かに言った。「彼はウォルター・リード病院に運ばれました」

「どうして、ウォルター・リードに？」

「彼は撃たれて、かなりひどい状態なのです」

「なんということだ」シーグラムはうなった。

「車を待たせてあります。十五分あれば着けます」

「分かった。ちょっと待ってくれ」

彼はサンデッカー提督に低い声で話し、ダナを家まで送り届けることと、中座の断わりを大統領に伝えてほしい、とたのんだ。それから、彼はドナーに従って車のほうへ向かった。

7

「お気の毒ですが、彼はいま鎮静剤の影響下にありますので、どなたにも面会を許すわけにはまいりません」貴族的なバージニアなまりの声は、もの静かで丁寧だった。しかし、医者の灰色の目には、怒りの色がありありと浮かんでいた。

「彼は話せるのですか？」ドナーがきいた。

「わずか数分前に意識を取りもどしたにしては、彼の頭の働きはたいへん活発です」怒りの色は、依然として目の奥に残っていた。「だからといって、馬鹿なことはしないでください。当分、彼がテニスをできるようになる見こみはないのですから」

「彼の容態が、どれくらい悪いのかはっきり教えてください」シーグラムがきいた。

「コプリン氏の状態は、いま申し上げたとおりです。重態です。ＮＵＭＡの船上で彼を手術した医師は、立派な仕事をなさいました。彼が左脇腹に受けた銃創は、うまく治るでしょう。しかし、もう一つの傷は、毛髪のような細いひび割れを頭蓋骨《ずがいこつ》に残しております。コプリン氏は、この先しばらく頭痛に悩まされるでしょうね」

「私たちは彼にいま会わねばなりません」シーグラムが断固とした口調で言った。

「さきほど申し上げましたように、お気の毒ですが、面会はいっさいお断わりします」

シーグラムは一歩踏み出し、医師の目をのぞきこんだ。

「よろしいですか、先生。私の連れと私は、あなたがどう思おうと、あの部屋へ入ります。もしもあなたが私たちを止めようとしたら、あなたを手術台にしばりつけてしまいますよ。まわりの者に助けを求めたら、彼らを射殺します。警察に電話をかけたところで、警察が私たちの身分を知れば、私たちに命ぜられたとおりにするに決まっていまず」シーグラムは一息入れると、唇を歪め、とりすました笑いを浮かべた。

「それでは先生、どうするか決めてもらいましょうか」


コプリンはベッドに長々と横になっていた。彼の顔色は、頭をのせている枕《まくら》の色と同じくらい白かったが、その目は驚くほど澄んでいた。

「おたずねになる前に」と彼は低いしわがれ声で言った。「私はひどく気分が悪いのです。本当です。だから、元気そうだなどと言わないでください。そんなこと、真っ赤な嘘なんですから」

シーグラムは椅子を一つベッドに引き寄せると、微笑んだ。「あまり時間がないんだ、シド。それで、かまわなければ、さっそく、本題にかかりたいのだが」

コプリンは自分の腕につながっているチューブを見てうなずいた。「薬のために、私の頭はぼうっとしています。しかし、できるだけ長い間がんばってお答えします」

ドナーはうなずいた。「私たちは例の肝心な疑問の答えを求めてきた」

「私はビザニウムの形跡を見つけました。あなたはこのことをおっしゃっているのですね？」

「あれを本当に見つけたのですね！　たしかですか？」

「私の実地調査は、研究所の分析者がやるものほど正確だとはけっして言えません。しかし、ビザニウムだと九九パーセント確信しています」

「ありがたい」シーグラムはほっと息をついた。「埋蔵量の見当はつきましたか？」と彼はきいた。

「ええ」

「どれくらい……ベドナヤ山からビザニウムが何ポンドとれると思います？」

「運がよくて、茶さじ一杯分」

はじめのうち、シーグラムは相手の言ったことが飲みこめなかった。やがて、腑《ふ》におちた。ドナーは無表情のままじっとすわっていた。彼の両手は、椅子の肘《ひじ》かけを握りしめていた。

「茶さじ一杯分」シーグラムは気落ちしたようにつぶやいた。「たしかですか？」

「あなたは、たしかかと念を押してばかりいますね」コプリンのやつれた顔が、怒りで赤く染まった。「私の言葉を信じられないのなら、誰かほかの人間をあのひどい土地へ送りこむんですね」

「ちょっと待ってくれ」ドナーはコプリンの肩に手をかけた。「ノバヤゼムリヤが、私たちのたのみの綱なのだ。あなたは私たちの想像を絶するようなひどい目にあった。私たちは感謝しているんだ、シド。心底から感謝しているんだ」

「まだ希望がすっかりなくなってしまったわけではない」とコプリンはつぶやいた。彼の瞼《まぶた》が、ゆっくりとおりてきた。シーグラムには、聞き取れなかった。彼はベッドの上にかがみこんだ。

「なんと言ったのだい、シド？」

「あなたたちは、まだ敗れたわけではない。ビザニウムは、あそこにあった」

ドナーはさらに近寄った。「どういう意味だね。ビザニウムがあそこにあった、というのは？」

「持ち去られた……採掘して……」

「なにを言っているのか分からん」

「私はあの山の斜面で選鉱《せんこう》の屑にぶつかった」コプリンはちょっと言いよどんだ。「掘られて……」

「あなたは、誰かがすでにベドナヤ山からビザニウムを掘り出してしまったと言っているのかね?」シーグラムは信じかねてきいた。

「そうです」

「なんたることだ」ドナーはうめいた。「ソ連の連中も、同じ狙いをもっているのだ」

「違う……違う……」コプリンはささやいた。

シーグラムはコプリンの唇に自分の耳を寄せた。

「ロシア人ではない――」

シーグラムとドナーは、当惑の目差しを交わした。

コプリンは弱々しくシーグラムの手をつかんだ。「コロラドの連中……」

そう言い終わると、彼の目は閉ざされた。彼は意識を失ってしまった。

彼らは駐車場のなかを歩いて行った。遠くのほうで、サイレンが鳴っていた。

「彼はなにを言おうとしていたんだろう?」ドナーがきいた。

「分からんね」シーグラムは漫然と答えた。「まるで見当がつかん」

8

「休暇中の私を叩き起こすほど重要な用件とは、いったいなんだね？」プレフロフはぼやいた。返事を待たずに、彼はドアを押して開け、マーガニンをアパートに招き入れた。プレフロフは、日本製の絹のローブを着ていた。彼はげっそりと疲れ果てた顔をしていた。

プレフロフのあとについて、居間を通って台所へ入って行きながら、マーガニンは仕事がら家具を見回し、一つ一つさわった。兵舎の幅六フィート、奥行き八フィートの小さな部屋に住んでいる者の目に、このアパートの調度品と広さは、ピョートル大帝の夏宮の東の翼《ウイング》の内部のように映った。なんでもそろっていた。水晶のシャンデリア、床から天井まで届く掛け毛氈《もうせん》、それにフランス製家具。彼は暖炉のマントルピースの上にのっている二つのグラスと半分からになったリキュール、シャルトリューズの瓶にも目を止めた。それにソファーの下の床の上に、女ものの靴を一組認めた。見るからに高価そうな、西欧の靴だった。彼は一筋の髪の毛を見つけ、思わず知らず、閉まっている寝室のドアを見つめた。女はとびきり魅力的な女性にちがいなかった。プレフロフ大佐は趣味が高尚だから。

　プレフロフは冷蔵庫をのぞきこんで、トマトジュースの入っている水差しを取り出した。

「どうだ、少し？」

　マーガニンは首を振った。

「アメリカ人がやるように、適当なものをまぜると、宿酔《ふつかよい》にはもってこいなんだ」とプレフロフはつぶやいた。彼は一口飲むと、渋い顔をした。「ところで、いったいどんな用件だね？」

「ＫＧＢが昨夜、ワシントンにいる情報員の一人から連絡を受けました。彼らはそれがなにを意味するのか、解く手掛かりをもっておらず、私たちなら見当がつくのではないかと期待しております」

　マーガニンは顔を赤らめた。プレフロフのローブの紐がゆるんだ。大佐は下になにも着けていなかった。

「たいへん結構」プレフロフは溜息をもらした。「つづけたまえ」

「それによりますと、『アメリカはにわかに鉱石の収集に関心を寄せはじめた。シシリアン計画という秘匿名《ひとくめい》のついている最高機密の作戦だ』ということです」

　プレフロフはブラディ・メリーを飲みながらマーガニンを見つめた。「なんだね、その奇妙なたわごとは？」彼は一気に飲みほすと、グラスを流しのカウンターの上にどしんと置いた。「わが国の高名な情報機関ＫＧＢは、馬鹿どもの収容所になり下がったのかね？」その声は、公人プレフロフの冷静できぱきした声だった——冷たく、感情の起伏をまったく欠いた声だったが、いらだちのかげりがあった。「ところで、君、大尉。なぜ君はこんな子どもじみた謎《なぞ》のために、私をわずらわすのだ？　私が執務室へ出て行く明日の朝まで、どうして待てなかったのだね？」

「私は……私は重要事項じゃないかと思いましたので」マーガニンはつっかえながら答えた。

「無理もない」プレフロフは、冷やかに笑った。「ＫＧＢが笛を吹くたびに、人はとび上がる。だが、ベールをかぶった脅威に、私は関心はない。事実だよ、大尉、肝心なのは事実だ。このシシリアン計画が、どうしてそんなに重大事項だと思うんだね？」

「鉱石の収集の件がノバヤゼムリヤの事件とひょっとしたら結びつくのではないか、と思えたのです」

二十秒もたったろうか。やっと、プレフロフが口を開いた。「ありうる、おおいにありうる。だが、結びついていると決めこむことはできない」

「私は……私は思っただけでして、その——」

「考えるのは私にまかせたまえ、大尉」彼はローブの紐をしっかり結んだ。「さてと、君の軽率な魔女狩りが終わったのなら、私はベッドにもどりたいのだが」

「しかし、もしもアメリカの連中がなにかを探し回っているとしたら――」

「なるほど、しかし、なにを？」プレフロフは、そっけなくきいた。「非友好国の土地で探し回らずにおれないほどの貴重な鉱石って、どんなものかね？」

マーガニンは肩をすくめた。

「その答えをつきとめたまえ。そうすれば鍵を握ったことになる」プレフロフの声の調子が、気取《けど》られない程度だが、硬さを帯びた。「そうなってはじめて、私は解明を望む。どんな田舎ものだって、間抜けた疑問ぐらいは抱くものだ」

マーガニンはまた顔を赤らめた。「ときおりアメリカ人は、秘匿名に秘められた意味をもたせますが」

「そうとも」プレフロフはあざけるように横柄《おうへい》な口調で言った。「やつらは、宣伝好きなのさ」

マーガニンは思い切って言った。「私はシシリーに関係のあるアメリカの慣用語を調べてみました。一番多く使われているのは、ならず者やギャング仲間に関連するもののようです」

「もしも、君が下調べをちゃんとやったのなら……」プレフロフはあくびをした。

「……それがマフィアと呼ばれているのを知ったことだろうね」

「シシリアン・スティレトウ（小剣）と名乗っている合奏団もあります」

プレフロフは、冷やかにマーガニンを見すえた。

「それに、ウィスコンシンには、シシリアン・サラダオイルをつくっている大きな食品加工会社もあります」

「もうたくさんだ！」プレフロフは、手を上げて押しとどめた。「サラダオイルか、まいったなあ。そんなくだらんことのために、こんなに朝早く起こされようとは」彼は正面のドアを指さした。「鉱石の収集よりもっと刺激的なプロジェクトを、君はかかえているはずだがね」

プレフロフは居間に入ると、彫刻がほどこされている象牙《ぞうげ》のチェス・セットがのっているテーブルの前で足を止め、駒《こま》の一つをもてあそんだ。「大尉、君はチェスをやるか？」

マーガニンは首を振った。「長い間、やっておりません。海軍兵学校の士官候補生だった当時は、多少やったのですが」

「イサーク・ボレスラフスキーという名前を聞いて、なにか思い当たるかね？」

「いいえ、大佐」

「イサーク・ボレスラフスキーは、わが国きってのチェスの名人の一人さ」プレフロフは小学生に話すような口調で言った。「彼はゲームの偉大なバリエーションをたくさん考え出した。その一つが、シシリアン・ディフェンスさ」彼がさりげなく黒のキングをひょいと投げると、マーガニンがたくみに受け取った。「すばらしいゲームだ、チェスは。君もまたはじめるがいい」

プレフロフは寝室のドアへ歩み寄り、押して開けた。そして振り返ると、マーガニンに向かって、気のない笑いを浮かべた。「さあ、失礼するよ。君は一人で出て行けるだろう。さようなら、大尉」

いったん外に出ると、マーガニンはプレフロフのアパートの建物の裏手に回った。車庫のドアには鍵がかかっていた。彼は小さな通りの左右を盗み見るように見やり、それからやおら、わきの窓をこぶしで何度も叩いて破った。注意深く、彼はガラスの割れたかけらを抜き取っていき、内側に手を差しこむとロックをはずした。もう一度、通りの下手《しもて》を見やってから、彼は窓を押し上げ、窓枠にのぼり、車庫にもぐりこんだ。

アメリカ製の黒塗りのフォードのセダンの隣りに、プレフロフのオレンジ色のランチャが止まっていた。マーガニンは二台とも物色し、フォードの大使館用ライセンス・プレートの番号を頭に叩きこんだ。強盗の仕業に見せかけるために、二台のワイパーを取りはずす――ワイパー泥棒は、ソ連の全土に広まっている気晴らしである――と、内側から車庫のドアを開けて外に出た。

マーガニンは急いで建物の正面に取って返した。つぎのトロリーバスまで、三分待つだけですんだ。彼は運転手に料金を払うと、座席に腰をおろし、窓の外を見つめた。彼の顔に笑いが浮かんだ。今朝は、最大の収穫があった。

シシリアン計画は、彼の眼中にはなかった。

2　コロラド野郎

一九八七年八月

9

メル・ドナーは、いつものことで部屋に盗聴器が仕掛けられていないかどうか調べ終わると、テープレコーダーの用意をした。

「これは音量テストです」彼はマイクに向かって平板な声で読み上げた。「一、二、三」彼は音量調整器を調節すると、シーグラムに向かってうなずいた。

「用意できたよ、シド」とシーグラムはやさしく言った。

「疲れたら、そう言ってください。そうすれば明日に延ばしますから」

病院のベッドは、シド・コプリンが背中をまっすぐにしてすわれるような形になおされてあった。鉱物学者は、前回にくらべずっと元気な様子だった。顔色ももとにもどり、目の色も生き生きとしていた。禿《は》げ上がりかけている頭に巻かれている包帯が、わずかに負傷したことを物語っているにすぎなかった。「夜中までやりましょう」と彼は言った。「この退屈な状態から解放してくれることなら、なんでも歓迎だ。私は病院が嫌いでね。看護婦はみんな氷のような手をしているし、できそこないのテレビの色は絶えず変わる」

シーグラムは笑いを浮かべ、マイクをコプリンの膝の上にのせた。「ノルウェーを出発したところから、はじめてもらえますか」

「なにごともありませんでした」とコプリンは言った。「ノルウェーの底引漁船〈ゴッドホーン〉が、手筈どおり私のスループをノバヤゼムリヤの二〇〇マイル以内の海上まで曳《ひ》いて行ってくれました。そこで船長は、苦難に向かおうとする男に、ゴートチーズでつくったソースをそえたトナカイの肉の蒸し焼きをたっぷりと与え、火酒の六クォート瓶を惜し気もなく持たせてくれると、太い曳綱《ひきづな》をほどき、いい気な楽天家をバレンツ海を横断する旅に送り出したわけです」

「気象上の問題はなかったのですか?」

「全然、みなさんの気象予測は完璧《かんぺき》でした。ひどく寒いには寒かったのですが、帆走にはずっともってこいの天気でした」コプリンは一息ついて、鼻をかいた。「ノルウェーの協力者が用意してくれたスループは、小型のすばらしいやつでした。あの船は回収されましたか?」

シーグラムは首を振った。「調べないといけませんね。しかし、処分されたにちがいありません。NUMAの研究船に積みこむすべはありませんし、放っておいて漂流しているところをソ連の船に見つけられてはまずいし。お分かりでしょう」

コプリンは悲しそうにうなずいた。「残念だ。私はあの船にちょっと心をひかれるんです」

「さあ、つづけてください」シーグラムは言った。

「私はノバヤゼムリヤの北の島に、二日目の午後遅くに上陸しました。私はうつらうつらしながら、四十時間以上も舵《かじ》をとっていたのです。もう目を開けていられない状態になりはじめました。火酒はありがたかった。二、三杯あおると、私の胃の腑は手のほどこしようのない山火事のように燃え、にわかに目がぱっちりしたものです」

「ほかの船を目撃しませんでしたか？」

「水平線上に一隻も現われませんでした」とコプリンは答えた。そして話しつづけた。

「海岸線はどこまでも岩の断崖《だんがい》のようでした。上陸できそうな場所がまったく見当たらないのです――暗くなりはじめましてね。それで私は、沖へ取って返し、風上に舳先《へさき》を向け船が移動しないようにしました。そして、二、三時間、眠りました。夜が明けると、私は断崖にそって進み、やっと小さな奥まった入江を見つけたので、補助用のディーゼルで入って行きました」

「あなたはその船をベースキャンプ代わりに使ったのですか？」

「上陸してから十二日間。私は一日に二回、ときには三回、スキーで踏査に出かけ、それが終わると温かい食事をとり、暖かい寝床でぐっすり眠ったのです」

「これまでのところ、あなたは誰も目撃しなかったのですね?」

「私はケルバのミサイル基地とカマの警備隊基地には、近づかないようにしていましたから。私がロシア人を見たのは、任務の最後の日になってからです」

「見つかったときの状況は?」

「巡視中の一人のソ連兵。彼の犬が私が通った跡を横切り、臭《にお》いをかぎつけたにちがいありません。少しも驚くには当たりません。三週間近く、風呂に入っていなかったのですから」

シーグラムは、思わず笑ってしまった。ドナーは質問を引き継ぐと、もっと冷やかで、強引なきき方をした。「踏査旅行に話をもどしましょう。なにを見つけました?」

「スキーで島全体を踏破できっこないので、衛星コンピューターのプリントアウトが指摘している、可能性のある地域に的をしぼりました」彼は天井をじっと見つめた。「北側の島。ウラルとユーゴルスキー山脈の外縁、わずかばかりのうねっている平地、高台、それに山脈――その大半は、万年氷に厚くおおわれています。激しい風がほぼ絶え間なく吹いている。寒さは殺人的だ。わずかな地衣類以外には、植物はまったく見かけなかった。温血動物が棲《す》んでいるとしても、ひっそりとこもっている」

「踏査の話からそれないように」ドナーが言った。「旅行談は別の機会にゆずろうじゃないか」

「背景を話しただけじゃないですか」コプリンはとがめるようにドナーを見つめた。その声は冷ややかだった。「邪魔されなければ、つづけますが――」

「ぜひ」シーグラムは言った。彼はベッドとドナーの間に、自分の椅子をわざわざ引き寄せた。「あなたのよろしいように、シド。私たちはあなたのやり方に従います」

「ありがとう」コプリンはからだの位置を変えた。「地理学的に見て、あの島はたいへん興味深い。かつて古代の海の下に沈んでいた岩石の断層と隆起に関する記述だけで、数冊の教科書が書ける。鉱物学的に見て、岩漿性《がんしょうせい》の成因は乏しい」

「どういうことか、説明していただけますか?」

コプリンは、にやりとした。「成因とは鉱物の起源と岩層の発生を言うわけです。一方、岩漿はあらゆる物質の源です。圧力を受けて熱せられた熔岩《ようがん》は、固まると火成岩になります。玄武岩とか花崗岩《かこうがん》という名のほうが通りがよいでしょう」

「面白い」ドナーはそっけなく言った。「とすると、ノバヤゼムリヤには鉱物がないというのですね」

「あなたはたいそう分かりが早い、ドナーさん」コプリンは言った。

「ところでどうやって、ビザニウムの形跡を見つけたのです?」シーグラムがきいた。

「十三日目のことです。ベドナヤ山の北の斜面を調べ回っているとき、捨て場に出くわしたのです」

「縦坑を掘るとき取り除いた、岩石の小さな山です。その小山に、わずかながらビザニウム鉱石の形跡が認められたのです」

聞き手の二人の表情は、にわかに真剣味をおびた。

「縦坑の入口は、たくみに隠されていました」とコプリンは話しつづけた。「どの斜面に入口があるのか探し当てるのに、ほとんど午後いっぱいかかりました」

「ちょっと待ってくれ、シド」シーグラムは、コプリンの腕に手をふれた。「その坑道の入口は、わざわざ人目にたたないようにしてあったというのかい?」

「古くからあるやり方なんです。開口部を、本来の斜面にそって埋めてしまうのです」

「岩石の小山は、入口からまっすぐの場所にはなかったのですか?」ドナーがきいた。

「正常な状態のもとでは、それが普通です。しかしこの場合には、数百ヤード離れていました。山の斜面にそって西へ延びているゆるやかな起伏によって分離されていたのです」

「しかし、あなたは入口を見つけたのですね?」ドナーがつづけてきいた。

「鉱石運搬車用のレールと枕木は、取りはずされており、路盤はおおい隠してありました。しかし、私は約一五〇〇ヤード離れ、山の斜面を双眼鏡ごしに調べました。山の上に立っているときには気づかぬことが、遠くから見るとはっきりするものです。それで、鉱山の正確な位置は楽につかめました」

「放棄した北極圏の鉱山をわざわざ隠そうとするなんて、どういうわけだろう?」シーグラムは誰にきくともなく言った。「そんなことするきまりもいわれもないのに」

「あなたの考えは、半分しか当たっていない、ジーン」とコプリンが言った。「理由は謎です。しかし、やり方はプロの手になるたいへん見事なものでした――コロラドの連中です」その言葉は、ゆっくりと、尊敬に近い気持ちをこめて語られた。「ベドナヤ山の坑道を掘ったのは彼らです。選別屋、発破《はっぱ》屋、機械屋、掘り屋、コーンウォール人、アイルランド人、ドイツ人、それにスウェーデン人。ロシア人じゃない。そうではなく、アメリカに移民としてやって来て、コロラド・ロッキーの伝説的な硬い岩盤掘りの鉱山師になった連中です。彼らがどうやってベドナヤ山の氷におおわれた斜面にやって来たかは、想像するしかありません。しかし、あそこへ行き、ビザニウムを掘り出し、その後、北極圏のいずこともなく姿を消したのは、彼らです」

シーグラムはまったく訳が分からず、ぽかんとしていた。彼はドナーを見た。ドナーも同じ表情をしていた。

「奇妙だ、まったく奇妙だ」

「奇妙?」コプリンはおうむ返しに言った。「かもしれない。しかし事実であることに変わりはありません」

「相当、自信があるようですね」とドナーはつぶやいた。

「そのとおりです。私は巡視兵に追われている間に物的証拠をなくしてしまいました。頼りは私の証言だけです。しかし、なぜ疑うのです？　一科学者として、私は事実しか申し上げておりません。それに私は、嘘を言わねばならぬようなよこしまな動機をまったく持ち合わせていません。ですから、かりに私があなた方の立場なら、私は言うことをそっくり本物だと受けとめますがね」

「先ほど言ったように、あなたのおっしゃるとおりにします」シーグラムはかすかに微笑んだ。

「あなたは物的証拠と言いましたね」ドナーは冷静で、手際がよかった。

「鉱山の縦坑に入りこんでからのことですが――ゆるい岩がいくつか抜き取れました。高さ約三フィートのトンネルを掘ったときのことです――暗闇のなかで頭をなにかにぶつけたんですが、それは数珠《じゅず》つなぎになっている鉱運車でした。四本目のマッチで、やっと古い一対の石油ランプが照らし出されました。どちらにも石油が入っていて、三度目で火がともりました」彼は青い目をこらして、病室の壁ごしになにものかを見つめている様子だった。「ランプの光にゆらゆらと照らし出された光景には、ぞっとしました――採掘用の道具はきちんと棚に積まれてあるし、からっぽの鉱運車が八番ゲージの錆《さ》びたレールの上に何台ものっているんです。ドリルはいますぐにも岩盤に取りかかれる状態でした。交替用員が入って来て、鉱石を選び、選鉱屑を捨てに運んで行くのを待っている状態を思わせました」

「急いで立ち去ったような気配はなかったですか？」

「まったくありませんでした。すべてのものがきちんとしているのです。側面にある部屋の寝床は寝られるばかりになっており、台所はきれいにかたづいているし、台所用具は棚に置いたままになっていました。鉱運車に積んで来たものを投げ捨てるために使っていたロバたちは、仕事場へ連れて行って、手際よく撃ち殺してあるのです。頭の中央に、みな丸い穴が開いていました。そうですとも、出発はたいそう整然と行われたというべきでしょう」

「あなたはまだ、例のコロラド野郎の正体についてふれていませんが」ドナーはそっけなく言った。

「いま申し上げます」コプリンは枕をふわふわにふくらますと、そろりと横向きになった。「もちろん、手掛かりは全部そろっていました。頑丈な用具には、製造元の商標がついていたのです。鉱運車は、コロラド州プエブロのガスリー・アンド・サンズ製のものです。ドリルの類《たぐ》いは、デンバーのソー鉄工販売会社のものです。小型の道具類にも、製作したいろんな鍛冶屋《かじや》の名がついていました。大半のものは、セントラル・シティとアイダホスプリングスでつくられたもので、どちらもコロラドの鉱山の町です」

シーグラムは、椅子の背もたれにからだをあずけた。

「ロシア人がコロラドで道具を買い入れ、あの島へ送ったことも考えられる」

「ありえます」コプリンは言った。「しかしですね、コロラド人に結びつくものが、ほかにも二、三あるのです」

「たとえば、どんな？」

「寝床にあった死体が、その一つです」

シーグラムは、目を細めた。「死体？」

「赤い髪、それに赤い顎ひげ」コプリンはさりげなく言った。「零度を割る気温のせいで、いたんではいませんでした。寝床の頭板に刻みつけられていた文字が、一番の謎です。英語でこう書かれていたのです。『ここに、ジェイク・ホバート眠る。一八七四年生まれ。善人の鑑《かがみ》であった彼は、一九一二年二月十日、嵐のため凍死』」

シーグラムは立ち上がり、ベッドのまわりを歩いた。

「名前。少なくとも、これは端緒になる」彼は足を止め、コプリンを見た。「なにか個人的な持ち物は、あたりにありませんでしたか？」

「衣服は全部、はがれていました。奇妙なことに、食料の罐詰《かんづめ》のラベルはみな、フランス語で書かれていました。しかし、マイル・ハイの嚙み煙草のからの包みが、五〇個ほど、地べたに散らかっていました。ですが、最後の謎は、コロラドの連中とまぎれもなく結びつくもので、一九一一年十一月十七日付けの、黄色く変色した『ロッキー・マウンテン・ニューズ』です。私がなくしたのは、この証拠です」

シーグラムは煙草の箱を取り出すと、煙草を一本抜き取った。ドナーがライターを差し出すと、シーグラムはうなずいた。

「だとすると、ビザニウムがソ連側の手に落ちていない可能性もあるわけだ」

「もう一つふれておくことがあります」コプリンは静かに言った。「その新聞の三ページ目の右上の部分がきれいに切り取られていたのです。なんの意味もないのかもしれません。しかし、一方、新聞社の古いファイルに当たったら、なにか分かるかもしれませんよ」

「そうかもしれない」シーグラムはコプリンを考え深げにながめた。「感謝します。おかげでめどがつきました」

ドナーはうなずいた。「私はデンバー行きのつぎのフライトを予約します。運がよければ、答えを二、三、得られるかもしれない」

「まず新聞社に当たってくれ。つぎにジェイク・ホバートの追跡調査をやる。私はこの件に関し、軍の古い記録に当たる。それに、西部の鉱山史に詳しい地元の専門家に当たってくれ。シドが私たちに教えてくれた製造会社の名前もつきとめるのだ。ありえそうにもないが、一社ぐらいはまだ商売をつづけているかもしれない」

シーグラムは立ち上がると、コプリンを見おろした。

「お礼のしようのないほどお世話になりました」と彼はやさしく言った。

「この鉱夫たちは、あの山の奥底から純度の高いビザニウムを半トン近く掘り出したものと、私はふんでおります」コプリンはこの一カ月間に伸びた顎ひげをこすりながら言った。「その鉱石は、世界のどこかにしまいこまれているにちがいありません。その反面、一九一二年以来、姿を見せていないので、永遠に失われてしまったとも考えられます。しかし、もしも発見したら、そのときには、お礼代わりに、私のコレクション用に小さな標本を忘れずに送ってください」

「そうします」

「それに合わせて、私の命を救ってくれた方にヴィンテージ・ワインを一ケース贈りたいので、住所をつきとめてくれませんか。彼の名は、ダーク・ピットといいます」

「あなたがおっしゃっているのは、あなたを手術した調査船の医師でしょう」

「私が言っているのは、ソ連の巡視兵と犬を射殺し、私を島の外まで運んでくれた人です」

ドナーとシーグラムは、雷に打たれた思いで見つめ合った。

ドナーのほうが先に落ち着きをとりもどした。

「ソ連の巡視兵を殺した！」質問というより独白に近かった。「なんということだ。これですべておじゃんだ！」

「だが、そんなことありえない！」シーグラムの口からやおら言葉がついて出た。「あなたは、NUMAの船と落ち合ったとき、一人だったのでしょう」

「誰がそう言ったのです？」

「えっ……誰も。私たちは当然、一人だろうと――」

「私はスーパーマンじゃありません」コプリンは皮肉った。「例の巡視兵が私の跡をつけ、二〇〇ヤード以内にせまったのです。そして、私を二度、撃ったのです。私の傷の状態では、犬を出し抜き、スループを駆って五〇マイル以上も洋上を帆走することなど、とうてい無理でした」

「問題のダーク・ピットは、どこから来たのです？」

「私にはまったく分かりません。巡視兵は文字どおり私を引きずって警備隊の隊長のもとへ向かっていたのです。そのとき、ピットがブリザードをついて、古代スカンジナビアの復讐《ふくしゅう》心にこりかたまった神のように現われ、毎朝、朝めし前にやってでもいるように落ち着きはらって、まず犬を、つぎに巡視兵を、あいさつ抜きで撃ち殺したのです」

「ソ連側は、こいつを宣伝材料に使うぞ」ドナーはうなった。

「どうやって？」コプリンは答えを求めた。「目撃者はいなかった。巡視兵と犬は、いまごろはたぶん、五フィートほど雪の下に埋もれていることでしょう。彼らは絶対に見つからないでしょう。万一、見つかったところで、なんだというのです？　誰がいったい、なにを証明するのです？　あなた方二人は、いわれもないのに不安にとらわれているにすぎません」

「その男は、ひどく危険な役割を果たしたわけだ」とシーグラムは言った。

「たいへんな役割ですよ」コプリンはつぶやいた。「さもなければ、私は病院の殺菌されたベッドに安全に気持ちよく横になっている代わりに、殺風景なソ連の刑務所で横になり、メタ・セクションとビザニウムについてすっかり白状していることでしょうよ」

「まさしく、そうですね」とドナーは認めた。

「彼について聞かせてください」シーグラムが注文した。「顔だち、からだつき、衣服、おぼえていることのいっさいを」

　コプリンは話した。彼の話は、ある面に関しては大ざっぱなものだったが、驚くほど正確に細部にわたっておぼえている面もあった。

「ＮＵＭＡの船へ行く途中で、彼と話し合いましたか？」

「話せませんでした。彼にかつぎ上げられた直後に、私は意識を失ってしまい、気がついたときには、ワシントンのこの病院に入院していたというわけです」

　ドナーがシーグラムに合図した。「その男をつきとめたほうがいいですね。それも、なるべく早く」

シーグラムはうなずいた。「手始めに、サンデッカー提督に当たってみよう。ピットは調査船と関係あるはずだ。たぶん、NUMAの誰かが、彼の正体を確認できるだろう」

「彼がどのくらい知っているのか、気になります」ドナーは床を見つめながら言った。

シーグラムは答えなかった。彼は、北極圏の雪におおわれた白一色の島に現われた正体不明の男のことを考えていた。ダーク・ピット。彼はその名前を、頭のなかで繰り返した。なぜか、その名におぼえがあるような気がした。

10

午前零時十分に、電話のベルが鳴った。サンデッカーは片目をぱっと開け、数秒の間、嚙みつかんばかりの形相で電話をにらみつけていた。とうとう彼はあきらめ、八度目のベルが鳴っているとき電話に出た。

「なにごとだ?」彼は詰問《きつもん》口調で答えた。

「ジーン・シーグラムです、提督。おやすみでしたか?」

「ああ君か、いや、眠ってなどいるものか」サンデッカーはあくびをした。「私は自伝を五章分書き、酒屋に二軒強盗に入り、閣僚の女房を一人犯してからじゃないとベッドには入らないのさ。オーケー、なにを調べているのだね、シーグラム?」

「ちょっとしたことがもち上がったもので」

「そんなこと、放っておけよ。君のとこの情報員を敵の領土から救い出すために、これ以上、私の部下や船を危険にさらす気はないぜ」自国が交戦状態にあるかのように、提督は敵という言葉を使った。

「そんなたのみではないのです」

「では、なんだい？」

「私はある人間の手掛かりがほしいのです」

「なぜ真夜中に、私に電話したんだね？」

「あなたなら知っていると思ったので」

「なんという名だね？」

「ピット——ダーク。名前はピット、たぶん、P・I・T・Tと綴《つづ》るのでしょう」

「年寄りの悪いくせで、ちょいと気になるんだが、なぜ、私がその男を知っていると思ったのかね？」

「なんの証拠も握っておりませんが、彼がNUMAとつながりをもっていると確信しているのです」

「部下は二〇〇〇人以上いるんだよ。全員の名前をおぼえられるわけがないじゃないか」

「ピットについて調べてみてくれませんか？　彼と緊急に話す必要があるのです」

「シーグラム君」サンデッカーはいらだって、文句を言った。「君は救いようのない馬鹿だな。私のところの人事担当者に、正規の勤務時間に電話することを思いつかなかったのかね？」

「申し訳ございません」シーグラムは言った。「たまたま遅くまで仕事をしておりましたので、それに――」

「分かった。その男をつきとめたら、本人から君に連絡させるよ」

「感謝します」シーグラムの口調は相変わらず打ち解けなかった。「ところで、あなたの部下にバレンツ海で救ってもらった鉱物学者は、順調に回復しつつあります。〈ファースト・アテンプト〉の外科医は見事に弾を抜いてくれました」

「コプリン、という名だったね?」

「そうです、二、三日後には起きて歩き回れるようになるでしょう」

「あれは危なかったぜ、シーグラム。ソ連側に、万一、つきとめられていたら、いまごろわれわれはひどい目にあっていたろうさ」

「なんと申し上げてよいやら」シーグラムは弱々しく言った。

「『おやすみ』と言って、私をまた眠らせてくれよ」とサンデッカーは、噛みついた。

「しかしその前に、ピットとかいう男はどうして登場してきたのか教えてくれ」

「コプリンがソ連兵に捕まりかけたとき、この男がブリザードのなかから現われ、ソ連兵を撃ち殺し、嵐の海をついて五〇マイル、コプリンを運んだのです。もちろん傷口の出血を止め、どうやったかはともかく、外科手術の用意のある、あなたの研究船に彼をゆだねたのです」

「彼を見つけて、なにをするつもりなんだね?」

「それは、ピットと私の間のことです」

「なるほど」とサンデッカーは言った。「じゃ、おやすみ、シーグラム君」

「ありがとうございました、提督。おやすみなさい」

サンデッカーは電話を切ってから、そのまましばらくすわっていた。彼の顔には、満足げな表情が浮かんでいた。

「ソ連の巡視兵を一人殺し、アメリカの情報員を救った。ダーク・ピット……抜け目のないやつだわい」

11

ユナイテッド・エア・ラインの早朝便は、朝の八時に、デンバーのステープルトン空港に着陸した。メル・ドナーは、荷物受取所を足早に通り過ぎ、エイビスのプリマスのハンドルを握ると、車で十五分の距離にある西コルフックス通り四〇〇番地のロッキー・マウンテン・ニューズ社へ向かった。西へ向かう車の流れに従って運転しながら、彼はフロントガラスの前方と自分の隣りの座席に広げてある市街図へ交互に目をやった。

デンバーに来たのははじめてだった。市の上空にスモッグが垂れこめているのを見て、彼はちょっと意外な気がした。ロサンゼルスやニューヨークのような都会が、薄汚れた茶色がかった灰色の雲におおわれているのは仕方ないとしても、デンバーは水晶のように澄んだ空気にあらわれており、紫色のロッキー山脈の山影にひっそりと横たわっているものと、彼はずっと思いこんでいた。それすら見当違いだった。デンバーは大平原の端に位置しており、一番近い山のふもとの丘からでも、少なくとも二五マイルは離れていた。

彼は車を止めて、新聞社の図書室へ通ずる道を探し当てた。カウンターのうしろにいた若い女性は、アーモンド型の眼鏡ごしに彼を見返すと、不揃《ふぞろ》いの歯を見せ、親しみのこもった微笑を浮かべた。

「どんなご用件でしょう?」

「一九一一年十一月十七日付けのおたくの新聞、ありますか?」

「ずいぶん昔のものですね」彼女は唇を曲げた。「写真複写を差し上げられます。オリジナルは州の歴史協会に一揃いそろっております」

「私は三面を見たいだけでして」

「お待ちねがえますか。一九一一年十一月十七日のフィルムを探し出し、お望みのページの写しをとるのに十五分ほどかかりますが」

「ありがとう。ところで、こちらにコロラドの企業総覧はありませんか?」

「ございますとも」彼女はカウンターの下に腕を伸ばし、台にかぶせてあるしみのついたプラスチックの上に小冊子をのせた。

ドナーは、若い娘が自分のたのみのものを探すために姿を消すと、腰をおろして総覧を調べはじめた。見出しに、プエブロのガスリー・アンド・サンズ鋳造所は、載っていなかった。彼はTのページをめくった。デンバーのソー鉄工販売会社の記載もなかった。かれこれ八十年もたっているのに、この二つの会社がまだ存続していると思うほうが虫がよすぎるのだ、と彼は納得した。

十五分たっても、例の女性はもどって来なかった。それで彼は、ひまつぶしに総覧を見るともなしにめくっていった。コダック、マーチン・マリエッタ、それにゲイツ・ラバーを除くと、彼が聞き知っている会社はごくわずかしかなかった。そのうちに、突然、彼ははっとした。Ｊの項に記載されているデンバーのジェンセン・アンド・ソー金属製作所という名が目に止まったのだ。彼はそのページをひきちぎり、ポケットに押しこむと、小冊子を台の上にひょいとのせた。

「さあどうぞ」と例の若い女性が声をかけた。「五〇セントちょうだいします」

ドナーは代金を払うと、古い新聞の複写の右上隅の見出しにすばやく目を走らせた。その記事は鉱山事故を扱っていた。

「お探しになっていたのは、それですか？」と女性がきいた。

「これにちがいありません」ドナーは歩きだしながら言った。

ジェンセン・アンド・ソー金属製作所は、バーリントン＝ノザーン操車場とサウスプラタ川の間にあった。波型の巨大な建物で、ほかの場所にあったら、あたりの風景を台無しにしかねない代物《しろもの》だった。工場のなかに入ると、頭上のいくつものクレーンが、並はずれて長い錆ついたパイプを一つの山から別の山へ運んでおり、押型機の発する耐えがたい金属音にドナーの鼓膜は縮み上がった。本社は防音装置つきのコンクリートの壁と背の高いアーチ型の窓の内部に納まっていた。

魅力的な胸の豊かな受付嬢が、毛の長いカーペットを敷きつめた広間を通って、羽目《はめ》板貼《いたば》りのゆったりした部屋に案内してくれた。カール・ジェンセン二世は、机の向こうから回って出て来ると、ドナーと握手を交わした。彼は若かった。せいぜい二十八歳どまりだろう。髪は長く伸ばしていた。きちんと刈りこんだ口ひげをたくわえており、高価な格子じまの背広を着こんでいた。彼はいかにもＵＣＬＡの卒業生といった感じを与えた。ドナーには、そうとしか思えなかった。

「時間をさいてくださり、感謝します、ジェンセンさん」

ジェンセンは、用心深く微笑んだ。「重要な用件のようですね。ワシントンの大物がじきじきにおみえなのですから。断わるわけにはまいりますまい？」

「電話でお話したとおり、私は古い記録を二、三、調べているのです」

ジェンセンは、うっすらと笑った。「あなたは国税庁の方ではないのでしょうね」

ドナーは首を振った。「そんな者ではありません。政府が関心を寄せているのは、純然たる歴史的なことです。もしもまだ保存なさっていれば、一九一一年の七月から十一月にかけての売上げ記録を調べたいのです」

「そんな冗談をおっしゃる」ジェンセンは声を出して笑った。

「本当です、本気でお願いしているのです」

ジェンセンはあっけにとられたように彼を見つめた。「この会社に間違いないのですね?」

「そうです」ドナーはそっけなく言った。「もしもこの会社がソー鉄工販売会社の後身なら」

「昔、曾祖父《そうそふ》がやっていた会社です」とジェンセンは認めた。「私の父が公開株を買いもどし、一九四二年に社名を変更したのです」

「いまでも、古い記録を保管していますか?」

ジェンセンは肩をすぼめた。「何年か前に古い記録は処分してしまいました。曾祖父が商売をはじめた一八九七年からの領収書を全部保管していた日には、ブロンコ・スタジアムくらいの大きさの倉庫が必要になってしまいますから」

ドナーはハンカチを取り出し、顔の玉の汗をぬぐい取った。彼はがっくりして、椅子にからだを沈めた。

「しかし」とジェンセンは話しつづけた。「カール・ジェンセン一世の先見の明に、感謝するのですな。私たちは過去のすべての記録をマイクロフィルムに収めて保管しております」

「マイクロフィルム?」

「気のきいた唯一の方法です。五年経過したものはすべて、フィルムに収めます。効率の権化《ごんげ》、それが私たちなのです」

ドナーは、自分の運のよさを信じかねた。「それでは、一九一一年の下半期の売上げ記録を見せてもらえるのですね？」

ジェンセンは答えなかった。彼は机の上にからだを伸ばすと、インターコムに語りかけ、それから、重役用の椅子に背をもたせかけた。「待っている間に、コーヒーでもいかがです、ドナーさん？」

「もう少しぴりっとしたもののほうが、ありがたいのですが」

「大都市の人らしいおっしゃりようですな」ジェンセンは立ち上がって、鏡貼りのバーに歩み寄り、シーバス・リーガルの瓶を取り出した。「デンバーは、まったく野暮な町でしてね。事務所にバーをもつことは、けしからんとみなされがちなのです。地元の連中は、大切なお客様をもてなすのに、町のレストランで大きなグラス入りのコーク一杯とたっぷりした昼食を差し上げればよいと思っているのです。私はマジソン・アベニューで仕事をおぼえたので、よその土地の大切なお得意様は、ついていますよ」

ドナーは差し出されたグラスを受け取ると、ウイスキーを飲み下した。

ジェンセンはいぶかるように彼を見つめた。そして、また、グラスについだ。「教えてくださいよ、ドナーさん、なにをつきとめようとしているのです？」

「たいしたことじゃありません」

「そうおっしゃらずに。七十六年前の売上げ記録を見つけて大笑いするために、国の半分を横断する旅行に、政府が大の男をわざわざ派遣するわけがないじゃありませんか」

「政府の秘密事項の扱い方は、とかく変わっていましてね」

「一九一一年にさかのぼる機密事項？」ジェンセンは信じかねて首を振った。「本当に驚きだ」

「古い犯罪の解明に取り組んでいるとだけは、申し上げましょう。この犯罪者があなたの曾祖父から物を買っているのです」

ジェンセンは微笑み、儀礼上、その嘘を受け入れた。

長いスカートにブーツをはいた黒髪の女性が、腰を振り振り部屋に入って来た。彼女は誘うような目差しをジェンセンに投げかけ、彼の机の上にゼロックスの複写をのせると引き下がった。

ジェンセンは複写を取り上げ、目を通した。「六月から十一月にかけて、曾祖父は不景気だったにちがいない。この期間の売上げは、微々たるものだ。あなたがとくに関心のある事項は？　ドナーさん」

「鉱山用工具です」

「なるほど、これにちがいない……ドリル工具。八月十日の注文で、十一月一日に、注文主が受け取っている」ジェンセンの口もとが、大きくほころんだ。「どうも、笑いものにされるのはあなたのほうのようですよ」

「どういうことです」

「買い手は、あなたのお話に従えば、犯罪者ということになりますが……」ジェンセンは効果を狙ってわざと間を置いた。「……アメリカ政府です」

12

メタ・セクションの本部は、ワシントン海軍工廠《こうしょう》わきの古いブロックづくりの得体の知れないビルのなかにひそんでいた。夏の暑気と湿気に二重に痛めつけられて、ペンキの剝《は》げ落ちたみすぼらしい大きな標識によると、この建物はスミス運輸倉庫会社のものであった。

荷積場は、ごくありきたりなたたずまいを見せていた。梱包《こんぽう》用の木枠や箱が、要所要所に積み上げられており、シュートランド大通りに面した敷地に張りめぐらしてある高さ一五フィートの金網の棚のそばには、これみよがしにトラックが数台止まっていた。しかし近づいてよく見ると、どのトラックもみな古ぼけていて、エンジンはなく、内部は使われていないため、埃をかぶっていた。映画の舞台設計家なら、感動をおぼえずにはおれないような光景である。

ジーン・シーグラムは、シシリアン計画の施設に当てる地所の購入に関する何通もの報告書を読んでいた。購入した地所は、全部で四六カ所だった。北寄りのカナダとの国境ぞいの地所が一番多く、それにわずかな差で北大西洋岸がつづいていた。太平洋岸には指定地域が八カ所あるのに対し、メキシコとメキシコ湾の北寄りの国境には、四つの地域が計画におりこまれているにすぎなかった。交渉は順調に運んだ。いずれの場合にも、買い手はエネルギー研究局と名乗った。疑いをもたれるおそれは、まったくなかった。施設の外観はみな、小さな送電所に似た設計になっていたからである。このうえなく注意深い人たちにとっても、その外観からは、なに一つ疑ってかかるべき点はなかった。

彼が建設費の見積りに目を通していると、専用電話のベルが鳴った。いつものくせで、彼は注意深く報告書をもとのフォルダーにもどし、机の引出しに滑りこませると、受話器を取った。「シーグラムですが」

「やあ、シーグラムさん」

「どなたです？」

「マクパトリック少佐です、陸軍記録局の。ジェイク・ホバートという名の鉱夫についてなにか分かったら、この番号に電話してくれと、私におっしゃったでしょう」

「ええ、そうですとも。申し訳ありません、ほかのことを考えていたもので」シーグラムは電話の相手のことが手にとるように分かるような気がした。ウェストポイントの卒業生で、三十歳にまだなっていない——軍人特有のきびきびとした口調と若々しい声を聞いただけで、それだけのことが分かった。たぶん、四十五歳までに将軍になることだろう。国防総省《ペンタゴン》にいる間に、あやまたずコネをつくりさえすれば。

「どんなことが分かりました、少佐？」

「おたずねの男をつきとめました。彼のフルネームは、ジェイソン・クリーブランド・ホバートです。一八七四年一月二十三日、アイオワのビントン生まれ」

「少なくとも生年月日は、分かったわけだ」

「職業も分かりましたよ。鉱夫です」

「ほかになにか？」

「彼は一八九八年の五月に入隊し、コロラド志願兵第一連隊の一員としてフィリピンで兵役を務めています」

「コロラドと言ったのですか？」

「ええ、そうです」マクパトリックは言葉を切った。電話の向こうで書類を繰っている音がシーグラムの耳に伝わってきた。「ホバートの戦歴は優秀なものです。軍曹に昇進しています。彼はフィリピン反乱軍との交戦中に負傷を負っていますし、戦場におけるあっぱれな働きにより、二度、勲章を受けています」

「彼が除隊したのは、いつですか？」

「あの当時は、除隊《ディスチャージ》を『マスターリング・アウト』と表現しておりました」マクパトリックが、わけ知りに言った。「ホバートは、一九〇一年の十月に、軍籍を離れております」

「そこで、彼の記録は途切れているのですか？」

「いいえ、彼の未亡人はいまでも年金を受け取って」

「待ってくれ」とシーグラムが口をはさんだ。「ホバートの未亡人が、まだ生きている？」

「彼女は毎月、きちんと、五〇ドル四〇セント受け取っております」

「九十歳は過ぎているにちがいない。ちょっとおかしくはありませんか、米西戦争の参戦者の未亡人に年金が払われているのは？　大半の未亡人は、もう草葉の陰にいるはずでしょう」

「とんでもありません。年金給与者名簿には、独立戦争の未亡人がまだ一〇〇人近く記載されています。グラント将軍がリッチモンドを占領したとき、彼女たちは誰一人として、この世に生まれてさえいませんでした。みずみずしい若い娘と、南北戦争に従軍した経験をもつ年老いた歯抜け爺《じい》さんとの不釣り合いな結婚が、あの当時はごく当たり前だったのです」

「私は、夫が戦死したときに生きていてはじめて、未亡人は年金をもらう資格があるものと思っていました」

「必ずしも、そうではありません」とマクパトリックは言った。「政府は二つの分類に基づいて未亡人に年金を払っています。一つは、兵役中に死んだ場合です。これにはもちろん、戦場での死や議会が定めた一定の兵役期間中に病をえたり、怪我《けが》をして死んだ場合が含まれます。もう一つは、兵役に服していないときの死です。あなたを例にとってみましょう。あなたはベトナム戦争のおりに、この戦いのために設定された兵役期間を海軍で任務につかれました。したがって、あなたの奥様、あるいは将来あなたの奥さんになった方も、かりにあなたが四十年後にトラックに轢《ひ》かれて死んだ場合でも、少額の年金を受け取る資格があるのです」

「そのことを遺書のなかに書いておくことにしよう」とシーグラムは言ったものの、自分の兵役の記録をペンタゴンの事務屋が自由に見られることを知って、不安な気持ちに襲われた。

「ホバートの件にもどりましょう」

「ところで、陸軍の側に妙な見落としがあるのです」

「見落とし？」

「ホバートの兵役の記録には、再入隊の記述が落ちているのです。それなのに、彼は『国家のために命を捧《ささ》げた』と記録されているのです。死因にはふれておりません。日付があるだけなのです……一九一一年十一月十七日」

シーグラムは、椅子の上で思わずからだをしゃんと伸ばした。「ジェイク・ホバートが一市民として、一九一二年の二月十日に死んだというたしかな証拠を、私は握っている」

「さきに申し上げましたように、死因についてはなんの記述もありません。しかし、ホバートが民間人としてではなく軍人として、十一月の十七日に死んだのは、間違いありません。彼に関するファイルのなかに、一九一二年七月二十五日付けの一通の手紙があります。タフト大統領の許《もと》の陸軍省長官、ヘンリー・L・スチムソンが陸軍に対し、ジェイソン・ホバートの妻に、生涯にわたって未亡人年金を全額支給するよう命じたものです。陸軍省の長官が、なぜホバートに対し個人的な配慮をはらったかは謎です。しかし、私たちが問題にしている男の身分に関しては、まず疑いの余地はありません。高い評価を受けている兵士でなければ、こんな優遇処置は受けられません。炭鉱夫に無縁なことは明らかです」

「彼は炭鉱夫ではなかった」シーグラムはつっけんどんに言った。

「たとえ、なんであったにせよ」

「ホバート夫人の所番地が分かりますか？」

「どこかにありましたよ」マクパトリックは、一瞬手まどった。「アデリン・ホバート夫人、カリフォルニア州ラグナヒルズ、カレ・アラゴン二六一‐B。彼女はロサンゼルスの海岸ぞいにある老人用の大規模な開発地に住んでいます」

「ほぼ見当がつきました」とシーグラムは言った。「今回のお力ぞえに感謝します、少佐」

「言いにくいのですが、シーグラムさん、私たちは別の人間を追っているような気がするのです」

「あなたのおっしゃるとおりかもしれませんね」シーグラムは答えた。「見当違いな方向を探しているような感じがしないでもありません」

「またお役にたつようでしたら、どうぞご遠慮なくお電話をください」

「そうさせてもらいます」シーグラムはくぐもり声で言った。「重ねて感謝します」

電話を切ると、彼は頭を両手にあずけ、椅子の上でかがみこんだ。彼はその姿勢で、まるまる二分ほどじっとしていた。やがて彼は両手を机につくと、得意げに大きく微笑んだ。

姓名だけでなく、生まれた年も同じなうえに、同じ州で同じ職業についている人間がいることは、おおいにありえる。謎のこの部分は、偶然の一致ということもあろう。しかし、この二人の男をまことに不思議なことに結びつけているつながり、三六五分の一の確率は、偶然とはいえない。記録に載っているホバートの死亡年月日とシド・コプリンがベドナヤ山で見つけた古い新聞にある日付がまったく同じなのだ。一九一一年十一月十七日。

彼はインターコムのスイッチを押し、秘書に命じた。「バーバラ、デンバーのブラウン・パレス・ホテルのメル・ドナーに電話を入れてくれ」

「留守の場合の伝言は？」

「もどったら、私の専用電話にかけるよう言付けてくれ」

「そういたします」

「それからもう一つ。ユナイテッド・エア・ラインの明日のロサンゼルス行きの早い便の切符を買ってくれ」

「はい、分かりました」

彼はスイッチを切ると、もの思いにふけりながら椅子に背をもたせかけた。アデリン・ホバートは九十歳を超している。彼女が耄碌《もうろく》していないようにと、彼は神に祈った。

13

　ふだん、ドナーは下町のホテルには泊らない。彼はもっと郊外の、庭に囲まれた、人目にたたないモーテルのほうが好きだった。しかしシーグラムが、調査員はその町で一番古く、由緒あるホテルに泊っているほうが、地元の協力を取りつけるうえでなにかと便利だ、と言ってゆずらなかった。調査員という言葉に、彼は気分が悪くなった。もしも五年前に、南カリフォルニア大学の同僚の教授の一人から、君は物理学の博士号をもっているので、現にいまやっているような秘密の任務をやがて行うことになるだろうと言われたら、彼は窒息しかねないほど大笑いしたことだろう。だがいまのドナーは、笑うどころではなかった。シシリアン計画には国家の重大な利害がからんでいるので、露見する危険を冒して外部に協力者を求めることは許されなかった。この計画は、彼とシーグラムが自分たちの力だけで考え、つくり出したものだった。それに、この計画をできうるかぎり二人で推進することにしていた。

　彼はレンタルのプリマスを駐車場の係員にまかせると、トレモント広場を横切り、ホテルの旧式な回転ドアを通り抜け、快適な装飾がほどこされているロビーに出た。ロひげをたくわえた若い主任補佐が、にこりともせず彼に伝言を渡した。ドナーはありがとうともいわずにそれを受け取ると、エレベーターに乗り、自分の部屋へ向かった。

彼はドアをばたんと閉めると、部屋の鍵とシーグラムの伝言を机の上に投げ出し、テレビをつけた。長く、くたびれた一日だった。彼のからだは、まだワシントン特別区の時間で働いていた。彼はルーム・サービス係に電話をして夕食をたのみ、足を振って靴を脱ぎ、ネクタイをゆるめ、ベッドに倒れこんだ。

彼はまた、古い新聞の写真複写を読みはじめた。読むのは、これでもう一〇回目くらいになっているはずだった。ピアノの調律師、脱腸用の電気ベルト、それに奇病の治療に関する広告や、どこそこの通りの売春宿を撤去する決議をしたデンバー市議会に関する論説、さらに、一九〇〇年代初頭の女性読者が恐ろしがってぞっとしたにちがいない、不可解なちょっとした記事などが好みであれば、実に面白いだろう。

検死官の報告

先週、パリの死体公示所の常連たちは、確認してもらうために厚板の上にのせられてあった、弾性ゴム製の奇妙な片脚にたいそう当惑した。優雅な服装をした、明らかに五十がらみの婦人の死体がセーヌ川で発見されたが、死体の腐敗がひどく、保管できなかったようである。しかし、左脚は太腿のところで切断されており、巧妙につくられた弾性ゴムの脚がついていたとのことである。それが手掛かりとなって身許が分かるのではないかというので、陳列されたのである。

ドナーは昔のこの珍しい話に笑いを浮かべ、そのページの右上の部分に目をやった。ノバヤゼムリヤで見つけた新聞には欠けていた、とコプリンが言った個所である。

鉱山事故

悲劇は今朝早く、復讐心に燃える亡霊さながらに襲いかかった。セントラル・シティからほど近いリトル・エンジェル鉱山でダイナマイトの爆発事故が起こり、坑道が埋没し、一番方の九人が生き埋めになった。彼らのなかには、有名であり信望も厚い、鉱山技師のジョシュア・ヘイズ・ブルースター氏も含まれている。

疲れきった救助員の話によると、彼らが生存している可能性は皆無だという。サタン鉱山の勇猛な職長、ビル・マホニー氏は、生き埋めになった鉱夫たちにたどり着くため、非常な努力をしたが、中央縦坑を埋めつくして押し寄せる水の壁に、後退を余儀《よぎ》なくされた。

「可哀そうに、あいつらは死んだにちがいない」とマホニー氏は事故現場で、記者たちに語った。「水がやっこさんたちが作業をしていたときの二倍ほどの高さに達している。

彼らはわけが分からぬままに、水に襲われて溺れ死んだにちがいない」

坑道の入口を黙りこくり、悲しみにうちひしがれて取り囲んでいる人の群れは、今回、亡くなった犠牲者の遺体が地上に運び出され、てあつく埋葬されることがかなわぬと思い、深く悼《いた》んだ。

一八八一年に閉鎖されたリトル・エンジェル鉱山の再開を企てたのがブルースター氏であることは、たしかである。ブルースター氏は、友人や仕事仲間たちの話によると、最初に掘ったときには質のよい鉱脈からそれてしまったが、幸運に恵まれ、不屈の精神をもって当たれば、つきとめられるとよく豪語していた、とのことである。

いまは隠遁《いんとん》の身であるリトル・エンジェル鉱山の元の所有者、アーネスト・ブルーサー氏は、ゴールデンにある自宅の前庭で、意見を求められ、つぎのように語った。「あの鉱山は、私が開所したその日から悪運につきまとわれているのです。あのときすでに、けっして利益をもたらすことのない、純度の低い鉱石しか出ないことがはっきりしたのです」ブルーサー氏は、さらに述べた。「ブルースターは、完全に間違っていた、と私は思っています。主鉱脈の存在を示唆《しさ》するものなど、いまだかつてあった例《ためし》がないのです。彼ほどの評判の男が、主鉱脈を掘り当てられると考えたこと自体に、私は驚いております」

セントラル・シティでは、現在の状況をいかんともしがたいので、墓所として開口部は封鎖する、行方不明の九人は、二度と日を浴びることなく、永久に闇のなかで眠ることになるとの、最終的な発表が行われた。

このうえなく悲惨な事故の犠牲者となった方々は、つぎのとおりである。

ジョシュア・ヘイズ・ブルースター（デンバー）
アルビン・コールター（フェアプレイ）
トーマス・プライス（レッドビル）
チャールズ・P・ウィドニー（クリプル・クリーク）
バーノン・S・ホール（デンバー）
ジョン・コールドウェル（セントラル・シティ）
ウォルター・シュミット（アスペン）
ウォーナー・E・オデミング（デンバー）
ジェイソン・C・ホバート（ボールダー）

主よ、山の勇敢な働き手たちを見守りたまえ。

古い新聞の活字を何度読んでも、ドナーの目は行方不明の鉱夫の氏名の最後のところへもどってきた。彼は夢うつつの人間のように、ゆっくりと新聞を膝にのせると、受話器を取り、長距離電話をかけた。

14

「モンテ・クリスト！」ハリー・ヤングはうれしそうに叫んだ。「私は心からモンテ・クリストをおすすめします。ロックフォール・ドレッシングもすばらしいですぞ。しかし、まずマーティニだ。うんとドライで、強いやつをたのむ」

「モンテ・クリスト・サンドウィッチに、ロックフォールをかけたサラダですね。承知いたしました、お客様」若いウェイトレスは、注文を繰り返し、テーブルに向かって深々と頭を下げた。そのはずみで、短いスカートがまくれ上がり、白いパンティーがのぞいた。

「ところで、こちらのお客様は？」

「同じものをもらおう」とドナーはうなずいた。「しかし、まずマンハッタンのオン・ザ・ロックをたのむ」

ヤングはウェイトレスが調理場へ足早に向かう様子を、眼鏡の縁ごしにのぞいていた。

「クリスマスに、あの娘を贈り物にしてくれる人がいたらなあ」と彼は笑いながら言った。

ヤングはやせぎすの小柄な男だった。何十年か昔には、彼はごてごてと着飾った愚かな年寄りだと言われたにちがいなかった。しかし七十八歳になった現在の彼は、機知に富んだ、真面目な顔つきをした美食家で、美に対しては修練を積んだたしかな目をもっていた。間仕切りに囲まれたテーブルに、ドナーと向かい合ってすわっている彼は、青のタートルネックの上に、格子織りのダブルニットの背広を着ていた。

「ドナーさん！」と彼は喜ばしげに言った。「私はとてもうれしい。『ブローカー』は、私の好きなレストランなのです」彼はくるみ材の羽目板とブースを、片手を振って示した。「ここは昔、ある銀行の金庫室だったのです。ご存じですね」

「五トンもあるドアをくぐり抜けるとき、気づきました」

「夕食をとりに、ぜひここへいらっしゃい。前菜として、すごいエビ料理が出ますよ」

彼はエビ料理を思い描いただけで、相好《そうごう》をくずした。

「今度、訪ねるおりには忘れないようにしましょう」

「そうですとも、ドナーさん」ヤングは相手をじっと見つめた。「どんな用件ですか？」

「二、三、おたずねしたいことがありまして」

ヤングは、眼鏡の上まで眉をつり上げた。

「ほほう。いまのあなたのお言葉に、好奇心がそそられましたぞ。あなたはＦＢＩの方じゃありませんね？　電話では、連邦政府に籍を置く者だとしかおっしゃいませんでしたが」

「ええ、ＦＢＩの者ではありません。それに、国税庁の人間でもありません。私が属している省は福祉に関係しています。私の任務は、年金請求の正当性をつきとめることなのです」

「それで、この私はどんなお手伝いをしたらよろしいのです？」

「現在、私が取り組んでいる仕事は、九人の人命を奪った七十六年前のある鉱山事故の調査です。犠牲者の一人の子孫が、年金の申請をしましてね。それで、その申請の資格の確認に、出向いて来たのです。あなたを、ヤングさん、州立歴史協会が私に推薦してくれたのです。あなたは、西部の鉱山史に関する生き字引だと、協会の方は力説されておりました」

「ちょいと大げさだ」ヤングは言った。「しかし、悪い気はしませんですな」

　飲み物が運ばれた。二人はしばらく、酒を飲んでいた。その合間にドナーは、四方の壁に掛かっている、今世紀への変わり目のコロラドにあった銀の帝王たちの写真をじっくりと見回した。どの顔も、富める者の傲岸《ごうがん》な目差しでカメラのレンズを溶かしてしまおうとでもするかのように、じっとこちらを見つめていた。

「教えてくださいよ、ドナーさん、七十六年も前の事故を種に、どうして年金の申請ができるのです？」

「未亡人が、受け取る資格のある金を一文も受け取っていないようなのです」ドナーはあぶなっかしい話をした。「未亡人の娘が、まあ言ってみれば、払いもどしを求めているわけです」

「なるほどね」とヤングは言った。彼はテーブルごしにさぐるように見つめ、やおら、手持ち無沙汰《ぶさた》なのか、皿をスプーンで軽く叩きはじめた。「リトル・エンジェル事故で死んだどの男に、あなたは関心があるのです?」

「さすがですね」とドナーは相手の目差しをそらし、ぎこちなくナプキンを広げながら言った。「あなたは、ぴたっと見抜いておられる」

「なんでもありゃしませんよ、本当に。七十六年前の鉱山事故。行方不明者九名。となれば、リトル・エンジェル事故しか考えられないですからね」

「男の名は、ブルースター」

ヤングは、相手をあらためて見すえた。そして、皿を叩くのをやめ、テーブルの表面をスプーンでどんと打った。

「ジョシュア・ヘイズ・ブルースター」と彼は男の名をつぶやいた。「ネブラスカ州シドニーのウィリアム・バック・ブルースターとヘティー・マスターズの間に、一八七八年四月四日に生まれた。いや五日だったかな」

ドナーは驚いて目を見張った。「どうしてそんなに詳しく知っているのです?」

「そうとも、この程度でなく、もっと知っていますよ」ヤングは微笑んだ。「鉱山技師は、かつて『編み上げの長靴をはいた連中』と呼ばれていたんです。ちょいと変わった人たちでね。息子は親父の仕事を引き継ぎ、ほかの鉱山技師の妹や娘としか結婚しない、ごく珍しい職業の一つだったのです」

「あなたはジョシュア・ヘイズ・ブルースターとゆかりの者だと、おっしゃろうとしているのですか？」

「私の伯父なんです」ヤングはにやっと笑った。

ドナーは立場を失った。

「もう一杯いけそうですね、ドナーさん」ヤングはウェイトレスに、もう一杯ずつ持って来るように合図した。「いうまでもありませんが、年金を要求している娘は一人もおりません。私の母の兄は、独身で一生を終わり、子どもは一人もいませんでした」

「やはり、嘘はいけませんね」とドナーは苦笑をもらしながら言った。「話をでっち上げて、自分を窮地に追いこむばかりか、あなたをまごつかせてしまったのではないでしょうか。申し訳ありません」

「教えていただけませんか？」

「かんべんしていただきたいのですが」

「あなたは政府の人なのですね？」ヤングがきいた。

ドナーは身分証明書を見せた。

「では、私からおたずねしますが、ずいぶん昔に死んだ伯父を調べているのは、なぜなのです？」

「かんべんしていただきたいのですが」とドナーは同じことを繰り返した。「とにかく、いまのところは」

「あなたは、なにを知りたいのです？」

「ジョシュア・ヘイズ・ブルースターとリトル・エンジェル事故についてお聞かせねがえることなら、なんでも」

飲み物とサラダが一緒に運ばれて来た。ドナーも、ドレッシングがすばらしい味だと思った。二人は、黙って食べた。ヤングは食べ終わると、小さな白い口ひげをぬぐい、一つ大きく息をすると、ブースの背もたれに背中をあずけてくつろいだ。

「私の伯父は、一九〇〇年代初頭に鉱山を開いた男たちの典型でした。信頼に足る一途《いちず》な白人男性で、中産階級に属しており、からだが小さな点を除けば――伯父は五フィート二インチしかなかったのです――当時の小説家たちが生き生きと描いていた、紳士的で、精力的な、向こう見ずの、冒険心に富んだ鉱山技師としてあっさり通ったことでしょう。ぴかぴかに光っている長靴、乗馬用のズボン、それに、レンジャーハットのいでたちも、非の打ちどころがありませんでしたからね」

「あなたの話だと、彼は、昔、土曜日にやっていた連続ものの映画に出てくる英雄みたいな感じですね」

「つくりものの英雄など、けっしてかないっこありませんよ」とヤングは言った。「この分野も、今日では当然のことながら、たいそう専門化していますが、昔の技師たちは自分が掘る岩盤のように頑丈であると同時に、多才でなければなりませんでした——機械工、電気技師、測量士、冶金《やきん》学者、地質学者、法律家、しみったれな経営者と頭のからっぽな労働者の間に立つ調停係——こういう男が、鉱山の経営には必要だったのです。その男こそ、ジョシュア・ヘイズ・ブルースターだったのです」

　ドナーは黙って、グラスのなかの飲み物を静かに回していた。

「鉱山学校を卒業すると、伯父はオーストラリアのクロンダイクで仕事につきました。それからロシアで仕事をして、一九〇八年にサワー・ロックとバッファローの管理に当たるためにロッキーにもどって来たのです。どちらの鉱山も、パリのフランス人資本家たちがレッドビルにもっていたもので、彼らは一度も、コロラドに来たことはありませんし」

「フランス人が、アメリカに鉱山権をもっていたのですか？」

「そうです。彼らの資本が西部全域に大量に流れこんでいたのです。金に銀、牛、羊、不動産。あらゆるものに、彼らは手を出していました」

「ブルースターは、なぜリトル・エンジェル鉱山を再開する気になったのでしょう?」

「それが実に奇妙な話なんです」とヤングは言った。「あの鉱山には、一文の値打ちもなかったのです。三〇〇ヤード離れた地点にあるアラバマ坑からは、低い地層の地下水をポンプで処理できなくなるまでに、二〇〇万ドル相当の銀が掘り出されたのです。あそこの縦坑は、純度の高い鉱床を掘り当てたわけです。しかし、リトル・エンジェルは、一度として鉱床に近づいたことがないのです」ヤングは一息入れて、飲み物をなめると、グラスの中に伯父の姿が浮かび上がってでもいるように、じっと見つめた。「伯父が、耳をかす人間になら誰彼の別なく、あの鉱山を再開するつもりだと言うのを聞いて、彼をよく知っている人たちはみな、唖然としたものです。そうです、ドナーさん、唖然としたのです。ジョシュア・ヘイズ・ブルースターは慎重な男、詳細をきわめる男なのです。彼の動きはすべて、成功を収めるために慎重に計算されたものなのです。彼は絶対といえるほどの見込みがなければ、勝負に出ません。その彼が、あんな馬鹿げた計画を口外するなど、考えられないことです。あればかりは、あらゆる人から狂気の沙汰だとみなされました」

「彼はたぶん、ほかの人が見落としていた手掛かりを見つけたのでしょう」

ヤングは首を振った。「私は六十年以上、地質学をやっております、ドナーさん。それも、たいへん優秀な地質学者です。私はリトル・エンジェルの坑道に後で入り、水がつかったところまでおりて調べ、アラバマ坑寄りの分析できる個所はすべて分析しました。その結果を、あなたにはっきり申し上げましょう。あそこには、現在、掘り起こされていない銀の鉱脈はありませんし、一九一一年にも、まったくありませんでした」

モンテ・クリスト・サンドウィッチが届けられ、サラダの皿がかたづけられた。

「あなたは、伯父さんが狂っていたというのですか？」

「その可能性も考えてみました。あの当時、脳腫瘍《のうしゅよう》は診断できなかったので」

「神経障害も、そうですね」

ヤングはサンドウィッチを、四分の一ほど飲み下し、二杯目のマーティニを流しこんだ。「どうです、モンテ・クリストは、ドナーさん？」

ドナーは、二口、三口、かじりつかざるをえなかった。

「いけますね、あなたのほうは？」

「まことに美味。私の自己流の解釈をお知りになりたいですか？　遠慮することはありません。堂々と笑ってかまいませんですよ。ほかの人もみな、私の説を聞くと笑ってしまうんですから」

「笑わないと約束します」とドナーは言った。その口ぶりは、真剣そのものだった。

「モンテ・クリストに、グレープ・ジャムを忘れずにつけてくださいよ、ドナーさん。そうすると、いっそうおいしくなりますから。ところで、すでに申し上げたように、伯父は実に詳細をきわめた男なのです。自分の仕事、自分の身の回り、それにやりとげた仕事を、鋭く見つめる人なのです。私は伯父の日記やノートのほとんどを集めました。それらのために、私の書斎の書棚のかなりの部分が占められています。たとえば、サワー・ロックやバッファロー鉱山に関する正確なスケッチと手まめに書きこまれた手書きの文章は五二七ページにおよんでいます。ところが、『リトル・エンジェル鉱山』と見出しがついているノートは、どのページも真っ白なんです」

「彼はリトル・エンジェルに関しては、一字も書き残していない、と言うんですか？」

ヤングは肩をすくめ、首を振った。「記録することが、なに一つなかったような感じなのです。ジョシュア・ヘイズ・ブルースターとその八人の仲間は、地球の内部へ入って行き、二度ともどる意思がなかったように思えてくるのです」

「なにをおっしゃりたいのです？」

「馬鹿げていますが」とヤングは認めた。「集団自殺という思いを抱いたこともあります。徹底的に調べたところ、九人全員とも独身かやもめだったことが分かったのです。ほとんどの者は渡り歩く独り者で、採掘現場を流れ歩いているんです。職長や鉱山管理者にうんざりしたり、やる気をなくすると、とにかく口実をもうけて、流れて行くんです。彼らの場合、年とって鉱山で働けなくなると、生きがいがほとんどなくなってしまうのです」

「しかし、ジェイソン・ホバートには妻がいたじゃありませんか」とドナーが言った。

「なんですって？　それはどういうことです？」ヤングは目を大きく見開いた。「彼らのなかに女房もちがいるという記録を、私はまったくつかんでおりません」

「私の言ったことに、間違いはありません」

「驚いたな！　伯父がそのことを知っていたら、絶対にホバートを仲間に入れなかったでしょうな」

「どうしてです？」

「分かりませんか。伯父は全面的に信頼できる人間を必要としていたのです。万一、姿を消してしまっても、あれこれ聞きただす親しい友人や親類のいない人間を」

「なにをおっしゃっているのか、理解しかねます」ドナーははっきり言った。

「簡単に言ってしまうと、リトル・エンジェル鉱山の再開とそれに引きつづいて起こった悲劇は、ごまかしです。口実、でっち上げです。私は伯父の頭がおかしくなりつつあったのだ、と確信しています。伯父がなぜそうなったのか、なにが原因だったのかは、永遠に分からないでしょう。伯父の性格は大幅に変わってしまったのです、人が変わってしまったのです」

「人格の分裂」

「まさしくそれです。彼の道義感が変わってしまったのです。友人に対する心づかいや愛情が消えうせてしまったんです。私はもっと若いころ、伯父を知っている人たちと話したものです。彼らの言うことは、一つの点で一致していました。彼らみんなが知っており愛していたジョシュア・ヘイズ・ブルースターは、リトル・エンジェル事故の何カ月か前に、死んだというのです」

「それがでっち上げと、どう結びつくのです？」

「気が狂っていても、伯父が鉱山技師であることに変わりはないわけです。ときに彼は、わずか数分のうちに、鉱山がペイするかいなかを見極めることができました。リトル・エンジェルに、見込みはありません。彼はそのことは知っていました。彼は純度の高い鉱床を見つけようなどとは、まったく考えていなかったのです。私は伯父の狙いがなんだったのか皆目見当がつきません。ドナーさん、ですが一つだけ、私は自信があります。あの古い縦坑の下の水を、たとえ誰かがポンプで汲《く》み上げても、骨はただの一本も見つかる気づかいはありませんね」

ドナーはマンハッタンを飲みほし、不思議そうにヤングを見つめた。「では、あなたは、鉱山に入った九人は脱出したと考えているのですね？」

ヤングは微笑んだ。「彼らが実際に入るところを見た人は、誰一人いないのですよ、ドナーさん。入ったものと考えられているわけです。したがって当然ですが、彼らから二度と応答がないので、黒い水の下で死んだとされているわけです」

「証拠が不十分です」ドナーは言った。

「おう、証拠ならもっとあります。たんとね」ヤングは熱くなって答えた。

「お聞きしましょう」

「一つ。リトル・エンジェルの一番深い作業現場は、平均水位よりゆうに一〇〇フィートは上にあった。最悪でも、まわりにたまった水がちょっと漏れた程度で、べつに問題になるほどのことはなかった。下の縦坑が走っている地層は、すでに水につかっていた。鉱山が最初に閉鎖されてから数年の間に、水が徐々にせり上がってきていたのです。ですから、ダイナマイトの爆発で、大量の水が噴き出し、私の伯父とその仲間の頭上に襲いかかれるわけがないのです。

二つ。事故後に鉱山のなかで発見されたとされている道具類は、使い古したものです。あの連中はみんなプロなんですよ、ドナーさん。彼らは二流の道具を持って、地下にもぐったりしないものです。

三つ。伯父は鉱山を再開するつもりだと、みんなに言っていながら、リトル・エンジェルの持ち主のアーネスト・ブルーサーと、その計画について相談なり検討なりを、ただの一度も行なっていません。要するに、私の伯父は不法に他人の鉱山に入ったのです。人の道にはずれないことで有名だった伯父には考えられない行為です。

四つ。事故発生を知らせる第一報は、翌日の午後にやっとなされているのです。サタン鉱山のビル・マホニーという男が、小屋の戸口の下にあるのを見つけたのです。それには、『助けてくれ！　リトル・エンジェル鉱山。早く来てくれ！』とありました。危険を知らせる方法としては、実に奇妙でしょう。そう思いませんか？　むろん、書きつけに署名はありませんでした。

五つ。セントラル・シティの保安官は、私の伯父が仲間の名前の一覧表を、大事故が起きたときには新聞社に渡してくれ、と言って、自分にあずけたと言っています。妙な予告じゃありませんか、ごくひかえめに言ってる。伯父ジョシュアが、どの犠牲者の身許に関しても間違いが生じないよう、望んでいたみたいじゃありませんか」

ドナーは皿を押しもどし、グラスの水を飲んだ。「あなたの説明は面白い、しかし、十分な説得力を欠いているうらみがある」

「そうですか。しかし最後に、これならどうです、ドナーさん。私は最後まで決め手をとっておいたのです。

六つ。あの悲劇の数カ月のちに、私の父と母が、ヨーロッパの周遊旅行中に、イギリスのサウサンプトンで、船と連絡する列車のプラットフォームに立っている私の伯父を見かけたのです。母は伯父に近づいて話しかけた言葉を、よく口にしていました。母は、『まあ、ジョシュア、本当にあなたなの？』と言ったそうです。振り向いて母を見すえた顔は、頬にひげが生え、死んだ者のように白く、目はどんよりしていた。『私のことを忘れてくれ』とささやくように言うと、向きを変え走り去ったそうです。父はプラットフォームの上を追いかけたが、間もなく人ごみのなかに彼を見失った」

「よくある人違い、と考えるのが妥当でしょうね」

「妹が実の兄を見分けられないというのですか？」ヤングは、あざけるように言った。

「どうです、ドナーさん、あなたも人ごみにまじっている実の兄弟を間違いなく見つけられるはずですが？」

「無理でしょうね。私は一人っ子なので」

「お気の毒なことだ。あなたは人生の最大の喜びの一つを味わえないわけですな」

「少なくとも、玩具《おもちゃ》を一緒に使わずにすみました」勘定書が届いた。ドナーはお盆のなかにクレジットカードを投げ入れた。「つまるところ、リトル・エンジェルの事故は偽装だというのですね」

「それが私の考えです」ヤングはナプキンで口を軽く押さえた。「もちろん、証明するすべはありません。しかし私はあれにはロレーヌ鉱山会社がからんでいるという思いをぬぐうことができないのです」

「どういう会社なんです？」

「いまでもフランスにあっては、ドイツにおけるクルップ、日本におけるミツビシ、アメリカにおけるアナコンダのような存在です」

「そのフランスのなんとか——あなたのおっしゃった会社の役割は？」

「彼らはフランス人の資本家で、ジョシュア・ヘイズ・ブルースターを調査の技師長として雇ったのです。九人の男が地球の表面から姿を消すために必要な資金を十分に出せたのは、彼らだけなのです」

「だが、どうして？　動機はなんですか？」

ヤングは、お手上げだといわんばかりのジェスチャーを見せた。「私には分かりません」彼はかがみこんだ。その目は燃えたっているような感じを与えた。「しかし、いかなる代償を与えられ、いかなる影響力がおよんだかは分からないが、とにかくそのために私の伯父と八人の仲間が、この国の外の名も知れぬどこかへ連れて行かれたことは、はっきりしています」

「死体が発見されるまで、あなたが間違っているとは誰にも言えません」

ヤングはじっと彼を見つめた。「あなたは礼儀正しい方だ、ドナーさん。感謝します」

「なにを？　政府の金で昼食をおごってもらったからですか？」

「笑わなかったことを」ヤングは静かに言った。

ドナーはうなずいただけで、なにも言わなかった。テーブルの向かい側の男は、すりきれた謎の細い一筋の糸を、たったいまベドナヤ山の鉱山のなかの赤い顎ひげの男の死体と結びつけてくれたのだった。笑うべき筋はなかった。まったく。

15

シーグラムは微笑んで別れを告げるスチュワーデスに微笑み返し、ユナイテッドのジェットからおりると、四分の一マイル先のロサンゼルス国際空港の街路に面した入口まで、一人で歩いて行った。やっと正面ロビーに着くと、ドナーは業界第二位のエイビス社から車を借りたが、シーグラムは第一位とかけ合うほうを好み、サインしてハーツ社からリンカーンを借り出した。彼はセンチュリー大通りに出て二、三ブロック行くと、南へ向かうサンディエゴ高速道路に乗った。

空は一点の雲もなく晴れ上がっており、スモッグは驚くほど薄かった。遠くにシエラマドレ山脈がかすんで見えた。彼は高速道路の右車線を時速六〇マイルでのんびりと走って行った。左車線を走っている地元の車は、時速五五マイルとある標識におかまいなく、いつものことで、七五ないし八〇マイルの速度で、リンカーンのわきを抜き去って行った。彼はほどなく化学精製工業地帯のトーランスとロングビーチ周辺の石油の櫓《やぐら》を後にし、広大なオレンジ郡にさしかかった。ここに来ると、地形が急に平坦《へいたん》になり、数珠つなぎになって果てしなく広がる家が一面に見渡せた。

一時間ちょっとかかって、シーグラムはレジャー・ワールドに通ずる道に出た。そこは牧歌的なところだった。ゴルフ・コース、プール、それに牧場がいくつもあり、芝生はきれいに刈りこまれていた。公園もいくつかあって、よく日に焼けたお年寄りたちが自転車を乗り回していた。

彼は正門前で車を止めた。制服に身を包んだ年配の守衛は彼を確認してから通し、カレ・アラゴン二六一‐Bの方向を教えてくれた。その建物は、清潔な公園を見おろす丘の斜面に整然と並んでいる絵のような、小さな二軒つづきの家の一つだった。シーグラムはリンカーンを縁石ぞいに止めると、薔薇《ばら》のつぼみがいっぱいの小さな中庭を通り抜け、玄関のベルを押した。ドアが開いた。彼の不安は消しとんだ。アデリン・ホバートは、見るからにぼけるような女性ではなかった。

「シーグラムさん?」その声は、明るく陽気だった。

「そうです。ホバート夫人ですね?」

「さあ、お入りください」彼女は手を差し伸べた。彼女の握力の強さは、男顔負けだった。「まあ、七十年以上もの間、そんな呼び方をしてくれた方は一人もいませんわ。ジェイクに関する長距離電話をあなたからいただいたとき、あまりにも驚いてしまい、すんでのところで厭味《いやみ》な年寄りの地金を出すところでしたわ」

アデリンはふとってはいたが、身のこなしは軽やかだった。彼女の青い目は、話すたびに笑いかけてくるようで、彼女の表情は暖か味にあふれ、やさしかった。彼女はみんなが理想とする、白髪の老婦人だった。

「あなたはそんなふうには見えませんよ」と彼は言った。

彼女はシーグラムの腕を軽く叩いた。「お世辞でも、うれしいわ」彼女は趣味のよい飾りつけをした居間の椅子に腰をかけるよう、手で招いた。「こちらへ来て、おすわりください。昼食をしていってくださいな、よろしいでしょう?」

「喜んで、もしご迷惑でなければ」

「もちろん、迷惑なことなどあるものですか。バートはゴルフ場でボールを追い回しておりますす、お付き合いくださってうれしいですわ」

シーグラムは顔を上げた。「バート?」

「私の夫です」

「私はてっきり——」

「私はいまでもジェイク・ホバートの未亡人です」彼女はあどけなく笑いながら、そう言った。「ですが実を申しますと、私は六十二年前にベルトラム・オースチン夫人になったのです」

「陸軍は知っているんですか?」

「ええ、知っていますとも。私は自分の結婚についてずいぶん昔に陸軍省に何度も手紙を書き送ったのですよ。だけど、いつもどっちつかずのていねいな返事をくれるだけで、小切手を送りつづけてくれていますの」

「あなたが再婚したのに？」

アデリンは、肩をすくめた。「私はなみの人間なの、シーグラムさん。政府とすきこのんで言い争うことなどないじゃありませんか。お金を送りつづけてくれる人たちに向かって、あなたたちは気が狂っているなどと言う人がいるかしら？」

「有利な取り決めですね」

彼女はうなずいた。「否定しませんわ。ジェイクが死んだときに受け取った一万ドルのこともあるので、とくに」

シーグラムは目を細め、からだを前に乗り出した。「陸軍があなたに補償として一万ドル支払ったのですか？　一九一二年当時としては、ちょっと多すぎはしませんか？」

「あのときの私の驚きを、あなたはとても想像できないでしょうね」と彼女は言った。「そうなんです。当時、あれだけあればちょっとした財産でした」

「なにか説明があったのですか？」

「全然」と彼女は答えた。「いまだに、あの小切手をはっきりおぼえています。『未亡人補償』と書いてあるきりで、私宛《あて》になっていました。小切手に書かれていたのは、それだけです」

「最初からはじめましょうか」

「私がジェイクと会ったときからですか?」

シーグラムはうなずいた。

彼女はしばらくの間、はるか遠くを見つめていた。「私がジェイクと出会ったのは、一九一〇年の厳しい冬のことです。場所はコロラドのレッドビルでした。私が十六歳になったばかりのときです。私の父は、投資の対象になるいくつかの鉱山を調査する旅に出ておりました。クリスマスが間近だったことと、学校が数日休みになっていたので、父は私をふびんに思い、母と私を連れて出かけたのです。列車がレッドビルの駅に着くか着かぬうちに、過去四十年間で最悪のブリザードがコロラドの高地に襲いかかってきました。ブリザードは二週間つづきましたのよ。本当に、ピクニックどころのさわぎじゃありませんでした。レッドビルは、一万フィート以上もの高地にあるのですから、なおのこと」

「十六歳の少女にとっては、たいへんな冒険をする思いだったでしょう」

「そうなんです。父はホテルのロビーを、罠《わな》にかかった雄牛のように行きつもどりつし、母はじっとすわって案じていましたが、私は胸をはずませていました」

「ところで、ジェイクは?」

「ある日、母と私は雑貨屋へ行くために、通りを必死の思いで横切っていたのです――

零下約三〇度の寒気のなかで、時速五〇マイルの風にあおられてごらんなさいな、それはたいへんなんですよ——それはともかく、そのときどこからともなく、大きな荒々しい人間が現われ、私たちを両脇にかかえ、吹雪と吹き溜《だま》りをついて運び、店の入口に意気揚々とおろしたのです」

「それがジェイクだった?」

「そうです」彼女ははるかに思いをはせるように言った。「ジェイクだったのです」

「彼はどんな男でした?」

「大きな男で、六フィート以上あり、たくましく盛り上がった胸をしていました。彼は少年のとき、ウェールズの鉱山で働いていました。一マイル先の男の群れに混ざっていても、ジェイクはすぐにそれと分かります。彼の髪の毛は明るい赤い色で、同じ色の顎ひげをたくわえており、いつも声をたてて笑っているんです」

「赤い髪に顎ひげ?」

「ええ、彼はほかの人より一段と背が高いことをいつも自慢していました」

「よく笑う人間は、人に好かれるものです」

彼女はにっこり微笑んだ。「私が一目惚《ぼ》れしなかったことはたしかです、そうですとも。私には、ジェイクは大きくて、無骨な熊《くま》のように思えたのです。若い娘がぼうっとなるようなタイプの男じゃないんです、まるっきり」

「しかし、あなたは彼と結婚した」

彼女はうなずいた。「彼はブリザードが吹き荒れている間ずっと、私に求愛しつづけたのです。そして雲の間からやっと日が射した十四日目に、私は彼の申し込みを受け入れたのです。母と父はもちろん動転してしまいましたが、ジェイクは両親も納得させてしまったのです」

「結婚生活は、長くつづけられなかったのでしょう？」

「一年後に別れたときが、見納めになりました」

「彼がほかの仲間と、リトル・エンジェルで死んだ日ですね」それは質問というより、確認口調だった。

「そうです」彼女は思いわずらうように言った。彼女はシーグラムの視線をそらし、台所のほうをせわしなく見やった。

「そうそう、昼食の用意をしましょうね。おなかがすいていらっしゃるでしょう、シーグラムさん」

シーグラムの事務的な表情は消え、彼の目はにわかに生き生きと燃えたった。「リトル・エンジェル事故の後に、ジェイクから便りがあったんでしょう、そうでしょう、オースチン夫人？」

彼女は椅子のクッションの上で、からだをすくめたように思えた。不安の色が、彼女のやさしい顔をよぎった。「なにをおっしゃっているのか、分かりませんわ」

「お分かりのはずですが」彼はやさしく言った。

「いいえ……分かりません、あなたの考え違いですわ」

「なぜ恐れているのです?」

　彼女の両手は、いまや、震えていた。

「お話しできることはすべて、あなたに申し上げました」

「もっと、もっとたくさんあります、オースチン夫人」シーグラムは腕を伸ばし、彼女の両手を取った。「なぜ恐れているのです?」彼は繰り返した。

「私は秘密を守ると誓ったのです」彼女はつぶやいた。

「説明してもらえますか?」

　彼女はためらいながら言った。「あなたは政府の方ですね、シーグラムさん。あなたは、秘密を守るということがどんなことかご存じでしょう」

「誰です?　ジェイクですか?　黙っているようにと、彼が言ったのですか?」

　彼女は首を振った。

「じゃ、誰です?」

「どうか私を信じてください」彼女は哀願した。「あなたにお話しできないのです……私はあなたに、なにも申し上げられないのです」

シーグラムは立ち上がり、彼女を見おろした。彼女は老けこみ、年老いた肌の皺が一段と深く刻みこまれたように思えた。彼女は殻に閉じこもった。彼女に口を開かせるには、軽いショック療法が必要だ。

「電話をお借りできますか、オースチン夫人？」

「ええ、どうぞ。台所の電話が一番、手近ですわ」

七分たってから、やっと聞きなれた声が受話器から流れてきた。シーグラムは簡潔に状況を説明し、たのみごとをした。それから彼は、居間へ引き返した。「オースチン夫人、ちょっとこちらへ来てくれませんか？」

彼女はおずおずと、シーグラムに近づいた。

彼は受話器を渡した。「あなたに話したがっている人が出ています」

彼女は、受話器を彼の両手から慎重に取った。「もしもし」彼女はつぶやくように言った。「アデリン・オースチンですが」

一瞬、彼女の目に混乱の色が浮かんだ。そしてゆっくりと、心からの驚きの色に塗りこめられた。彼女はなにも言わず、ただただ、うなずきつづけていた。電話線の遠い先の声の主が、自分の目の前に立ってでもいるかのように。

一方的な話のやりとりの最後に、彼女はかろうじて、二言、三言、口にした。「ええ、はい……そういたします。失礼します」

彼女はゆっくり受話器をもとにもどすと、驚きのあまり呆然《ぼうぜん》と立ちつくしていた。

「本当に……あの方はアメリカの大統領なのですか?」

「そうです。なんでしたら、確かめてください。長距離電話で、ホワイトハウスをたのむのです。つながったら、グレッグ・コリンズと話してください。彼は大統領の首席補佐官ですから。私の電話をとりついでくれたのも彼です」

「まあ、大統領が協力してくれって私に求めるなんて」彼女はぼうっとなって首を振った。「本当のこととは、とても思えないわ」

「本当のことです、オースチン夫人。信じてください、あなたが、あなたの最初の夫とその死にまつわる奇妙な状況に関して私たちに与えてくれる情報は、たとえどんなものでも、わが国の大きな利益につながるのです。こんな言い方は陳腐なことは知っています、しかし……」

「大統領のたのみを、いったい、誰が拒めましょう」やさしい微笑がもどった。アデリンの両手は、もう震えていなかった。彼女は落ち着きをとりもどした。少なくとも、外見的には。

シーグラムは彼女の腕を取り、居間の椅子へやさしくいざなった。「それでは、ジェイク・ホバートとジョシュア・ヘイズ・ブルースターの関係について話してください」

「ジェイクは爆破の専門家だったのです、発破係で、その世界ではもっとも優秀な一人でした。彼は鍛冶屋が炉に詳しいように、ダイナマイトに通じていました。ブルースターは、最高の技術をもっている人間だけで採掘チームをつくる主義をつらぬいていたので、発破係としてよくジェイクを雇ったのです」

「ブルースターはジェイクが結婚していたのを知っていましたか？」

「あなたがそんなことをおたずねになるなんて。私たちはボールダーに小さな家をもっていました。鉱山の宿泊所から離れて。ジェイクが女房もちだと知られるのをいやがっていたからです。職長は、結婚している発破係を雇わないからだ、と彼は言っていました」

「したがって、ブルースターはジェイクが結婚していることは知らず、リトル・エンジェル鉱山の発破係に雇った」

「シーグラムさん、新聞に載った記事の内容は知っていますが、ジェイクがリトル・エンジェル鉱山に足を踏み入れたことなど一度もないのです。仲間の残りの人もみな、同じです」

シーグラムが椅子を近寄せたので、二人の膝はふれそうになった。「だとすると、事故はやはりでっち上げだ」彼はかすれ声で言った。

アデリンは顔を上げた。「ご存じなのでしょう……あのことはご存じなのでしょう？」

「私たちはくさいとは思っていましたが、証拠をなに一つ握っていないのです」

「もしもあなたが証拠を探しているのでしたら、シーグラムさん、持って来てお目にかけますわ」アデリンは、手をかそうとする彼を無視して立ち上がり、別の部屋に姿を消した。彼女は古い靴箱を持ってもどって来ると、うやうやしくそれを開けはじめた。

「リトル・エンジェルに入ることになっていた前日に、ジェイクは私をデンバーへ連れて行き、買い物をたくさんしました。彼は私にしゃれた服や宝石を買ってくれ、町一番のレストランでシャンパンをごちそうしてくれました。私たちはブラウン・パレス・ホテルの新婚用の部屋で最後の夜を過ごしましたのよ。あのホテルをご存じですか？」

「私の友人が、ちょうどいま滞在しています」

「翌朝、夫は、おれが鉱山事故で死んだという人の噂や新聞記事を信用するんじゃないぞ、おれはこれから数カ月、仕事でロシアのある土地へ行くと言って聞かせました。もどって来るときには、夢かと思うほどの金持ちになっているさ、と言いました。それから、彼はあることを言いましたが、いまだに私はそれがどういう意味か分かりかねています」

「なんと言ったのです？」

「フランス人たちがいっさいの面倒を見てくれるんだ、すべてが終わったとき、おれたちはパリに住むことになる、と彼は言ったのです」彼女は夢見るような表情を浮かべた。

「あの朝、彼は行ってしまいました。彼の枕の上に、書き置きがのっていました。『君を愛している、アド』と書いてあるだけでした。それに、五〇〇〇ドル入った封筒が一つ」

「その金がどこから出たものか、思い当たりますか？」

「まったく思い当たりません。当時、私たちの銀行預金は三〇〇ドルほどしかありませんでした」

「その後、彼から便りはなかったのですか？」

「いいえ」彼女は表にエッフェル塔の薄い色つきの写真が刷りこまれている古い葉書を、シーグラムに手渡した。「およそ一カ月後に送られてきたものです」


いとしのアド、こちらは雨つづきで、ビールはまずい。おれもほかの連中も、元気にしている。いらだつんじゃないよ。おまえも知ってのとおり、おれは絶対に死んじゃいない。おまえの知っている者より。

見るからに、力強い手で書かれたものだった。葉書の消印は、パリ、一九一一年十二月一日となっていた。「一週間後に、二枚目の葉書がきました」と言いながらアデリンは、その葉書をシーグラムに渡した。それには、サクレクール寺院が刷ってあったが、消印はルアーブルだった。

いとしのアド、おれたちは北極へ向かっている。この先は、当分の間、便りはできない。勇気をもって生きよ。フランス人たちは、おれたちをちゃんと扱ってくれる。食べ物も船もいい。おまえの知っている者より。


「ジェイクの書体だと、自信がありますか?」シーグラムはきいた。

「絶対に。ほかにもジェイクが書いた書類や古い手紙も持っています。お望みでしたら、くらべてみてください」

「その必要はないでしょう、アド」彼女は自分の愛称を耳にして微笑んだ。「その後、連絡があったのですか?」

彼女はうなずいた。「三度目で最後の。ジェイクにはパリの絵葉書の手持ちがあったんでしょうね。この葉書には、サント・シャペルが載っていますが、スコットランドのアバディーンから、一九一二年の四月四日に出されています」


いとしのアド、ここはぞっとするようなひどい場所だ。その寒さたるや、恐ろしいほどだ。おれたちは生き延びられるかどうか自信がない。もし、これが届けば、おまえは不自由しないだろう。神のお恵みを。ジェイク。

その言葉のわきに、これまた手書きの添え書きがあった。

親愛なるホバート夫人。わたしたちは風のなかでジェイクを失いました。わたしたちは、キリスト教の祈りを捧げました。わたしたちは、申し訳なく思っております。V・H。

シーグラムは、ドナーが電話で読み上げてくれた鉱夫仲間の名前の一覧表を取り出した。

「V・Hはバーノン・ホールにちがいない」と彼は言った。

「そうです。バーノンとジェイクは、とても仲がよかったのです」

「その後、どうなりました？　誰が秘密を守ると誓わせたのです？」

「ほぼ二カ月後に、六月のはじめだったと思いますが、パットマン、パットモアだったかしら、どっちだったか思い出せませんが、大佐の方がボールダーの私の家へお見えになって、リトル・エンジェル事故の後にジェイクから連絡があったことは、絶対にいっさい洩らしてはならない、と言ったのです」

「なにか理由を言いましたか？」

彼女は首を振った。「いいえ、黙っていることが政府のためになるのだ、と言っただけで、やおら一万ドルの小切手を渡すと、お帰りになりました」

シーグラムは、大きな重荷が肩から除かれでもしたように、椅子に沈みこんだ。この感じのいい九十三歳のおばあさんが、行方不明の何十億ドルもの値打ちのある鉱石の隠し場所の手掛かりを握っているとは、とうてい思えなかった。しかし彼女は、握っていたのであった。

シーグラムは彼女を見つめ、微笑んだ。「さきほどの昼食のおさそいが、そろそろたいへんありがたく思えてきました」

アデリンはにっこり微笑み返した。その目にいたずらっぽい色が浮かんだのに、彼は気づいた。「ジェイクがよく言ったように、昼食なんかくそくらえだわ。まず、ビールをいただきましょうよ」

16

落日の深紅色の光が、まだ西の地平線から去りかねているところへ、遠くで雷が不意にとどろき、嵐の接近を告げた。空気は暖かく、バルボアベイ・クラブのテラスで食後のコニャックを飲んでいるシーグラムの頬に、沖合から吹き寄せる微風が心地よかった。

八時になっていた。シーグラムはクラブのプールで一泳ぎして、早めに食事をすませたのだった。彼はテラスにすわり、近づく嵐のとどろきに耳を傾けていた。あたりの空気は濁り、電気をはらんでいたが、雨や風の気配はなかった。あざやかな稲妻の光を受けて、港へ向かっている遊覧船が浮かび上がり、赤や緑の航行燈が認められた。船体の白いペンキのせいで、どの遊覧船も、音もなくすべる亡霊のように見えた。また稲妻が、夜の空気をつらぬき、垂れこめた雲を鋭いフォーク状に切り裂いた。彼はバルボア島の家並みの背後を稲妻が襲うのを見つめていた。ほとんど間髪《かんはつ》をいれずに、大砲の集中砲火を思わせる雷のとどろきが、彼の鼓膜に襲いかかってきた。

ほかの者はみな、あたふたと食堂のなかに席を移した。たちまちにして、テラスには人気《ひとけ》がなくなった。シーグラムは、母なる自然の花火の宴を楽しんでいた。彼はコニャックをあけ、椅子にもたれかかり、つぎの閃光を待った。

ほどなく、稲妻が光を放ち、彼のテーブルのわきに立っている人間の姿を照らし出した。彼は光が走った瞬間に、髪が黒く、いかつい顔立ちの背の高い男が、突き刺すようなさめた目で自分を見おろしているのを確認した。一瞬後に、その見知らぬ男の姿は、また闇に包みこまれてしまった。

雷のとどろきが遠のくと、闇のなかから声がした。

「ジーン・シーグラムさんですか？」

シーグラムは、閃光を受けた目が闇にふたたびなれるのを待って、少し間をおいてから答えた。「そうです」

「あなたは私を探しておられるのでしょう」

「まだ、あなたを存じあげませんが」

「失礼いたしました。私はダーク・ピットです」

空がまた明るく照らされた。シーグラムは、微笑んでいる顔を見ることができた。

「どうも、なんですな、ピットさん。あなたはいつも、劇的な登場の仕方をするようですね。この稲妻をともなう嵐を起こしたのも、あなたなのかな？」

ピットは声をたてて笑った。雷がまた一しきりとどろいた。

「私はまだそこまでの腕は身につけていませんが、紅海を分断する腕はだいぶ上がりましたよ」

シーグラムはあいている椅子にピットを招いた。「おかけになりませんか?」

「どうも」

「一杯差し上げたいのですが、給仕が稲妻にすっかり恐れをなしてしまっていて」

「峠《とうげ》は越しました」とピットは空を見上げながら言った。声はもの静かで、落ち着いていた。

「どうやって私を探し出したのですか?」シーグラムはきいた。

「段階を踏んで」とピットは答えた。「私はワシントンのあなたの奥様に電話をしました。あなたは仕事で、レジャー・ワールドへ出かけたとのことでした。あそこはここからわずか二、三マイルしか離れていませんので、私は正門の守衛に確かめました。ジーン・シーグラムという方なら、ベルトラム・オースチン夫人が入れて差し支えないと言うので通しましたと守衛が教えてくれました。彼女が言うには、あなたがワシントンへ飛行機でもどるのを延ばし、明日まで滞在したいと言ったので、バルボアベイ・クラブをすすめたということでした。あとは、簡単でした」

「そうまでして探していただいて、痛み入ります」

ピットはうなずいた。「すべて、非常に初歩的なことですよ」

「偶然とはいえ、私たちがこの同じ入江にいたとは運がよかった」とシーグラムは言った。

「毎年この時期には、二、三日休暇をとってサーフィンをするのを楽しみにしているのです。両親が湾の真向かいに家をもっておりましてね。もっと早くあなたと接触できなくもなかったのですが、サンデッカー提督が急ぐことはないというので」

「あなたは提督をご存じなのですか?」

「私は彼のもとで働いているのです」

「それでは、NUMAの方ですか?」

「そうです。私はあの機関の特殊任務の責任者です」

「私はあなたの名前になんとなくおぼえがあるような気がしていたのです。妻があなたの名を口にしたんです」

「ダナ?」

「そうです。妻と一緒に仕事をしたことがあるんですか?」

「一度だけ。彼女とNUMAの考古学班が去年、ポリネシアのピトケアン島で、〈バウンティ〉号の装置などの引き揚げをしているときに、補給に飛んだことがあります」

シーグラムは彼を見つめた。「ところで、サンデッカー提督は、急いで私に接触するにおよばないと言ったのですね」

ピットは笑いを浮かべた。「察するところ、あなたは真夜中に電話をかけて彼を怒らせたようですね」

黒い雲が海上に広がり、稲妻が海峡の向かい側のサンタ・カタリナ島の上空を走った。

「今度はあなたの面前にいるのですから」とピットが言った。「私にできることがあれば？」

「まず、ノバヤゼムリヤのことから話してください」

「さして話すことはありません」ピットは軽く応じた。「私はあなたの部下を連れ出す任務の責任者でした。予定どおり彼が現われなかったので、私はあの船のヘリコプターを借りて、ソ連のあの島へ向けて偵察飛行に出かけたのです」

「危険なことをしたものだ。ソ連のレーダーにつかまり、レーダー・スコープに映し出されていたかもしれない」

「その可能性は計算に入れておりました。私は海面から一〇フィート以内の高度を保ち、速度は一五ノットに落としました。万一発見されたとしても、レーダーに映った発光輝点は、小さな漁船だと判断されたにちがいありません」

「島に着いてから、なにがあったのです？」

「私は海岸線にそって調べて行き、ある入江につないであるコプリンのスループを見つけました。私は近くの海岸にヘリコプターをおろし、彼を探しはじめました。そのとき、強風にあおられて逆巻いている雪のカーテンごしに、銃声が聞こえたのです」

「どうやって、コブリンとソ連の巡視兵のところへ駆けつけることができたのです? 吹雪の只中《ただなか》にいる彼らを見つけることは、凍りついた乾草《ほしくさ》のなかの一本の針にめぐり会うようなものでしょうに」

「針は吠えません」とピットは答えた。「私は人狩りの犬の声を追ったのです。犬の声で、コブリンと巡視兵のところへ導かれたわけです」

「兵隊のほうは、当然、殺したわけでしょう?」とシーグラムは言った。

「検事なら、きっとそう言うでしょうね」ピットは軽く身振りをした。「しかし、あのときは、殺すのが当然だと思いました」

「巡視兵も私の情報員だったとしたら、どうします?」

「戦友は、襟首をつかまえて雪のなかを引きずるような、サディスティックなことはしません。ましてや、仲間は重傷を負っているんですからね」

「それに犬のことだが、犬も一緒に殺さなければならなかったのかね?」

「犬をそれなりの判断にまかせると、捜索に出る一行を主人の死体のあるところまで案内するおそれがあると思ったのです。しかし、かたづけたので、どちらも見つかる気づかいはありません、まったく」

「君はいつも、消音装置つきのピストルを持っているんですか?」

「サンデッカー提督が、私を通常任務外の陰の仕事に起用したのは、あれがはじめてではありません」とピットは言った。

「コプリンをヘリで船へ運ぶ前に、彼のスループは壊したんでしょうね」とシーグラムは言った。

「もっとうまい方法、だと私は思うんですが」とピットは答えた。彼の口調には、うぬぼれたところはまったくなかった。「船腹に穴を開けてから帆を上げ、岸から押し出したのです。岸から三マイルくらい先の海底に沈んでいるはずです」

「君はたいそうな自信家だ」とシーグラムは、厭味を言った。「君は関係のないことに、あえて首を突っこんだ。君は権限もないのに、重大な危険を冒して、ソ連の警戒態勢に、これ見よがしな行動をとった。それに君は冷酷にも、人一人と犬を殺した。もしも私たちがみな君のような人間ばかりだとすると、ピット君、わが国民は実に情けない国民だということになります」

ピットは立ち上がると、からだを曲げ、シーグラムの目に自分の目を突きつけた。

「それはないでしょう」と彼は言った。その目差しは氷河のように冷やかだった。「あなたは一番肝心なことを聞いていないじゃないですか。手術中のあなたの友人コプリンに、血液を二パイント与えたのは、この私なんですよ。オスロを避け、一番近いアメリカの軍事飛行場に船を向かわせたのも、この私です。それに、基地の司令官に話をつけ、その専用機でコプリンがアメリカへ帰れるようにしたのも、この私です。結論として、シーグラムさん、残忍なる狂犬にも等しいピットは、有罪を認めます……北極におけるあなたの卑劣なスパイ任務の落穂拾いをしたかどで、スパイを一人救ってやったかどで有罪であることを認めます。私はブロードウェイを紙テープを受けてパレードすることや金メダルを期待してはいませんでした。しかるべくあなたから、一言、お礼の言葉をかけられるのを期待していたのです。ところが、あなたの口から出てくる言葉といえば、無礼な言葉と厭味の連続だ。シーグラムさん、あなたの狙いはなにか知らないが、一つだけ実にはっきりした。あんたは、折紙つきの馬鹿者だということさ。精々穏やかにいっても、あんたなどくそくらえだ」

そう言うと、ピットは向きを変えて暗闇に姿を消し、去って行った。

17

ペテル・バルショフ教授は、しなびた手で白く染まりはじめた髪の毛をかき上げ、海泡石のパイプの吸い口を、机ごしにプレフロフに向けた。

「いや、いや、私が請け合うよ、大佐。私がノバヤゼムリヤへ送ったあの男は、幻覚にとらわれたのじゃない」

「ですがね、坑道が……」プレフロフは信じかねてつぶやいた。「記録にも載っていない未知の坑道がわが国の領土にある？　そんなことはありえないと思います」

「しかしですよ、事実なんですから」とバルショフは応じた。「その存在を示す最初の手掛かりは、上空からの等高線写真に現われたのです。私のところの地質学者の意見によれば、彼はなかに入ったのですが、坑道はたいそう古いものだそうです。およそ七十年から八十年前のものではないかと言っています」

「それはどこからつながっているんです？」

「どこからかは問題ではありません、大佐。問題は、誰がです。誰が、なぜ掘ったか？」

「レオンゴロド地質研究所にも、その記録はないとおっしゃるのですか？」プレフロフはきいた。

バルショフは首を振った。「ただの一字も。しかし、昔のオフラナ・ファイルのなかになら、手掛かりがあるかもしれません」

「オフラナ……ああ、あれ、帝政時代の秘密警察」プレフロフは、一瞬、口をつぐんだ。「いや、あるとは思えない。当時の彼らが心を配っていたのは、革命だけだから。彼らが秘密の採鉱活動に注意をはらっていたとは、とうてい思えない」

「秘密の？　あなた、その点はたしかなのですか？」

プレフロフは顔をそむけ、窓の外に見入った。「お許しください、教授。このような仕事をしていますと、あらゆるものにマキャベリ流の動機を見てしまうのです」

バルショフはやにのしみついた歯の間からパイプをはずすと、煙草を押し固めた。「西半球の正体不明の鉱山についてはたくさん読んでいますが、ソ連邦にそんな謎があると耳にするのは、今度がはじめてです。この奇妙な現象は、なにやらアメリカ側の贈り物のような気がします」

「なぜそんなことを言うのです？」プレフロフは向きを変え、ふたたびバルショフに面と向かった。「あの坑道に彼らがどう関係しているのです？」

「なんにも関係してないかもしれませんし、すべてに関係しているかもしれません。坑道内で発見された工具は、どれもアメリカでつくられたものです」

「とうてい決め手にはなりませんね」プレフロフは疑わしげに言った。「工具はアメリカ人から買い求め、ほかの連中が使っただけのことかもしれない」

バルショフは微笑んだ。「うなずける推測です、大佐。ただしかし、坑道のなかで人間の死体が一つ発見されているのです。たしかな筋の意見なのですが、追悼文はアメリカの方言で書かれているそうです」

「面白い」とプレフロフは言った。

「もっと突っこんだ資料をあなたに提供できず、申し訳なく思います」バルショフは言った。

「私が申し上げていることは、ご承知のように、純然たる人づての話でして、明朝、ノバヤゼムリヤに関する私どもの意見をまとめた詳しい報告書が、あなたの机の上に届くことになっております。私のところの人間を、この先、いかなる調査にもご自由にお使いください」

「海軍はあなたの協力に感謝しております、教授」

「レオンゴロド地質研究所は、つねに母国につかえるものです」バルショフは立ち上がると、ぎごちなくお辞儀をした。「さしあたり、これで全部でしたら、大佐、私は部屋へもどらせていただきます」

「もう一つあります、教授」

「なんでしょう?」

「地質学者たちが鉱物の形跡を発見したのかどうかについて、あなたはまったくふれておりませんね」

「価値のあるものは、まったくありません」

「なに一つ?」

「ニッケルと亜鉛の元素が多少と、ウラン、トリウム、それに、ビザニウムの放射能反応がごくわずか認められるだけです」

「最後の二つに、私はなじみがないのですが」

「トリウムは、中性子をぶつけて核燃料に転化することができます」バルショフは説明した。「さまざまなマグネシウム合金の製造にも利用されます」

「それで、ビザニウムは?」

「これについては、ほとんど知られていません。効果的な実験を行いうるだけの量を発見したものは、いまだに一人もおりません」バルショフは、灰皿にパイプを軽く叩きつけた。「過去にビザニウムに関心を示したのは、フランスだけです」

プレフロフは顔を上げた。「フランス人?」

「彼らはあれを探し求めて、何百万フランもの金をかけ、世界じゅうに地質探検隊を送りこみました。私の知るかぎり、成功を収めた隊は一つもありません」

「だとすると、わが国の科学者が知らないなにかを、彼らは知っているものと思われる」

バルショフは肩をすくめた。「私たちは科学のあらゆる分野で、世界の先端をいっているわけではございません、大佐。もしもそうであったなら、アメリカ人ではなくて、私たちが月で月面車を乗り回していることでしょう」

「重ねてお礼を言います、教授。あなたの最終報告を期待しております」

18

パーベル・マーガニン大尉は、海軍省の建物から四ブロック離れた公園のベンチでくつろぎ、読むともなしに詩集に目を通していた。昼食時だった。等間隔に植えられた木の下で昼飯を食べている労働者たちで、芝生はにぎわっていた。彼はしばしば目を上げては、ときおり通り過ぎる美人に目を止め、品定めをした。

十二時半に、皺だらけの背広を着たふとった男が、ベンチの反対の端に腰をおろし、包みをほどいて、小さな黒い巻パンとカップ一杯のジャガイモのスープを取り出した。その男はマーガニンのほうを向くと、にっこり笑った。

「パンを一緒にどうです、船乗りさん?」と見知らぬ男は明るく言った。男は太鼓腹を軽く叩いた。「二人で食べてもあまるほどあるんです。女房のやつ、いつも食べきれないほどの量をむりやり食べさせ、私をふとらせておこうとするんですよ。若い娘たちが私を追い回さないように」

マーガニンはいらないと首を振り、また詩集に視線をおとした。

相手の男は肩をすくめ、パンに噛みついたようだった。男はさかんに噛みはじめたが、それは見せかけだけで、口のなかは、からっぽだった。

「どんな用件です?」男は顎を動かしながらつぶやいた。

マーガニンは自分の口もとを隠すために、少し持ち上げながら、じっと本に目をそそいだ。「プレフロフは、黒い髪を短く刈りこみ、高価な服を着、サイズ六のローヒールの靴をはき、シャルトリューズが好きな女と情事を重ねている。その女は、アメリカ大使館のライセンス・ナンバーUSA‐一六四の車に乗っている」

「間違いなく事実なんでしょうね?」

「私はでっち上げなどしない」マーガニンはさりげなくページをめくりながら言った。

「君は私の情報に基づいて、ただちに行動に移りたまえ。これが、われわれが探し求めてきた楔《くさび》になってくれると思うんだ」

「日が暮れるまでに、女の身許をつきとめる」相手の男は、大きな音をたててスープを飲みはじめた。「ほかになにか?」

「シシリアン計画に関する資料がほしい」

「聞いたことがない」

マーガニンは本をさげ、両目をこする間も、片手は口もとから離さなかった。

「これは防衛計画で、アメリカ海中海洋機関となんらかのつながりがある」

「やつらは、防衛計画について洩らすのをしぶるかもしれませんよ」

「彼らに心配するなと言いたまえ。慎重に扱うから」

「今日から六日後に。ボロディノ・レストランの男子用トイレ。夕方の六時四十分」マーガニンは本を閉じ、伸びをした。

相手は、承知したという合図にまたスプーンにスープを取って、音高くすすり、マーガニンをまったく無視した。マーガニンは立ち上がると、ソ連海軍省の建物がある方向をさして、のんびりと歩いて行った。

19

大統領の秘書官は微笑を浮かべて丁重に迎え、机の奥から立ち上がった。彼は背の高い若者で、親しみのもてる、生真面目な顔をしていた。

「シーグラム夫人でいらっしゃいますね。どうぞ、こちらへ」

彼はダナをホワイトハウスのエレベーターの前まで案内すると、わきにしりぞき、彼女を先に乗せた。彼女は知らぬふりをして、まっすぐ前を見つめていた。もしも彼が気づいているか感づいているのなら、頭のなかで私を裸にしてながめているにちがいない。彼女は秘書官の顔をちらっと盗み見た。彼は通過階を示す点滅ランプに目をそそいでおり、なにを考えているのか読み取れなかった。

ドアが開いた。ダナは彼についてホールを通り抜け、三階の寝室の一つに入った。

「暖炉の上にありますでしょう」と秘書官は言った。「私たちが地下室のなんの印もついていない木箱のなかから見つけたのです。見事な出来です。寝室でゆっくり観賞したい、と大統領が言いますもので、ここに持って来たのですが」

暖炉の上にのっているガラスケース入りの帆船のモデルをながめているうちに、ダナはふと我にかえり、目をほそめた。

「大統領は、あなたならこの船の歴史をいくらか明らかにしてくれるのではないか、と楽しみにしております」と秘書官は話しつづけた。「ご覧のとおり、船の名前が船腹にもケースにもついておりません」

ダナはもっとよく見るために、自信なげに暖炉に近寄った。彼女は混乱していた。こんなことを彼女は心に描いていたのではなかった。今朝早くに、秘書官は電話で、「大統領が二時ごろホワイトハウスに立ち寄ってもらうわけにまいらないだろうかと申しております」と言っただけだった。奇妙なときめきが、ダナのからだを駆け抜けた。彼女はそれが幻滅感とも安堵《あんど》感とも分かりかねた。

「この船のつくりからしますと、十八世紀の商船です」と彼女は言った。「何枚かスケッチして行って、海軍文書館の古い記録とくらべてみませんと、はっきりしたことは言えませんけど」

「サンデッカー提督が、この船の見分けがつく人がいるとしたら、あなたにとどめをさすと言っておられました」

「サンデッカー提督？」

「そうです、大統領にあなたを推薦したのは提督です」秘書官は戸口のほうへ歩いて行った。

「ベッドわきのナイトスタンドの上に、用紙と鉛筆があります。私は席にもどらねばなりません。どうぞ、ご遠慮なく、必要なだけ時間をおとりください」

「ですが、大統領は？……」

「今日の午後は、ゴルフをしておいでです。邪魔されるおそれはありません。終わりましたら、エレベーターで玄関の広間へ直接出ていただいて結構です」そう言うと、ダナが返事する間もなく、秘書官は向きを変えて行ってしまった。

ダナはがっくりしてベッドに腰をおろすと、溜息をもらした。彼女は電話を受けると、急いで家に帰り、香水風呂に入り、黒い下着の上に、若々しい純白のドレスを心を配って着た。それなのに、みんななんの役にもたたないことになったのだった。大統領の望みは、セックスではなかった。彼はとるにたらぬ古い船のモデルのことで、私を利用しようと思っていたにすぎないのだ。

すっかり打ちのめされたダナは、化粧室に入って行き、顔を調べた。出て来ると、寝室のドアは閉まっており、大統領が暖炉のわきに立っていた。ポロシャツとスラックス姿の大統領は、日に焼け、若々しく見えた。

ダナは目を大きく見開いた。彼女は一瞬、なんと言ってよいやら分からなかった。

「ゴルフをなさっていたのでしょう」やっと口にしたその言葉は、なんとも間が抜けていた。「スケジュール表では、そうなっています」

「ところで、この模型の船のことですが……」

「バージニアでつくられたブリッグ（二本マストで横帆の帆船）、〈ロアノーク〉号」と、大統領は模型に向かってうなずきながら言った。「あの船の竜骨は、一七二八年に組み立てられた。あの船は、一七四三年にノバスコシア沖の岩に乗り上げた。私の父はこのモデルを、約四十年前に最初からつくり上げたのです」

「私を一人で呼び出すために、こんなに手のこんだことをなさったのですか？」ダナはぼうっとなった。

「分かりきっているじゃないか、君？」

ダナは大統領をじっと見つめた。彼はダナの目をまじまじと見つめた。彼女は頬を赤らめた。

「お察しのとおり」と彼は話しつづけた。「私は君とちょっと内々に話をしたいんですよ。私たち二人だけで、私の多忙な任務に干渉も邪魔もされずに」

ダナは頭がくらくらした。「あなたは……ただ話すことだけが望みなのですか？」

大統領はしばらく、彼女をけげんな顔をして見つめていたが、やがて声を殺して笑いだした。

「うれしいですね、シーグラム夫人。あなたを誘惑する気など、はじめからありません。どうも女たらしという評判が大げさに伝えられているようですね」

「ですが、あのパーティーのとき——」

「ああ、あのことですか」大統領は彼女の手を取り、椅子へ誘った。「私が『ぜひ、二人きりでお会いしたい』とささやいたとき、あなたは好色な年寄りの誘いだと受け取ったのですね。お許しください。そんなつもりではなかったのです」

ダナは溜息をもらした。「何億という女性のなかからどんな人でも、手招き一つで自由にできる方が、三十一歳にもなる、なんのとりえもない既婚の海洋考古学者に、どうして目をつけたのか、不思議に思いましたわ」

「卑下《ひげ》しちゃいけません」と彼は突然、真面目になって言った。「あなたは本当に、とても美しい」

ダナはまた、思わず顔を赤く染めた。「この数年、言い寄られたことなど一度もありませんわ」

「それは、立派な男性なら、結婚している女性を口説かないからでしょう」

「そう思いたいですわ」

大統領は椅子を引き寄せると、ダナと向かい合ってすわった。彼女は脚をそろえ、膝の上に手をのせ、きちんと腰をかけていた。相手の口をついて出た質問に、彼女はまったく不意をつかれた。

「聞かせてほしいんですが、シーグラム夫人、あなたはいまでも彼を愛していますか?」

ダナは相手を見つめた。彼女の目には、意味を解しかねている色がありありと浮かんでいた。「誰を?」

「あなたのご主人ですよ、当然」

「ジーン?」

「そう、ジーンです」と大統領は笑いを浮かべて言った。「ほかに夫をどこかに隠していれば話は別でしょうが」

「なぜ、あなたはそんなことをきくのです?」と彼女は言った。

「ジーンは、まいりかけている」

ダナは解しかねた。「あの人はすごく働いています。しかし、精神的にまいりかけているなどとは、とても思えません」

「厳密に臨床的な意味では、そのおそれはありませんよ、ええ」大統領はきびしい表情をしていた。「しかし彼は、たいへんな圧力を受けています。仕事の重荷のうえに、結婚生活で深刻な問題に直面したら、彼はまいってしまうおそれがあります。そんなことが起こることを許すわけにはいかないのです、まだ。そう、彼が国家にとって高度に重大な秘密の計画を完成するまでは」

「そのろくでもない秘密の計画が、私たちの仲を引き裂いているのです」ダナは腹だたしげに声を強めた。

「それと、ほかの二、三の問題が——たとえば、子どもを産むことを、あなたが拒んでいることなどが」

ダナは雷に打たれたように相手を見つめた。「どうして、そんなことまで知っているのです?」

「ごく当たり前の方法で。方法はどうでもよいでしょう。問題は、これから十六カ月間、あなたがジーンのそばにいて、自分の気持ちに素直に従い、彼にやさしく愛情のこもった心配りをしてやることです」

彼女はせわしなく両手を組んだりほぐしたりした。「それが、そんなに重要でしょうか?」と彼女は力なくたずねた。

「そりゃ重要です」彼は言った。「私に協力してくれますか?」

ダナは無言でうなずいた。

「結構」大統領は彼女の両手を軽く叩いた。「私たちが力を合わせれば、ジーンを正常に保つことができるでしょう」

「やってみますわ、大統領。そんなに大切なことなら、やってみます。お約束しかできませんけど」

「私はあなたを全面的に信頼しています」

「ですが、子どもをつくることには一線を引かせていただきます」と彼女は大胆に言った。

大統領はにっこり笑った。それは、写真でよく見る、人に広く知られている笑顔だった。「私は戦争を命ずることができますし、兵士に死を命ずることもできます。しかし、アメリカ合衆国の大統領といえども、女性に妊娠せよと命ずる権限はありません」

はじめて、ダナは声をたてて笑った。信じられないほどの権力を握っている男性とくつろいで話しているのが、とても奇妙に思えた。権力は強烈な媚薬《びやく》だ。彼女はベッドに誘われぬことに、激しい失望を感じはじめていた。

大統領は立ち上がると、ダナの腕を取った。「私はもう行かねばなりません。二、三分後に、経済顧問たちとの会議があるのです」彼はダナをドアのほうへいざないはじめた。そして足を止めると、彼女の顔を引き寄せた。彼女は大統領のひきしまった唇を感じた。ダナが顔を引くと、大統領は彼女の目を見つめて言った。「あなたはたいそう魅力的な女性です、シーグラム夫人。それを忘れないように」

大統領は彼女をエレベーターまで案内した。

20

シーグラムが飛行機からおりたとき、ダナは中央ホールで待っていた。

「どういう風の吹き回しだい？」彼は不思議そうにダナを見た。「君が空港に私を出迎えるなんて、何年ぶりだろう」

「抗しがたい愛情に駆りたてられて」彼女は微笑んだ。

シーグラムが荷物を受け取ると、二人は駐車場へ向かって歩いた。ダナは彼の腕を強く握りしめていた。いまや今日の午後の出来事は、遠い夢のように思えた。彼女は別の男性が自分に魅力をおぼえ、本当にキスしたことを、ことさらに思い出さないと忘れてしまいそうだった。

彼女が運転して、高速道路に出た。ラッシュアワーの車の混雑もいまはすでにおさまり、バージニアの郊外を順調にとばした。

「君はダーク・ピットを知っているかい？」沈黙を破ってシーグラムがきいた。

「ええ、サンデッカー提督づきの特殊任務の責任者よ。なぜ？」

「やっこさんをこらしめてやるつもりなのさ」

彼女は驚いて、夫をちらっと見やった。「あなたと彼はどんな関係にあるの？」

「彼は例の計画の重要な部分をぶちこわしたのだ」

ハンドルを握るダナの両手に力が入った。「彼をやっつけるのに、あなた手を焼くわよ」

「どうしてそんなことを言うんだ？」

「彼はＮＵＭＡ関係者の間では、伝説的な人物なの。彼があの機関に参加してからの業績の一覧表は、彼自身の傑出した戦歴にしかひけをとらないのよ」

「それで？」

「それで彼は、サンデッカー提督のお気に入りなのよ」

「君は忘れている。大統領にとっては、サンデッカー提督より私のほうが重要なんだ」

「カリフォルニア州選出の上院議員、ジョージ・ピットより重要かしら？」彼女はそっけなく言った。

シーグラムは顔を向け、彼女を見た。「関係があるのかい？」

「彼らは親子なの」

それから数マイル行く間、シーグラムは不機嫌に黙りこんでいた。

ダナは右腕を彼の膝にのせた。信号が赤になって止まったとき、彼女はからだを寄せ、彼にキスした。

「なんのためだい？」

「賄賂《わいろ》よ」

「どれほど高くつくやら」と彼は不平がましく言った。

「私にすばらしい考えがあるの」とダナは切り出した。「どうかしら、マーロン・ブランドの新しい映画を見て、それから、オールド・ポトマック・インですてきなロブスターの夕食をし、家へ帰り、明かりを消し、そして――」

「事務所へ送り届けてくれ」と彼は言った。「かたづけなければならない仕事があるんだ」

「お願い、ジーン、無理しないで」ダナはたのんだ。「明日、すればいいじゃない」

「だめだ、さあ！」

二人の間の溝は埋めようがなかった。今後、二人の関係が、このままいくとは思えなかった。

21

シーグラムは自分の机にのっている金属製の鞄《かばん》を見おろし、やおら顔を上げ、机の向かい側に立っている大佐と大尉を見つめた。

「これに間違いはないですね？」

大佐はうなずいた。「国防総省文書館の館長が調べて、確認いたしました。はい」

「手早くやってくれたね。ありがとう」

大佐は立ち去る気配を見せなかった。「申し訳ございませんが、待たせていただき、このファイルを私自身の手で国防総省に持って帰らねばなりません」

「誰の命令だね？」

「長官です」大佐は答えた。「国防総省の方針によりますと、コード5の機密に分類された資料はすべて、常時、監視下に置くことになっております」

「了解」シーグラムは言った。「ファイルを一人で調べてかまいませんか？」

「結構です、はい。副官と私は部屋の外でお待ちします。ですが、ファイルがあなたの所管にある間、どなたもあなたの部屋に出入りすることのないようおねがいします」

シーグラムはうなずいた。「分かりました。諸君、楽にしてください。秘書にコーヒーなり冷たいものなりを申しつけてください」

「お心づかい感謝します、シーグラムさん」

「ところで、もう一つ」シーグラムはうっすらと笑いを浮かべて言った。「これからシャワーを浴びたいのですが、しばらくお待ちねがうことになります」

シーグラムはドアが閉められてから、数秒間じっとすわっていた。五年にわたる仕事の正しさを最終的に証明してくれる資料が、目の前に置かれてあった。本当に裏づけられているだろうか？　鞄に入っている文書が、新たな謎、いや、もっと悪いことに、行き止まりにつながっているおそれがあった。彼は鞄に鍵を差しこんで開けた。なかには四冊のフォルダーと小さなノートブックが一冊入っていた。フォルダーのラベルには、つぎのように記されてあった。

ＣＤ５Ｃ　七六六五　一九一一
稀少《きしよう》元素ビザニウムの科学的および金銭的な価値についての報告。

ＣＤ５Ｃ　七六八七　一九一一
陸軍省長官とジョシュア・ヘイズ・ブルースターの間で交わされた、ビザニウムを入手する可能性に関する検討文書。

ＣＤ５Ｃ　七七二〇　一九一一
陸軍省長官が陸軍秘密計画三七一‐九九〇‐Ｒ八五に関し大統領に提出した覚書。

ＣＤ５Ｃ　八〇三九　一九一二
ジョシュア・ヘイズ・ブルースター失踪《しっそう》時の状況に関する詳細な調査報告。

ノートブックには、「ジョシュア・ヘイズ・ブルースターの日記」と記されているだけだった。

理屈からいうと、フォルダーから先に調べるべきだったが、シーグラムは椅子に腰をかけ、まず日記を開いた。

四時間後に、彼はノートをフォルダーの上にきちんとのせると、インターコムの側面についているボタンの一つを押した。するとほとんど同時に、一方の壁の奥まった壁板がさっと開き、白いコートをはおった技師が一人現われた。

「どれくらいで、これを全部、複写できる？」

技師はノートをめくり、フォルダーの中身をのぞきこんだ。

「四十五分ください」

シーグラムはうなずいた。「いいだろう、すぐかかってくれ。外には、原本を待っている人がいるんだ」

壁板が閉まると、シーグラムは椅子からたいぎそうにからだを持ち上げ、よろめくように浴室に入った。彼はドアを閉じて、からだをもたせかけた。彼の顔は歪み、醜い形相になっていた。

「なんともひどい」彼はうめいた。「なんたることだ」

彼は洗面台にかがみこむと、もどした。

22

大統領はキャンプデイビッドの書斎の入口で、シーグラム、それにドナーと握手を交わした。

「朝の七時にこんなところまで来てもらって申し訳ない。しかし、君たちに会うにはこの時間しかないもので」

「なんでもありませんよ、大統領」とドナーが言った。「いずれにせよ、いまごろの時間には、いつもならジョギングをしているんですから」

大統領は、ドナーの丸い顔を面白そうに見つめた。「神のみぞ知るだ。私は君を心不全から救ったのかもしれないな」大統領はドナーがうらめしそうな表情をしたのを見て、声をたてて笑い、二人を書斎に入るよう手で招いた。

「さあ、さあ、腰をかけてくつろいでくれたまえ。軽い朝食を用意してあるんだ」

彼らはメリーランドの丘の連なりを見おろすゆったりした見晴らし窓の前に置かれてある、ソファーと椅子に一かたまりになってすわった。コーヒーとロールパンの入ったお盆が運ばれて来た。大統領がその両方を二人に回した。

「ところで、ジーン。知らせは好ましいものなんだろうね。シシリアン計画は、ソ連および中国とのいきすぎた軍備競争に歯止めをかけるわれわれの唯一の頼りだ」大統領はもの憂げに目をこすった。「軍拡競争は人類の誕生以来、最大の愚行にちがいあるまい。われわれが互いに相手の国を灰燼《かいじん》に帰してしまう攻撃力の少なくとも五倍もの力を備えているという、悲劇的でもあり馬鹿げてもいる事実を考えるとき、その感がとくに強い」彼はやりきれなさを仕草で示した。「この世には悲しいことが多すぎる。現状から話してもらおうか」

シーグラムは国防総省文書館のファイルの写しを手に持ち、かすむ目でコーヒーテーブルの向かいにすわっている相手を見つめた。

「大統領、あなたは今日までの私たちの進行状況を、当然ながら知っておられます」

「そうとも、私は君たちの数次にわたる調査報告書に目を通しているもの」

シーグラムはブルースターの日記の写しを大統領に手渡した。「これは二十世紀初頭の秘密の計画と人間の苦悩とを記した、息もつかせぬ読み物です。最初の日付は、一九一〇年の七月八日で、シベリア北岸近くのタイミル山脈をジョシュア・ヘイズ・ブルースターが離れるところからはじまります。その地で、彼は雇い主であるロレーヌ鉱山会社との契約に基づき、ロシア皇帝のため鉛の鉱山を開く目的で、九カ月間過ごしました。彼はそれから、白海のアルハンゲリスクに向かった自分の小さな沿岸蒸気船が霧のなかで迷い、ノバヤゼムリヤの北の島で坐礁《ざしょう》したいきさつを記しております。幸いなことに船は壊れなかったので、生存者たちは凍てつくような船腹のなかでかろうじて生き延び、ほぼ一カ月後に、ロシア海軍のフリゲート艦に救助されます。ブルースターはこの期間に、島を踏査したのです。日時ははっきりしませんが、とにかく十八日目に、彼はベドナヤ山脈の斜面で奇妙な露頭に出くわしたのです。彼はそれまでにそんな混合物を見たことがなかったので、サンプルを数個、アメリカへ持ち帰ることにし、タイミル鉱山を出てから六十二日目に、やっとニューヨークに着いたのです」

「これで、われわれは、ビザニウムが発見された事情を知ったわけだ」と大統領は言った。

シーグラムはうなずき、話を進めた。「ブルースターは標本を一つ手もとに残し、あとは全部、雇い主に渡しました。彼が標本を手もとに置いたのは、記念にするつもりからで、他意はなかった。何カ月たっても、なんの音沙汰もないので、ロレーヌ鉱山会社のアメリカの責任者に、ベドナヤ山脈の鉱石の標本はどうなったか、と問い合わせました。すると、分析の結果、なんの価値もないことが明らかになったので捨ててしまった、という返事を彼は受けた。どうもくさいと思ったブルースターは、残った標本を分析してもらうために、ワシントンの鉱山局に持ちこんだ。彼は、それがビザニウムである、これはこれまで未知も同然の元素で、ごくまれに、倍率の大きい顕微鏡を通して目撃されたことがあるにすぎないと教えられ、すっかり驚いてしまったわけです」

「ブルースターは、ビザニウムが露頭していた場所を、フランス側に教えてしまったのだろうか？」と大統領がきいた。

「知らせていません。彼は抜け目なく、場所についてはぼかしています。実を言いますと、彼はノバヤゼムリヤの南の島だとほのめかしてさえいるのです。何マイルも南寄りの」

「どうして、そんなごまかしをしたんだろう？」

「探鉱者の間では、当たり前のやり口なのです」ドナーが答えた。「有望な発見場所の正確な位置をふせておくことによって、発見者は鉱山が商業ベースに乗ったとき、掛け合って利益の取り分を大きくすることができるからです」

「なるほど」大統領はつぶやいた。「しかし、フランス人たちは、一九一〇年の昔に、なぜ秘密にしておく気になったのだろう？　その後七十年の間、誰一人として気づかなかったなにかを、彼らはビザニウムに見ていたとしか思えぬが？」

「一つは、ラジウムに似ていることです」とシーグラムが答えた。「ロレーヌ鉱山会社はブルースターの標本をパリのラジウム研究所へ回したのです。研究所の科学者たちは、ビザニウムの一定の属性がラジウムのそれらと同じであることをつきとめました」

「それに、ラジウム一グラムを精製するのに五万ドルかかるところから」とドナーがつけ加えた。「フランス政府は、世界で確認されている唯一のけたはずれに高価な元素の供給源を、隠しおおせると考えたわけです。十分な時間さえかければ、彼らは二、三ポンドのビザニウムから何億ドルもの金をもうけられたにちがいありません」

大統領は信じかねて首を振った。「すごいね。私の計算が正しければ、たしか一オンスは約二八グラムだったはずだが」

「そのとおりです、大統領。ビザニウム一オンスあたりの値段は、一四〇万ドルです。しかもそれは、一九一〇年の値段です」

大統領はゆっくりと立ち上がると、窓の外を見やった。

「それからブルースターは、どんな動きをしたんだね？」

「彼は情報を陸軍省に伝えました」シーグラムは陸軍秘密計画三七一－九九〇－R八五の資料に関するフォルダーを取り出し、それを開いた。「この全貌を知ったなら、CIAの連中は、自分たちの前身にあたる組織を誇りに思うことでしょう。陸軍情報局の将軍たちは、一たびブルースターが握っているものの正体を知るや、今世紀最大の裏切り計画を練り上げました。ブルースターは、ロレーヌ鉱山会社に鉱石の標本の正体を確認したと告げ、自分で鉱山会社をつくり、ビザニウムを探すつもりでいると脅しをかけろと命じられた。彼はフランス人に対して強い立場にあったわけですから。逆にフランス人は、そのことは承知していた。このころには、ブルースターが言っている露頭のありかが実際の場所からずれていることに、彼らは気づいていた。それで、ブルースター抜きでは、ビザニウムが手に入らないわけです。それは、きわめてはっきりしていました。彼らは利益にありつくために、やむなく彼を主任技師に任命する署名を行いました」

「なぜ、わが国の政府が採掘の後押しをしなかったのだろう?」と大統領はきいた。

「なぜ、フランスが一枚嚙むのを許したんだね?」

「二つの理由からです」シーグラムが答えた。「第一に、ビザニウムは外国の土地にあるので、鉱山はひそかに掘らねばなりません。万一、鉱夫たちがロシア人に捕えられた場合、とがめを受けるのはフランス政府であって、アメリカではありません。第二に、当時の議会は渋く、陸軍にはまったく金がありませんでした。相当な利益が予測されるので、北極圏の鉱山事業に手を出したくても、それをまかなうだけの資金がなかったのです」

「フランス側はどうも非常に不利な立場に立たされていたようだね」

「どちらの陣営についても、そういえるのです、大統領。ブルースターは、ベドナヤ山の鉱山を開き、鉱石の積み出しがはじまったら、自分と自分の仲間はロレーヌ鉱山会社が雇った殺し屋に殺されるにちがいない、と確信していました。会社がやっきになって秘密にしておこうとしたことから、それは明らかです。それに、もう一つあります。リトル・エンジェル鉱山の悲劇の筋書を書いたのは、フランスの連中であり、ブルースターではないのです」

「彼らがうまくやったことは認めざるをえません」とドナーが言った。「リトル・エンジェルのでっち上げは、ブルースターとその仲間全員を最終的に殺すための完璧な工作です。なんと言ったところで、彼らがコロラドの鉱山事故で六カ月前に死亡したことが公式の記録に載っているのですから、彼ら九人を北極で殺害したかどで告発されるはずがありませんからね」

シーグラムが引き継いだ。「ロレーヌ鉱山会社が、われらの英雄たちを、専用の鉄道車輛でニューヨークへ急遽《きゅうきょ》送りこんだに、ほぼ間違いありません。そこから彼らは、偽名でフランスの船に乗って旅に出たものと思われます」

「はっきりさせてほしい疑問が一つあるんだが」と大統領が切り出した。「君たちの報告書を読んでいくと、ノバヤゼムリヤで見つかった採掘工具はアメリカ政府を介して注文したものだ、とドナーは述べている。ここのところが分からないんだ」

「これも、フランス側の工作です」シーグラムが答えた。「ジェンセン・アンド・ソー社のファイルは、採掘工具の代金がワシントン特別区の銀行から振り出された小切手によって支払われたことも示しております。その口座番号はフランス大使名義になっていることが、調査の結果、明らかになっています。これは実際の動きを隠蔽《いんぺい》する、もう一つの工作にほかなりません」

「彼らは手ぬかりなくやってのけた、そういうわけか?」

シーグラムはうなずいた。「彼らはたくみに仕組んでいます。しかし、読みのきく彼らも、だまされていることにまったく気づいていなかったのです」

「パリの先は、どうなったのだね?」大統領が催促した。

「コロラドの連中は、ロレーヌ鉱山会社の事務所で二週間過ごし、その間に、必要な品の注文をし、採掘の最後の準備を行いました。そうして、ついにすべての用意が整うと、彼らはルアーブルでフランス海軍の輸送船に乗り、イギリス海峡にこっそり入りこんだのです。バレンツ海の浮氷原をぬってノバヤゼムリヤに錨をおろすまで、十二日かかっています。人員と工具の陸揚げが無事完了すると、ブルースターは陸軍の秘密計画の実行に着手し、輸送船の船長に、ほぼ七カ月後の、六月の第一週までもどって来るなと命じています」

「鉱山会社の輸送船がもどって来たときには、コロラドの連中とビザニウムはとうの昔に姿を消しているというわけだ」

「そのとおりです。彼らは予定を二カ月上回りました。彼らはわずか五カ月で、あの氷の地獄の地中から貴重な元素を掘り出したのです。仕事はからだをさいなむつらいもので、零下約四五度の肌に突き刺す寒気のなかで、硬い花崗岩を掘鑿《くっさく》し、爆破し、掘り進んだわけです。彼らは、アメリカ大陸の分水嶺《ぶんすいれい》、ロッキー山脈の高地の長い冬の間にも、北極圏の北寄りの万年氷から吹き出して海をうなりをたててくだってくる、こんな凍てつく風を経験したことは一度もなかった。風はさんざん吹き荒れ、恐ろしいほどの寒さをもたらした。ベドナヤ山の万年氷の氷原はいっそう厚さをました。それからはじめて、凍てつく寒風は南の水平線のすぐ彼方《かなた》にあるロシアの沿岸に向けて移動を開始したのです。彼らは寒風の痛ましい犠牲になった。ジェイク・ホバートは、吹雪のなかで道に迷い、野ざれが原因で死んだ。残る全員も、疲れと凍傷にひどく苦しめられた。ブルースター自身の表現によれば、『ここは凍てついた煉獄《れんごく》であり、口にたまった唾を吐くのもこらえねばならぬ』ほどだったらしい」

「彼らが全員死んでしまわなかったのは奇蹟《きせき》だ」と大統領は言った。

「昔の男のしっかりした鉱夫根性があったからこそ、もったのでしょう」とシーグラムは言った。「とうとう彼らは、勝ちました。彼らは荒地から世界でもっとも珍しい鉱物を苦労のすえ掘り出し、見とがめられることなく仕事をやりとげました。これは、隠蔽と工学技術からなる古典的な工作です」

「それでは、結局、彼らは鉱石を持って島から脱出できたんだね？」

「そうです、大統領」シーグラムはうなずいた。「ブルースターと彼の仲間は、掘り屑と鉱運車の路盤を埋め、坑道の入口を隠しました。それから彼らは、ビザニウムを海岸まで運び、極地探検をよそおって陸軍省が派遣した三本マストの小型蒸気船に積みこみました。その船の指揮をとっていたのは、アメリカ合衆国海軍のプラット海軍大尉でした」

「彼らはどれくらいの鉱石を掘り出したのだね？」

「シド・コプリンの推定によると、たいそう純度の高い鉱石、約半トンということです」

「それで、精製したときには……？」

「おおざっぱに見積って、せいぜい五〇〇オンス程度でしょうか」

「シシリアン計画を完成してもおつりがくる」と大統領は言った。

「必要量を上回ります」とドナーが相槌《あいづち》をうった。

「彼らはアメリカへ持ち帰ったのかね？」

「いいえ、違います。どういうわけか、フランス側はこうした事態を予測していたのです。彼らはアメリカ人がつらい仕事をやり終えるのを忍耐強く待ち、やおら、かけがえのない鉱石の奪回にとりかかったのです。プラット大尉はノルウェー南岸の沖合二、三マイルの海上に出たばかりで、まだ進路をニューヨークへ向けていなかった。そのとき、彼らは国旗を上げていない正体不明の蒸気艇に襲われたのです」

「正体が割れなければ、国際的なスキャンダルにはならない」と大統領は言った。「フランスはあらゆる方策を講じていたわけだ」

シーグラムは笑いを浮かべた。「今回を除けば。彼らは船を占拠できなかったのです。彼らも、大半のヨーロッパ人がそうであったように、ヤンキーの独創性を見くびっていたのですね。わが国の陸軍省も、不測の事態に備えていたのです。フランス側が三発目をアメリカの船に撃ちこむ前に、プラット大尉指揮下の乗組員は偽装した甲板室の側面をおろし、隠しておいた五インチ砲で反撃に転じたのです」

「やるねえ、いいぞ」と大統領は言った。「テディー・ローズベルトなら、『でかしたぞ、味方よ』というところだな」

「戦闘は暗くなるころまでつづきました」シーグラムは語りつづけた。「たそがれどきに、プラットがフランスの艇の機関室に砲弾を撃ちこんだ。艇は炎に包まれました。しかし、アメリカの船も、傷んでいました。船艙には海水が入りこんできていましたし、プラットの部下一人が死に、重傷者が四名出ていました。相談した結果、プラットとブルースターは、一番近い友好国の港に入り、負傷者をおろし、そこから鉱石をアメリカへ送り出すことにしたのです。彼らは夜が明けるころに、スコットランドのアバディーンの防波堤の内側にのろのろと入って行きました」

「鉱石をアメリカの軍艦に積み替えればそれですむのに、どうしてそうしなかったのだろう？　そうしたほうが、商船を頼るよりたしかで安全なのに？」

「私にはよく分かりません」とシーグラムは答えた。「そうした場合、フランス側に外交チャンネルを通じて鉱石を要求されると、アメリカは盗んだことを認めざるをえなくなりますし、ビザニウムをあきらめざるをえなくなることをブルースターが恐れていたのは、明らかです。彼が鉱石を自分で握っているかぎり、わが政府は事件全体を関知しないと主張できるわけです」

大統領は首を振った。「ブルースターは、たいした人物だったにちがいない」

「実に奇妙なんですが」とドナーが言った。「彼の背丈は五フィート二インチしかなかったのですよ」

「それにしても、驚くべき男だ。自分の利益をいっさいなげうって、この地獄の試練をすべて切り抜けるとは、たいした愛国者だ。彼が無事、故国に帰ったことを祈らずにおられない」

「悲しいことに、彼のオデッセイは完結しませんでした」シーグラムの両手が、震えはじめた。「アバディーンのフランス領事が、コロラドの連中のことを報告したのです。彼らがビザニウムをまだトラックに移し替えていないある夜、フランスの手先たちが荷揚げドックの陰から不意に襲いかかったのです。銃はいっさい使われなかった。使われたのは、こぶし、ナイフ、それに棍棒《こんぼう》でした。クリプル・クリーク、レッドビル、それにフェアプレイといった伝説的な町の鉱夫たちは、暴力沙汰に無縁ではありません。彼らは襲ってきた者より上手で、港の黒い海中に六人投げこんだ。殺し屋の残りの者は、彼夜の闇にまぎれて逃げてしまいました。しかし、それはほんのはじまりにしかすぎなかったのです。十字路ごとに、村ごとに、市の路上で、それにあらゆる木陰や戸口から襲ってくるように思えるほど執拗《しつよう》に、不意打ちがつづけられ、しまいにはイギリスじゅうを逃げまわることになり、何十人もの死者や負傷者が血塗られた光景を繰り広げるまでになったのです。戦いは消耗戦の様相をおびました。コロラドの連中は、巨大な組織に立ち向かっていた。その組織は、鉱夫に二人殺されるたびに、あらたに五人補強した。消耗戦がこたえはじめた。ジョン・コールドウェル、アルビン・コールター、それにトーマス・プライスが、グラスゴーの郊外で死んだ。チャールズ・ウィドニーは、ニューカッスルで倒れた。ウォルター・シュミットはスタッフォード付近で、それに、ウォーナー・オデミングはバーミンガムで倒れた。一人また一人と強靭《きようじん》な鉱夫たちは命を落とした。彼らの血のりで祖国から遠く離れた石畳を汚しながら。生き残ってサウサンプトンの遠洋航路用の桟橋《さんばし》に鉱石を送り届けたのはバーノン・ホールとジョシュア・ヘイズ・ブルースターだけだった」

大統領は唇をくいしばっていた。その手は固く握りしめられていた。「そしてフランス側が勝利を収めた」

「いいえ、大統領。フランス側は最後までビザニウムにふれることができなかったのです」シーグラムはブルースターの日記を取り上げ、ページを繰っていった。「最後の個所を読みます。日付は一九一二年の四月十日です」

「自分のなせることは、いまとなっては頌徳《しょうとく》の辞にすぎぬ。なぜなら私は、死んだも同然だから。主を讃《たた》えよ。われわれが死にもの狂いで働き、あの呪われた山の内懐《うちぶところ》から奪い取った貴重な鉱石は、この船の船艙に無事納まっている。すべての話を語り伝えられるのは、ただ一人残るバーノンのみ。なぜなら私は、一時間以内にホワイト・スター・ラインの大きな蒸気船でニューヨークへ出発するから。鉱石の安全を知りつつ。私はこの日記をサウサンプトンのアメリカ副領事ジェームズ・ロジャーズにゆだねる。私もまた殺されたときには、彼がしかるべき筋にこれが届く手配をしてくれることになっている。主よ、私に先んじて命を落とした者に安らかな眠りを与えたまえ。サウスビーへぜひともももどりたいものだ」

書斎に冷やかな沈黙が訪れた。大統領は向きを変えて窓際から離れ、もう一度、椅子に腰をおろした。彼はすわったきり、しばらく黙っていた。やがて彼は口を開いた。

「ビザニウムはアメリカにあると解釈していいんだろうか？　ありうるだろうか、ブルースターが……」

「そんなことはないと思います、大統領」シーグラムはつぶやいた。彼の顔は青白く、玉の汗が浮かんでいた。

「ちゃんと説明したまえ！」大統領は要求した。

シーグラムは、一つ深く息をした。「なぜなら、大統領、一九一二年の四月十日にイングランドのサウサンプトンを出航したホワイト・スターの蒸気船はただの一隻で、それは、〈タイタニック〉号だからです」

「タイタニック！」大統領は弾を撃ちこまれたような表情を見せた。彼は真相に、はっと気づいた。「つじつまが合う」彼は力なく言った。「それで、この間ずっとビザニウムが行方不明だったわけが解けた」

「運命はコロラドの連中たちに残酷だった」ドナーはつぶやいた。「彼らは大洋の真っ只中に沈む運命にあった船に鉱石を積みこむため、血を流し、死んでいった」

また沈黙が訪れた。さきほどの沈黙より一段と深い沈黙が。

大統領は、石のように固い表情をしていた。「さあどうしたものだろう、諸君？」

十秒ほど返事がなかった。やがてシーグラムはよろけながら立ち上がると、大統領をじっと見おろした。これまでの日々の緊張に敗北の苦痛が重なり、彼は圧倒された。彼らがとるべき道はほかになかった。彼らは計画を完遂するしかなかった。彼は咳払《せきばら》いをした。

「私たちは〈タイタニック〉を引き揚げます」とシーグラムはくぐもり声で言った。

大統領とドナーは見上げた。

「そうです。神かけて！」シーグラムは言った。その声はにわかにしっかりし、決然たる思いがこもっていた。

「私たちは〈タイタニック〉を引き揚げます！」

3

黒い深淵《しんえん》

一九八七年九月

23

舷側の丸い覗《のぞ》き窓は、人を拒みつづけてきた、限りなく純粋な、美しいまでの暗黒におおわれ、この世のいっさいの現実から遮断されていた。光をまったく欠いた世界に入ると、わずか二、三分のうちに、人間の精神は混乱し、錯乱してしまうものだ、とアルバート・ジョルディーノは考えた。彼は闇夜に目を閉じ、とても高いところから落ちて行くような感じを受けていた。無限に広がる闇のなかを、あらゆる感覚を失って落ちこんでいるような感じだった。

やがて一筋の汗が額を伝って落ち、彼の左の目に入り、目がしみた。彼は首を振って気を取りなおすと、袖《そで》で顔をぬぐい、すぐ目の前にある制御盤上に片手を静かにのばし、なじみのあるさまざまな突起物をまさぐり、目的物を探し当てた。彼はやおらそのスイッチを、上に向けて倒した。

深海潜水艇の船腹に取りつけられている明かりが、ぱっと点燈し、明るい光の帯が永遠の闇をつらぬいた。光の帯の両端のわずかな部分が、にわかに黒っぽい青色に変色した。ぎらつく光の直射のなかを漂いながら通り過ぎる小さな有機物は、覗き窓の周囲数フィートのところまで光を反射した。

ジョルディーノは分厚いプレキシガラスがくもらないように顔の向きを変え、溜息を深く一つつくと、操縦席の柔らかいクッションに背中をもたせかけた。まるまる一分ほどたってから、彼は制御盤の上にからだを折り、静止している潜水艇にまた動力を与えはじめた。彼は文字盤の列に目をそそぎ、揺れ動く針がさす目盛りに満足した。彼は照明回路をざっと調べ、全部、順調に作用していることを示す緑の色を放っているのを確かめてから〈サッフォー〉一号の電気系統をふたたび連動させた。

〈サッフォー〉一号。彼は椅子をぐるりと回し、船尾に向かっている中央の通路を漫然と見つめていた。これは世界最新にして最大のアメリカ海中海洋機関の調査用深海艇である。しかし、はじめて見たとき、アル・ジョルディーノは、全体の形から大きな葉巻を連想した。

〈サッフォー〉一号は、海軍の潜水艦の向こうをはってつくられたのではなかった。この艇は機能的だった。大洋の海底の科学的な調査がこの艇の使命で、七人の乗組員を収容し、海洋学研究用の二トンの機器や装置を配置するために、艇のすみずみまで一つの無駄もなく利用されていた。

〈サッフォー〉一号は、ミサイルを発射することもできなければ、海中を七〇ノットの速度で進むこともできなかったが、潜水艦がいまだかつて潜水したことのない深みで活動できた。海面から二万四〇〇〇フィートまで、潜水できるのだ。だがジョルディーノは、けっして心底からは安心できなかった。彼は深度計を確認し、一万二五〇〇フィート近くをさしている針を読んでたじろいだ。海の水圧は、三〇フィートごとに、一インチ四方につき一五ポンドのわりでふえていく。彼は頭のなかで計算し、この瞬間に、〈サッフォー〉一号の赤いペイントを塗ってある分厚いチタンの表面一インチ四方につき、ほぼ六二〇〇ポンドの水圧がかかっていることをはじき出し、そら恐ろしくなった。

「いれたてのコーヒーを飲まんか?」

ジョルディーノは、写真を担当している乗組員、オマー・ウッドソンのまじめくさった顔を見上げた。ウッドソンは、湯気のたっているコーヒーカップを手に持っていた。

「バルブを開けて、スイッチを押せば、かっきり五分前には、飲めたはずなのに」とジョルディーノは言った。

「すまないな。誰か阿呆《あほう》なやつが、明かりを消しちゃったんだ」ウッドソンは、カップを彼に手渡した。「全部、確認したのか?」

「全部、異常なしだ」とジョルディーノは答えた。「船尾のバッテリーは休ませる。中央部の電気は、これから十八時間切る」

「ついていたね。停止したときに岩の露出している場所に流れこまなくてさ」

「本当にそうだよ」ジョルディーノは椅子の上でからだを長く伸ばし、なにごともなかった安心感から目を細め、あくびをした。「この六時間、ソナーは野球のボールより大きな岩は一つもとらえていない。この海底は、おれの女友達の腹のように平らだ」

「腹じゃなくて胸だろう」とウッドソンは言った。「写真を見たことがあるんだ」ウッドソンは笑って言った。彼が笑うのは、珍しかった。

「完璧な人間などいるものか」ジョルディーノは認めた。「しかし、彼女の親父さんが酒の配給業者で金持ちなことを思えば、彼女の欠点も見すごせるというものさ――」

指揮官のルディ・ガンがからだを折って操縦室に入って来たので、彼は口をつぐんだ。ガンは背が低くやせていて、角縁の眼鏡のせいで一段と大きく見える目が、ローマ人のような大きな鼻の上で輝いていた。そのために彼は、獲物に飛びかかろうとしている飢えた梟《ふくろう》のような感じを与えた。しかし彼は、容貌《ようぼう》から想像されるような人間ではなかった。ルディ・ガンは、暖か味があって親切だった。彼の下で働いたことのある人間は、みな彼をたいそう敬っていた。

「君たち、またやっているのか?」ガンは鷹揚《おうよう》に微笑んだ。

ウッドソンは、真面目な表情にもどっていた。「いつものやつですよ。アルが恋人のことでまたむきになっているんです」

「この漂う密室のなかで五十一日も過ごしているんだから、彼がいらいらするのも無理はないさ」ガンはジョルディーノにかぶさるようにして、覗き窓から外を見た。二、三秒の間、彼の目にはぼんやりとした青い色しか映らなかったが、やがて、しだいに、〈サッフォー〉一号のすぐ下に、海底の沈澱物《ちんでんぶつ》の表層の赤味がかった軟泥が確認できるようになった。三センチ足らずの明るい赤い色をした海老が一尾、光の帯のなかに一瞬浮かび上がり、ふたたび闇のなかに姿を消した。

「外に出て歩き回れないのは残念だ」ガンは後にさがりながら言った。「外でなにが見つかるかわかったもんじゃない」

「モハベ砂漠の真ん中と変わりありませんよ」とジョルディーノはつまらなそうに言った。「なんにもありゃしませんよ」彼は腕を伸ばし、ある目盛りを軽く叩いた。「もっとも、こっちのほうが寒いですけどね。驚くじゃありませんか、一・五度近くある」

「なかなかおつな場所だよ」ウッドソンが言った。「しかし、男盛りをここで過ごす気にはなれないな」

「ソナーに、なにか映っているかい?」ガンがきいた。

ジョルディーノは、パネル中央の大きな緑のスクリーンに向かってうなずいた。映し出されている海底は、平らだった。「前方にも左右にも、なにもありません。映像はこの数時間、まったく変わっていません」

ガンはたいぎそうに眼鏡をはずし、目をこすった。「さあ、諸君、われわれの任務はもう終わったも同然だ。あと十時間たったら、浮上するぞ」ほとんど反射的に、彼は頭上のパネルを見上げた。「母船はまだ、われわれについているか?」

ジョルディーノはうなずいた。「あそこにいます」

彼は変換器の揺れている針をちらっと見るだけで、母船の存在を確認できた。海上でサポートしている母船は、たえずソナーで〈サッフォー〉一号を追跡していた。

「交信せよ」とガンが言った。「われわれは九時に上昇を開始すると母船に伝えよ。これなら彼らは、日没前にわれわれを収容し、〈サッフォー〉一号を曳《ひ》いて行けるだろう」

「日没ってものがどんなだったか、忘れてしまうところだった」とウッドソンがつぶやいた。「日に焼け、色目を使う、ビキニ姿のぷりぷりした娘たちをおがみに、浜辺に行くぞ。深海のへんてこな農場は、もうたくさんだ」

「ありがたい、任務はもうすぐ終わりだ」ジョルディーノが言った。「あと一週間、この馬鹿でかいウインナーソーセージのなかに閉じこめられていたら、鉢植えの植物相手に話しかけるようになるにちがいない」

ウッドソンは彼を見た。「鉢植えなんか一つもないじゃないか」

「絵が頭に浮かぶさ」

ガンは微笑んだ。「みんなゆっくり休むといい。君たちは、立派な仕事をやったんだ。われわれが集めた資料の分析に、研究所の連中は当分の間、忙しい思いをすることだろう」

　ジョルディーノはガンのほうを向き、長い間見つめてから、ゆっくりと口を開いた。

「実に妙な任務だったな、ルディ」

「なにを言いたいのか、分からん」とガンは応じた。

「見当違いの役者ばかりそろっている、と言っているんです。乗組員をよくご覧になってくださいよ」彼は潜水艇の後部で働いている四人の男たちのほうを身振りで示した。ベン・ドラマー。彼はひょろっとした南部男で、深部アラバマ特有の音を長くひっぱる口調で話した。リック・スペンサー。彼は背の低い、金髪のカリフォルニアの男で、嚙み合わせた歯の間から絶えず口笛を吹いていた。サム・マーカー。彼はウォール街の株の仲買人のように、国際人であり、垢抜《あかぬ》けしていた。それに、ヘンリー・ムンク。彼はもの静かで眠たそうな目をしているが機知に富んだ男で、〈サッフォー〉一号だけはかんべんしてほしいと望んでいることははっきりしていた。「後部のあの道化たち、あなた、ウッドソン、それに私。私たちはみんな技師です、単なる機械屋です。このなかには、博士は一人もいません」

「月にはじめて足跡を残した連中も知識人じゃなかった」とガンは反論した。「装置の完成には、ありふれた機械屋が必要なのさ。きみたちは〈サッフォー〉一号の実力を証明した。この艇の能力を実証してみせた。今度乗りこむのは、海洋学者たちになる。ところで、われわれが関係したこの任務は、偉大な科学的な業績として、さまざまな書物に記されることになるだろう」

「私はごめんですね」ジョルディーノはつっぱねた。「英雄扱いされるのは」

「おれもごめんだよ、同僚」とウッドソンがつけ加えた。

「しかし、生命保険の外交員にならずにすむのはたしかだ」

「この任務のすばらしさを、君はみんな忘れてしまっている」とガンは言った。「君がガールフレンドに聞かせてやれるいろんな話を考えてみろよ。君が今世紀最大の海底探検の操縦を誤りなくやりとげたことを聞くときの、彼女たちのうっとりした表情を思い描いてみるがいい」

「誤りなくだって?」ジョルディーノが言った。「では聞かせてもらいましょうか、私たちが科学的に驚異なこの艇で、予定のコースより五〇〇マイルも離れた一帯をぐるぐる回っているのはなぜです?」

ガンは肩をすくめた。「命令さ」

ジョルディーノは彼を見つめた。「われわれはラブラドル海に潜水することになっていたのですよ。ところがサンデッカー提督は、最後の最後になってわれわれにコース変更を命じ、ニューファンドランドのグランド・バンクスの手前に横たわる深淵の深海平面全域を調査させることにした。おかしいじゃないですか」

ガンは謎めいた笑いを浮かべた。ややしばらく、誰もしゃべらなかった。しかしガンは、彼らの心に渦巻いている疑問を感じとるために、なにも超能力を必要とはしなかった。彼らが自分と同じことを考えているのは、たしかだった。彼自身と同じように、彼らも三カ月前に、二〇〇〇マイル離れたワシントンの海中海洋機関の本部で開かれた会議のことを考えていたのである。その席で同機関の長官、ジェームズ・サンデッカー提督は、この十年間でもっとも信じがたい海中作業について論じたのであった。

「なんたることだ」サンデッカー提督はどなった。「私なら一年分の給料を棒に振ってでも、君たちの仲間に加わりたいところだ」

弁舌にたけている、とジョルディーノは思った。これでは、酔っぱらった船乗りさながらに金を使ったエビニーザ・スクルージ（ディケンズの小説『クリスマス・キャロル』の前非を悔いた冷酷な守銭奴）も顔負けだ。

ジョルディーノは革製の深いソファーでくつろぎ、提督の説明に耳を傾けながら、大きな葉巻をふかす合間に漫然と煙で輪を描いていた。その葉巻は、みんなが壁にかかっている大西洋の地図に注目しているおりに、サンデッカーの大きな机にのっている箱からちょうだいしたものだった。

「いいかね、潮流の位置はここだ」サンデッカーは指示棒で地図を音高く叩いた。これで、二度目だった。「ローレライ海流。こいつはアフリカ西岸沖から出発し、中部大西洋の海嶺《かいれい》ぞいに北へ向かい、バフィン島とグリーンランドの間を東へ曲がり、ラブラドル海にいたる」

ジョルディーノが言った。「提督、私は海洋学の学位をもっておりませんが、ローレライはメキシコ湾流とぶつかっているようですね」

「激しくはない。メキシコ湾流は、海表を流れている。ローレライは世界の外洋でもっとも冷たく、比重の大きな海流で、平均深度は一万四〇〇〇フィートである」

「だとすると、ローレライ海流はメキシコ湾流の下を横切っているわけだ」とスペンサーが静かに言った。説明会で彼が口を開いたのは、これがはじめてだった。

「そういうわけだ」サンデッカーは、やさしく微笑むと、また話しはじめた。「海洋は、基本的には二つの層からできている。一つは海表ないしは上層で、これは太陽に暖められ、風に完全にかき回されている。もう一つは、冷たくて密度が高い層で、これが中間、深海、それに海底の海水を形成している。そして、この二つの層はけっして混じり合わない」

「退屈であると同時にぞっとする話だ」とムンクが言った。「誰か知らないがブラックユーモアの持ち主が、水夫たちを岩におびき寄せたラインの精にちなんでつけたような名前をちょうだいしているところへなんぞ、なんとしても行きたくないものだ」

サンデッカーのいかつい顔に、ゆっくりと渋い笑いが広がっていった。「その名前にもなれてしまうさ、諸君。なぜなら、われわれはローレライの内懐の深みで五十日過ごすことになるのだから。そこで、君たちは、五十日過ごすことになる」

「なにをして?」ウッドソンが大胆にきいた。

「ローレライ海流漂流探検隊の名前のとおりさ。君たちはダカールの北西五〇〇マイルの海上で深海潜水艇をおろし、海流のなかを潜航する。主な任務は、潜水艇とその装置のモニターとテスト。任務の中止を必要とする障害が生じなければ、君たちは九月のなかばにラブラドル海のほぼ中央に浮上することになる」

マーカーは、軽く咳払いをした。「潜水艇がそんなに長く、そんな深いところにとどまっていた例はありません」

「君は抜けたいのかね、サム?」

「そうですね……いいえ」

「これは志願者による探検である。参加を無理じいする気はない」

「なぜ私たちを選んだのです、提督?」床に楽な姿勢をとってからだを伸ばしていたベン・ドラマーが、その細いからだを床から起こした。「私は海洋技師です。このスペンサーは、装置技師です。そして、マーカーはシステムの専門家です。どうして、私たちが引っぱり出されるのか、分かりません」

「君たちはそれぞれの分野の専門家だ。ウッドソンは写真家でもある。〈サッフォー〉

一号には、いろんな撮影装置も積みこまれることになるだろう。ムンクは計器や部品にかけては、当機関でもっとも優秀な人間である。それに、指揮をとるルディ・ガンは、NUMAのあらゆる調査船の船長を一度は務めている」

「私が落ちていますが」とジョルディーノが言った。

サンデッカーは、ジョルディーノの口から突き出ている葉巻を見すえた。それが自分専用の銘が入っている葉巻であることを確かめると、彼の表情はけわしくなった。しかし、ジョルディーノに完全に無視されてしまった。「君はこの機関のプロジェクト副責任者として、この任務全般の責任を負う。君には艇の操縦者としても働いてもらう」

ジョルディーノは意地の悪い笑いを浮かべると、にらみ返した。「私の操縦免許は、飛行機のもので、潜水艇のものではありません」

提督はほんの少し、身構えるように言った。「私の判断を信用してもらいたいね、どうかね?」サンデッカーは冷やかに言った。「それに、一番肝心な点は、君たちが目下《もっか》手もとにいる人間のなかでは最高の乗組員だということさ。君たちはみな、ビュフォート海の探検で、一緒に仕事をしている。君たちは経験豊富だし、能力と独創性を発揮してきた実績もある。君たちはあらゆる装置を、これまでに考案された海洋学関係のあらゆる機器を操作できる——君たちが持ち帰る資料は、科学者たちに分析してもらう——ところでさきにも言ったように、当然、君たちはみな志願者だ」

「当然」ジョルディーノはおうむ返しに言った。その顔は、無表情だった。

サンデッカーは机のところへもどり、腰をおろした。

「諸君は明後日、キーウェスト港のわれわれの施設に集合し、機器についての訓練を開始する。ペルフォーム航空会社は、潜水艇の潜水試験をすでに徹底的に行なっている。したがって、諸君は探検の間に行う実験用機器や装置になれることに専念してもらえばよい」

スペンサーが、歯の間から口笛を吹いた。「航空会社？　これは驚いた。彼らが深海潜水艇の設計についてなにを知っているというんです？」

「諸君の安心のために言うが」とサンデッカーは忍耐強く話した。「ペルフォームはその航空技術を、十年前に海洋へ向けたのだ。それ以来、彼らは海中環境研究所を四つ建てたし、海軍のためにきわめて優秀な潜水艇を二隻つくっている」

「今度のやつが、一番出来のよいものであってくれればよいが」とマーカーが言った。

「二万四〇〇〇フィートの深さで水漏れなんて日には、すっかり滅入《めい》ってしまうから」

「怖《お》じ気《け》づいたとでもいうのか」ジョルディーノが、低い声で言った。

ムンクは目をこすった。やおら床をじっと見つめた。カーペットに海の底が映し出されてでもいるように。彼はゆっくりと話しだした。「この旅は本当に必要なのですか、提督？」

サンデッカーは、重々しくうなずいた。「そうだ。海洋学者たちは、深海海流の循環に関する知識を強化するうえで、ローレライ海流のパターンを把握する必要がある。私の言うことを信じてほしい。この任務は有人の人工衛星をはじめて打ち上げた任務と同等の重要さをもつものだ。それに、世界でもっとも進んだ潜水艇の試験をするのだから、君たちはいまだかつて人類が踏みこんだ例のない海域を視覚的に記録し、海図に収めることになる。疑心暗鬼はやめたまえ。〈サッフォー〉一号の船体には、科学が考えうるあらゆる安全装置がほどこされている。安全で快適な航海を、この私が君たちに保証する」

請け合うのは簡単だよ、とジョルディーノは漫然と考えていた。提督は乗りこむわけじゃないのだから。

24

ヘンリー・ムンクは、ビニール製の長いクッションの上で筋肉質のからだの姿勢を変え、あくびを嚙み殺しながら、〈サッフォー〉一号の後部の覗き窓からじっと外を見つづけた。

平坦で、どこまでもつづく沈澱層は、なんの変哲もなく面白味に欠けていたが、分厚いプレキシガラスの下を通り過ぎる小さな隆起や岩の一つ一つや、ときおり姿を見せる深海の住人が、いままで人の目にふれたことがないのだと思うと、喜びを感じた。それは、長い椅子の上の両側に配置されている各種の探知装置を長時間にわたって調べる単調な仕事を担当している彼に与えられた、ささやかではあるが満足のいく報酬であった。

彼は覗き窓からしぶしぶ目をそらし、計器類の上に目をこらした。S・T・S・V・Dセンサーが、任務の全期間を通じて常時活動しており、海水の含塩率、水温、音の速度、そして水圧を測定していた。海底探知機は、音響を利用して沈澱層の厚さを決定し、海底の表面下に横たわっている構造をとらえた。重力計は四分の一マイルごとに、重力をチェックした。海流センサーは、ローレライ海流の速度とその方向を敏感にとらえた。

それに磁力計は、局地的な金属の鉱床によって生ずる偏差を含む、海底の磁場を計測し、読み取っていた。

ムンクは、もう少しで見落とすところだった。磁力計のグラフ上の針のふれがひどく小さく、一ミリ足らずだったので、まさしくその瞬間に彼の目が記録されている線にそそがれていなかったら、完全に見落としてしまったにちがいなかった。彼はとっさに顔を覗き窓に押し当て、海底をのぞきこんだ。今度は振り向き、ジョルディーノに向かって叫んだ。彼はわずか一〇フィート先の操縦室にすわっていた。

「止めろ！」

ジョルディーノはからだをひねって、後部を見た。ムンクの両脚が見えるだけだった。それ以外の部分は、計器の間に埋まっていた。「どんな反応があったんだ?」

「なにか金属の上を、いま通り過ぎたんだ。よく見るために、バックしてくれ」

「ゆっくりもどすぞ」ジョルディーノは、ムンクに聞こえるように大きな声で言った。

ジョルディーノは船腹の中央の両側に一台ずつ配置されているモーターを操作し、半速で逆に回転させた。十秒間、〈サッフォー〉一号は二ノットの海流の抵抗を受け、自力では動けず停止したまま浮かんでいた。そのうちに、容赦なくさからう海流に向かって、ごくゆっくりと後退しはじめた。ガンやほかの乗組員は、ムンクの計器のトンネルの周囲に集まって来た。

「なにか見つけたのか?」ガンがきいた。

「はっきりしないんだ」ムンクは答えた。「船尾の方向約二〇ヤードの沈澱層のなかから、なにかが突き出ている。船尾燈に照らし出された、ぼんやりした形しか見えないんだ」

全員が待ち構えた。

ムンクがまた口を開くまでの間が、ひどく長く思えた。「いいぞ、見つけた」

ガンはウッドソンのほうを向いた。「二台の海底ステレオカメラとストロボを作動させろ。そいつを写真に収めるんだ」

ウッドソンはうなずき、自分が担当している装置のほうへ歩いて行った。

「どんなものなんだ?」スペンサーがきいた。

「軟泥のなかからまっすぐ突き出ていて、じょうごのような格好をしている」ムンクの声が、計器のトンネルごしに聞こえた。ムンクの表情は見えなかったが、彼が興奮していることは、その声から感じとれた。

ガンはまさかといわんばかりの表情を浮かべた。「じょうご?」

ドラマーはガンの肩ごしにのぞきこんだ。「どんな種類のじょうごなんだい?」

「浅い円錐《えんすい》が先細って、液体を通す管状になっているじょうごだよ、分かりきっているじゃないか」とムンクはいまいましげに答えた。「いま右舷の下を通っている。船首の覗き窓の下に現われた瞬間に、この船を止めるよう、ジョルディーノに言ってくれ」

ガンはジョルディーノに歩み寄った。「位置を固定できるか？」

「やってみるさ。しかし、海流が舷側を揺さぶりはじめたら、しっかり固定できなくなって、外にあるものがなんだかしらんが、目撃は不可能になるぞ」

ガンは船首に行って、ゴム貼りの床にすわりこんだ。彼は、マーカー、それにスペンサーと一緒に、前方の四つの覗き窓の一つから外をのぞいた。のぞきこんだほぼその瞬間に、彼らの全員の目に、ある物体が映った。ムンクの言ったとおりだった。直径約五インチの鐘型をしたじょうごが、さかさまになっていて、その先端が海底の沈澱物から突き出ていた。驚いたことに、その状態はよかった。金属の表面はたしかに変色していたが、しっかりしているようで、剝げ落ちたり、厚い錆におおわれているようには思えなかった。

「固定したぞ」ジョルディーノが言った。「しかし、どれくらいこうしていられるか、保証はできない」

覗き窓に顔を向けたまま、ガンはウッドソンに手で合図を送った。彼は二つのカメラの上にかがみこみ、海底の物体にレンズの焦点を合わせていた。「オマーは？」

「焦点を合わせ、撮影しているところだ」

マーカーはからだをひねって、ガンを見た。「あいつをつかみ取ろうじゃないか」

ガンは黙っていた。彼の鼻は覗き窓にふれそうになっていた。彼は一心に神経を集中しているようだった。

マーカーはいぶかしげに目を細めた。「どう思う、ルディ？　あれをつかみ取ろうって言っているんだ」

ガンはやっとその言葉を聞きつけた。「うん、そうしよう。ぜひとも」彼はぼそぼそとつぶやいた。

マーカーは長さ五フィートのケーブルで前方の隔壁に取りつけられてある金属製の箱をはずし、中央の覗き窓の前に陣取った。その箱には、小さな円型のノッブのまわりにレバーを上下に押すスイッチがいくつも並んでいた。それはマニピュレーターを操作する制御装置だった。重さ四〇〇ポンドのマニピュレーターの腕は、〈サッフォー〉一号の船首の下から醜くぶら下がっていた。

マーカーがスイッチを押すと、電気が通じた。彼が器用に制御装置の上に指を滑らせると、うなりをたて、機械の腕が七フィートの長さいっぱいに伸びた。船外の沈澱層に埋まっているじょうごに、八インチ届かなかった。

「あと一フィートだ」とマーカーが言った。

「用意しておいてくれ」とジョルディーノが答えた。「前進のために、位置を確保できなくなるおそれがある」

じょうごは、マニピュレーターのステンレス製のつまみの下を、じりじりするほどゆっくり通り過ぎて行くように思えた。マーカーはじょうごの口の上に、つまみをゆっくりともって行き、別のスイッチを押した。つまみは閉じたが、タイミングがずれた。潜水艇は海流に支配され、舷側が揺れはじめた。わずか一インチ足らずのところでつかみそこね、握りしめられたつまみのなかはからだった。

「左舷方向に流されている」ジョルディーノが叫んだ。「艇を固定できない」

マーカーはそれを聞くと、すぐさま、制御箱の上で指をおどらせた。今度は油断なく、つかまなければならなかった。また失敗したら、視界が限られているので、じょうごを二度と見つけることは不可能に近かった。額からは汗が噴き出し、両手は緊張した。

彼は機械の腕をその止め具いっぱいまで曲げ、右舷に対し六度の位置につまみを向け、〈サッフォー〉Ⅰ号の反対側へのぶれを修正した。彼がまたスイッチを入れると、つまみが下に伸びた。ほとんど同時に、つまみが閉じた。じょうごの縁が、つまみの間にはさまった。

マーカーは、見事にやってのけた。

そこで、彼は機械の腕をゆっくり上げ、沈澱層のなかからじょうごをじわじわと取り出しにかかった。汗が両方の目にしたたり落ちたが、彼は目を見開いていた。急いではならなかった。一つ間違えば、じょうごは海底に永遠に失われてしまう。やがて、じょうごはぬらぬらした軟泥のなかからすっぽりと抜け、覗き窓のほうに近づいて来た。

「おやっ！」ウッドソンはつぶやいた。「これはじょうごじゃない」

「ホルンみたいだ」マーカーが言った。

ガンは首を振った。「コルネットだよ」

「ずいぶんと自信ありげじゃないか？」ジョルディーノは操縦席を離れ、ガンの肩ごしに窓をのぞきこんでいた。

「高校のバンドで吹いていたからさ」

ほかの者たちも、いまやそれを目で確かめることができた。鐘型をして口が外へ向かって開いており、そのうしろには、曲線状の管があり、バルブと吹き口につながっていることが、手に取るように分かった。

「外観からして、これは真鍮製だ」とマーカーは言った。

「それでムンクの磁力計のグラフに、はっきり現われなかったのだ」とジョルディーノがつけ加えた。「鉄をふくんでいるのは、吹き口とバルブのピストンだけだ」

「海底にどれくらい沈んでいたんだろう？」ドラマーが誰にということもなくきいた。

「出所のほうが興味あるな」とマーカーが言った。

「航行中の船から投げこまれたんだよ、きっと」ジョルディーノは、気楽に言った。

「たぶん、レッスン嫌いな子どもの仕業さ」

「その持ち主がこの海底のどこかにいるかもしれないぜ」マーカーは、顔を上げずに言った。

スペンサーは身震いした。「ぞっとするようなことを考えるもんだ」

〈サッフォー〉一号の内部は、静まり返った。

25

航空史上、〝ブリキの鵞鳥《がちょう》〟として有名な年代もののフォードの三発機は、ひどく不格好で飛べる代物とは思えないのだが、ワシントン国際空港の滑走路におりたつために旋回する姿は、アホウドリのように優美で、しかも堂々としていた。

ピットが三つのスロットルをゆっくりもどすと、年老いた鳥は、長く伸びた芝生の上に舞いおりる秋の木の葉のように、ふんわりと着陸した。彼は空港の北の端にあるNUMAの格納庫の一つに、タキシングで向かった。待機していた整備工が車輪止めを押しこみ、いつものように喉を掻《か》き切る合図を送った。点火装置をぱしんと切ると、ピットは、銀色のプロペラの回転がしだいに遅くなり、昼下がりの日射しを受けてきらきらと輝きながら、ゆっくりと止まる様子を見つめていた。やがて、彼はヘッドホンを取ると操縦桿《そうじゅうかん》にかけ、横の窓の止め金をはずし、押し開けた。

ピットの日に焼けた褐色の額には、途方にくれたような気むずかしげな皺がゆっくりと刻みこまれていった。下のアスファルトの上に男が一人立っていて、両手を激しく振っていた。

「のぼって行っても、かまわないか？」ジーン・シーグラムが叫んだ。

「おりて行く」ピットがどなり返した。

「いや、そこにいてくれたまえ」

ピットは肩をすくめると、座席に寄りかかった。ほんの二、三秒の間に、シーグラムが飛行機にのぼって来て、操縦席のドアを押し開けた。彼は黄褐色のしゃれた三つ揃いの背広を着ていたが、服地にたくさん皺ができているため、せっかくのぱりっとした服装も台無しだった。少なくともこの二十四時間、彼がベッドについていないことははっきり見てとれた。

「こんな豪華な古い飛行機を、いったいどこで見つけたんだね？」シーグラムはきいた。

「アイスランドのケフラビークで、偶然、見かけたのです」とピットは答えた。「やっと手ごろな値段で買い取り、アメリカへ送りもどしてもらったわけです」

「こいつはすばらしい」

ピットはあいている副操縦席に、シーグラムを手で招いた。「あなたは、このなかで話したいのでしょう？　二、三分もすれば、このキャビンは日射しで焼却炉のようになりますよ」

「用件はすぐにすむ」シーグラムはゆっくり座席に着くと、長い溜息をもらした。

ピットは、彼をまじまじと見つめた。彼は、気がすすまないのだが、身動きがとれなくなって、思い切った手段に訴えようとしている誇り高い男といった感じだった。

シーグラムは話しだしたものの、ピットの顔は見ず、窓ごしに落ち着きなく外を見つめていた。

「私がここでなにをしているのだろうと、不思議に思っているだろうね」と彼は言った。

「ふっと、そう思いました」

「君に助けてほしいんだ」

それだけだった。以前に失礼なことを言ったことには、まったくふれなかった。なんの前置きもなかった。いきなり、単刀直入のたのみだった。

ピットは目を細めた。「ちょっとした奇妙な理由から、私が加わることは梅毒菌のように嫌われるだろうって気がするんです」

「君の気持ちや私の感情は問題じゃない。肝心なのは、君の能力をわが国の政府がぜひとも必要としているということさ」

「能力……ぜひとも必要……」ピットは自分の驚きをごまかさなかった。「おだてたって駄目ですよ、シーグラム」

「信じてくれよ、そうならいいのだが、違うんだ。サンデッカー提督が、厄介な仕事を成功させる万に一つの機会をものにできる男は、君をおいてほかにいない、と請け合っているんだ」

「どんな仕事です？」

「〈タイタニック〉を引き揚げるのだ」

「もちろん！　遺棄船の引き揚げは最高だよ。退屈しのぎにしても——」ピットは途中で言葉を切った。彼の濃いグリーンの目はかっと見開かれた。血が彼の顔にのぼった。

「なんという船だって？」そうつぶやく彼の声は、かすれていた。

シーグラムは相手の反応を楽しんでいるような表情を浮かべて見つめた。「〈タイタニック〉。聞いたことはあるだろう？」

ピットは唖然として、十秒ほど黙りこくっていた。やおら、彼は口を開いた。「あなたは自分がなにをしようとしているのか、分かっているのですか？」

「完全に」

「できっこない！」ピットの顔に信じかねる思いが浮かんだ。彼は、今度もしわがれ声でつぶやいた。「百歩ゆずって、かりに技術的に可能だとしても——そんなことはないが——何億ドルもかかるだろう……そのうえ、元の所有者たちや保険会社との間に、引き揚げの権利をめぐり、いつ果てるともしれない法的ないざこざに巻きこまれるだろう」

「この瞬間にも、二〇〇人以上の技術者や科学者が、技術的なさまざまな問題に取り組んでいる」とシーグラムは説明にかかった。「費用は、政府の秘密の資金でまかなわれることになる。こと法律上の権利については、忘れてもらって結構。国際法では、沈没してしまい復原の望みがなくなった船は、金を用意し、人手をかけて引き揚げる気のある者が自由にできることになっている」彼は横を向き、また窓の外を見つめた。「ピット、君にはとうてい分かるはずがないんだ、この事業の重要性が。〈タイタニック〉には、財宝や歴史的な価値よりずっと大きな価値があるんだ。あの船艙の奥深くには、わが国の安全にとって不可欠なものが眠っているんだよ」

「言っては悪いが、こじつけめいて聞こえる」

「そうだろうな。だがね、なにも熱烈な愛国心に浮かされているんじゃないんだ。本当なんだ。事実によって証明されているんだ」

ピットは首を振った。「あなたの言うことは、まったくの絵空事だ。〈タイタニック〉は、ほぼ二マイル半もの海底に横たわっている。深さがそれくらいになると、一インチ平方あたりの圧力は数千ポンドに達するんですよ、シーグラム。一フィート四方でもないし、一ヤード四方でもない、一インチ四方あたりですよ。困難と障害は、恐るべきものです。いまだかつて、〈アンドレア・ドリア〉や〈ルシタニア〉を本気で引き揚げようとした人は、一人もいないんです……二隻とも海面からわずか三〇〇フィートあまりのところに沈んでいるのに」

「月に人間を送りこめるのだから、〈タイタニック〉を日の当たる場所へ連れもどすことだってできるはずだ」とシーグラムは主張した。

「それは比較にならん。四トンのカプセルを月面に着陸させるのに、十年かかった。四万五〇〇〇トンもの船を浮上させるのは、まったく別の問題だ。あの船が沈んでいる場所をつきとめるだけでも、何カ月もかかるだろうさ」

「そのための調査は、すでに行われている」

「私はなにも聞いていない……」

「調査が行われていることについて?」シーグラムは相手の言わんとした言葉を補った。「君の耳に入るはずはないさ。この工作は、機密保持が可能なかぎり、秘密にしておく。君づきの特殊任務次長アルバート・ジョルディーノも例外ではない――」

「ジョルディーノ」

「そうだよ、ジョルディーノさ。彼はいまこの瞬間に、本当の任務はまったく知らずに、調査船を操縦して大西洋の海底を横断している」

「しかし、ローレライ海流探検隊……〈サッフォー〉一号の本来の任務は、深海海流を追跡することですよ」

「都合のよい偶然の一致。サンデッカー提督は、潜水艇の浮上予定時間のかろうじて数時間前に、〈タイタニック〉の確認されている最後の航行海域に、潜航することを命じることができた」

ピットは横を向き、空港の主要滑走路から飛び立つジェット旅客機を見つめた。「どうして私を？　今世紀最大の愚かな計画になるのが目に見えている計画に引きこまれなければならんようなつまらぬことを、私はしたおぼえはないんだが？」

「ピット、君はただ単に招待を受けただけじゃないんだ。君は引き揚げ作業全体の指揮をとることになっている」

ピットはけわしい顔つきでシーグラムを見た。「同じ疑問が残る。なぜ私を？」

「この人選に、私はべつに驚かないね。本当さ」シーグラムは言った。「海中海洋機関は、万人が認めるわが国の海洋科学に関する最大の機関であり、深海からの引き揚げの代表的な専門家たちは、同機関のスタッフでもある。それに、君は同機関の特殊任務の最高責任者だ。したがって、君が選ばれたわけだ」

「だんだんはっきりしてきたぞ。悪い時期に悪い仕事についていた、ただそれだけのことなんだな」

「好きなように解釈するさ」とシーグラムはもの憂げに言った。「君がこれまでに信じられぬほど困難ないくつものプロジェクトを成功に導いていることを知って、感心したことは認めるよ」彼はハンカチを取り出すと、額をぬぐった。「君を選ぶ大きな決め手となったもう一つの要素は、君が〈タイタニック〉になかなか精通しているらしいということなんだ」

「〈タイタニック〉に関する記録を集めて研究することは、私の趣味にすぎません。あの船の引き揚げを監督する資格などには、まず、なりませんよ」

「だが、ピット君。サンデッカー提督の言葉どおりに言うと、君は人扱いと協力を取りつける兵站学《へいたん》の天才だそうだ」シーグラムはピットをのぞきこんだ。その目つきは、不安げだった。

「仕事を引き受けてくれるかい？」

「私が成功すると、あなたは思っていないんでしょう。どうです、シーグラム？」

「正直なところ、そうは思っていない。しかしね、一筋の糸で崖《がけ》にぶら下がっているときには、誰に助けてもらいたいなどと、贅沢《ぜいたく》は言わないものだよ」

ピットの口もとに、うっすらと笑いが浮かんだ。「私に寄せてくれている信頼には、胸を突かれる」

「いいんだね？」

ピットはしばらく、考えにふけっていた。ついに彼はかすかにうなずくと、シーグラムの目を見すえて言った。

「いいでしょう、あなたの部下になりましょう。しかし、錆だらけの古い船腹がニューヨークのドックにつながれるまで、皮算用はしないでくださいよ。ラスベガスにだって、この狂気の沙汰の賭け率をはじき出すために、多少なりとも時間をさく気を起こす粋狂な胴元は一人もいないでしょう。私たちが〈タイタニック〉を見つけたところで、かりに万一私たちが〈タイタニック〉を見つけたにしても、船腹の傷みがひどすぎて、引き揚げられないことだってありうる。しかし、何事もまったく不可能ということはない。まあ、いいでしょう。政府がこの工作に乗り出すほどの価値あるものがなになのかまったく見当がつきませんが、とにかくやってみます、シーグラム。それ以上のことは、いっさい約束できませんが」

ピットはにっこり笑うと、操縦席から立ち上がった。

「話はこれで終わりだ。さあ、この温室から出て、エアコンがきいている気のきいたカクテルラウンジを見つけ、一杯おごってください。今年最大の騙《だま》しを働いたのですから、それくらいのことをしてもばちは当たらんでしょう」

シーグラムは、すわりこんでいた。疲れがひどくて、やむなく承知したと肩をすくめただけだった。

26

はじめのうち、ジョン・ボーゲルは、例のコルネットをなんの変哲もない修復作業にすぎぬと受けとめていた。そのつくりには、珍しい点はなにもなかった。収集家の胸をときめかすような、構造的に変わっているところはなかった。その時点では、誰一人として心をそそられるような代物ではなかった。バルブは腐食し、凍りついたように動かなかった。真鍮は積もり積もった奇妙な汚れのために色あせていた。それに管のなかにつまっている泥は、いやな生臭い臭いを放っていた。

ボーゲルは、このコルネットの修復を自分が手掛けるにはおよばないと判断した。彼は助手の一人にまかせる気になった。ボーゲルが元どおりに修復する意欲をそそられる対象は、異国情緒の濃い楽器だった。長くまっすぐな管がついていて、耳をつんざくような音を出す、古代中国やローマのトランペット、ジャズの初期の偉大な演奏家の使い古された年代もののラッパ、それに、歴史的なゆかりのある楽器。こうした楽器なら、ボーゲルは時計屋のように忍耐強く精巧な腕前を発揮して、楽器が新品同様の輝きを見せ、すばらしい澄んだ音が出るようになおさずにはおかなかった。

彼はコルネットを古い枕カバーで包むと、事務所の反対側の壁に立てかけた。

机の上のインターコムが、柔らかい低い音を発した。

「ああ、メアリー、なんだい？」

「海中海洋機関のジェームズ・サンデッカー提督から電話です」秘書の声が、インターコムを通して、黒板を爪《つめ》で引っかくようにきしって聞こえた。「緊急の用件だと言っています」

「分かった、つないでくれ」ボーゲルは受話器を取り上げた。「ジョン・ボーゲルです」

「ボーゲルさん、ジェームズ・サンデッカーです」

サンデッカーが自分で電話をしてきたこと、それに肩書をひけらかさないことに、ボーゲルはよい印象をもった。

「そうです、提督、私でなにかお役にたつことがございましたら？」

「まだあれを受け取っていませんか？」

「なんです？」

「古いホルン」

「ああ、コルネット」とボーゲルは言った。「今朝、私の机にのっていました。なんの説明書きもないまま。私は博物館に寄贈する品だろうと思っておりました」

「申し訳ない、ボーゲルさん。前もってあなたに話しておくべきだったのですが、手がふさがっていたもので」

正直な釈明だ。

「なにかお役にたてることがありましたら、提督?」

「例のものを調べ、分かったことを聞かせてもらえるとありがたいのですが。製造年月日やその他」

「よろこんで、提督。しかしなぜ私に?」

「ワシントン音楽博物館の主任管理者であるあなたにお願いするのが、筋だと思ったからです。それに、私たちに共通のある友人が、あなたが学者になる決心をしたために、世界は第二のハリー・ジェームズを失ったと言ったからです」

驚いた、大統領のことだな、とボーゲルは考えた。サンデッカーに対する評価はまた上がった。この人は、つぼをおさえている。

「そいつは、どうでしょうかね」ボーゲルは言った。「いつ報告したらよいでしょう?」

「あなたの都合のよい、一番早い機会に」

ボーゲルは、一人微笑んだ。こう丁寧にたのまれては、張り切らざるをえない。

「腐食を取り除く液に浸すのに時間がかかるのです。うまくいけば、明日の朝までに、なにかつかめるはずです」

「ありがとう、ボーゲルさん」サンデッカーは、きびきびした口調で言った。「感謝します」

「あのコルネットを見つけた場所や状況など、私の役にたちそうなことがあったら？」

「言わないほうがよいでしょう。私のところの者は、私たちの示唆や方向づけにいっさい影響されないあなたの意見を聞かせてもらうことを望んでいます」

「私の意見を部下の方の意見とつき合わせたい、そうなんですね？」

サンデッカーの声が、受話器から鋭く伝わってきた。

「私たちは、私たちの希望と期待があなたによって裏づけられることを望んでいるのです、ボーゲルさん。それだけです」

「最善を尽くします、提督。さようなら」

「うまくいくといいんだが」

ボーゲルは電話に手をかけたまま、数分間、隅にある枕カバーをじっと見つめていた。やがて彼は、インターコムのボタンを押した。「メアリー、今日はこれからずっと電話はつながないでくれ。それから、カナディアン・ベーコン入りの中くらいのピザとブルゴーニュ・ワインを半ガロン持って来てくれないか」

「また黴臭《かびくさ》い古ぼけた仕事場にこもるのですね？」メアリーの声が、きしりながらもどってきた。

「そうだ」ボーゲルは溜息をもらした。「長い一日になることだろう」

ボーゲルはまず最初に、コルネットをさまざまな角度から写真に収めた。つぎに彼は、寸法、目に見える部分の全体的な状態、表面をおおっている腐食と異物の程度をメモし、あらゆる観察結果を大きなノートに記録した。コルネットに対する専門家としての関心は高まった。それは折紙つきの品だった。真鍮の質はすぐれていた。鐘型とバルブの直径が小さいことから、それが一九三〇年以前につくられたことが彼には分かった。腐食と思っていたものは、実は泥の硬い層で、ゴム製のスプーンで軽くこするだけで、剝げ落ちた。

つぎに彼はコルネットをカルゴンを稀釈《きしやく》したソフターにつけ、静かに液体を揺すり、泥を取り除くために溶液を頻繁《ひんぱん》に取り替えた。真夜中になるころまでに、彼はコルネットを完全に分解し終わった。つぎに彼は、真鍮の輝きを取りもどすために、クロム酸の薄い溶液で金属の表面をこする単調な仕事にとりかかった。数度すすぐと、渦巻き模様と装飾的に刻まれた文字が、鐘型の上にしだいに浮かび上がってきた。

「こいつは驚いた！」ボーゲルは大きな声を上げた。「記念に贈呈されたものだ」

彼は拡大鏡を取り上げ、刻まれている文字を調べた。拡大鏡を下に置き、電話に手を伸ばそうとする彼の両手は、震えていた。

27

かっきり八時に、ジョン・ボーゲルはＮＵＭＡの全国本部が納まっている太陽熱吸収ガラス張りの一〇階建てビルの最上階にある、サンデッカーの執務室に案内されて入って行った。彼の両目は充血していた。彼はあくびを押し殺そうともしなかった。

サンデッカーは机から離れて歩み寄り、ボーゲルと握手を交わした。背が低く、小柄な提督は、からだをそらし顔を上げて訪問者の目を見た。ボーゲルは六フィート五インチあり、柔和な顔をしていた。禿げ上がった頭のまわりを櫛目《くしめ》の通っていない白い髪の毛が取り巻いていた。彼は褐色のやさしい目差しで見つめ、暖か味のある笑いを浮かべた。上着は、プレスがきいていたが、ズボンは皺になり、膝から下には無数のしみがついていた。彼は大酒飲みのような酒臭い臭いを放った。

「ともかく、あなたにお会いできて喜んでおります」サンデッカーは挨拶した。

「私こそ喜んでおります、提督」ボーゲルは黒いトランペットケースをカーペットの上に置いた。「だらしのない格好でまいりまして、申し訳ございません」

「いま言おうと思っていたところなのですが、昨夜はたいへんだったようですね」とサンデッカーは答えた。

「仕事に打ちこんでいるときは、時間とか他人の迷惑はあまり気にならんものです」

「たしかに」サンデッカーは向きを変え、執務室の片隅に立っている小柄な男に向かってうなずいた。「ジョン・ボーゲルさん、指揮官のルディ・ガンを紹介いたします」

「存じ上げていますとも、ガン指揮官」ボーゲルは微笑みながら言った。「私はあなたのローレライ海流探検隊について毎日、新聞で読んでいた何百万もの読者の一人です。おめでとうございます、指揮官。偉大な成果をお収めになられましたね」

「ありがとうございます」ガンは言った。

サンデッカーは長椅子にすわっている別の人間を身ぶりで示した。「それに、私のところの特殊任務の最高責任者、ダーク・ピット」

ボーゲルは、浅黒い顔に皺を寄せて微笑む男に、うなずいた。「ピットさんですな」

ピットは立ち上がり、うなずき返した。「はじめまして」

ボーゲルは腰をおろし、使い古されたパイプを取り出した。「煙草をやってかまいませんか？」

「どうぞ」サンデッカーはヒュミドールから太い葉巻を一本取り出し、手に持った。

「私も一緒に」

ボーゲルは火をつけると、深くすわりなおしてから口を開いた。「教えてください、提督。例のコルネットは北大西洋の海底で見つけたのですか？」

「そうです、ニューファンドランド沖のグランド・バンクスのすぐ南です」彼は探るようにボーゲルを見つめた。「どうしてそう思ったのです？」

「初歩的な推理ですよ」

「あれについて、どんなことがはっきりしました？」

「かなり多くのことが、本当に。まず第一に、あれは非常に品質のよい楽器です。専門家のためにつくられたものです」

「だとすると、素人演奏家の持ち物ではないということですね？」ガンは〈サッフォー〉一号の上でジョルディーノが口にした言葉を思い出しながらきいた。

「ええ」ボーゲルはあっさり言った。「そうとは思えません」

「製作年月と場所を確定できますか？」とピットがたずねた。

「おおよそのところ、十月か十一月です。正確な年は、一九一一年です。あれはブージー&ホークスという名の、たいそう評判がよく立派な古いイギリスの会社でつくられたものです」

サンデッカーの目には、尊敬の色が浮かんでいた。「あなたはすばらしい仕事をなさってくれました、ボーゲルさん。正直なところ、製作した国はもちろん、製作会社など知るすべはあるまいと案じていたのです」

「私の調べ方がすぐれているからではないんです、本当の話」ボーゲルは言った。「お分かりのように、あのコルネットは記念として贈呈されたものです」

「記念として贈呈された？」

「そうです。つくるのに高度な技術を要する金属製品には、それを持っていること自体が、たいへんな名誉とされるものですが、特別な催しなり傑出した功績を記念してよく彫刻がほどこされているものなのです」

「銃のメーカーがよくやることですね」ピットが注釈を加えた。

「すぐれた楽器製作者の間でもそうです。このコルネットの場合、勤務先が一従業員の功績をたたえて贈ったものです。贈呈した日、製作者、従業員、それに勤務先がみな、あのコルネットの鐘型の部分にきれいに彫りこまれてあるのです」

「本当に、持ち主の名が分かっているんですか？」とガンがきいた。「刻んである字は読み取れるのですか？」

「ええ、そうですとも」ボーゲルはからだを折ってケースを開いた。「ほら、あなたご自身の目でお読みになれますよ」

彼はコルネットをサンデッカーの机の上に置いた。二人は長い間、黙ってコルネットを見つめていた。きらきらと光を放つ楽器の金色の表面は、窓から射しこむ朝の光を反射した。コルネットは、新品同然だった。すみずみまで淡い黄色に包まれて強く輝いており、管と鐘型のまわりをうねっている波型の複雑な彫刻は、刻みこまれたその日さながらに鮮やかに浮かび上がっていた。

　サンデッカーはコルネットごしにボーゲルを見つめた。彼は疑わしげに、眉をつり上げた。

「ボーゲルさん、あなたはことの重大さに気づいておられないようですね。冗談はよしていただきましょう」

「認めますとも」とボーゲルは切り返した。「ことの重大さに気づいていなかったことは。私は現実に目撃した瞬間に、ひどく興奮しました。信じてください、提督。こいつは冗談などではありません。私はこの二十四時間の大半を費やして、あなたがたが発見したものを修復したのですよ」彼は分厚いフォルダーを、机の上に投げ出した。

「これが私の報告書です。写真もそろっていますし、修復作業の各段階における観察内容も記してある完全なものです。それに、私が取り除いたさまざまなタイプの残滓物《ざんしぶつ》と泥を入れた封筒も収めてあります。私が取り替えた部分の部品を入れた封筒も。私はなにひとつ見落としておりません」

「お許しを」サンデッカーは言った。「ですが、昨日あなたに届けた楽器と机にのっている楽器が同じものとは、ちょっと思えませんので」サンデッカーは口をつぐみ、ピットと顔を見合わせた。「その、私たちは……」

「……このコルネットが長い間、海の底に横たわっていたものと思っていた」ボーゲルが彼の言葉を引き継いで言った。「あなたがたが言わんとしていることが、私には完全に分かります、提督。打ち明けてしまえば、私もこの楽器の驚くべき状態に当惑しているのです。海水に三年からせいぜい五年しかつかっていないのに、これよりはるかに悪い状態の楽器を数多く手掛けた経験があります。私は海洋学者じゃないので、この謎は解けません。しかし私は、このコルネットが海底にあった日数も、海に沈んだ理由もお教えできます」

ボーゲルは手を伸ばして、コルネットを取り上げた。それから縁なし眼鏡をかけると、声を出して読みはじめた。

「グレアム・ファーレーに、わが社の乗客をすばらしい演奏でもてなしてくれたことを心より評価し、ホワイト・スター・ラインの経営陣より感謝をこめて贈る」ボーゲルは眼鏡をはずすと、サンデッカーにやさしく微笑みかけた。

「ホワイト・スター・ラインという文字を発見して、私は今朝早くベッドについている友人を叩き起こし、海軍文書館でちょっと調べものをしてもらいました。彼から電話があったのは、こちらへ向かうわずか三十分あまり前のことでした」ボーゲルは言葉を切って、ポケットからハンカチを取り出し、鼻をかんだ。「グレアム・ファーレーは、ホワイト・スター・ライン全体にたいそう人気のあった男のようです。彼は同社のある船で三年間、コルネットのソロ奏者もやっていました……その船の名前は、〈オセアニア〉号といったと思います。そして、同社の最新の豪華定期客船が処女航海につく間際に、経営陣は手持ちのほかの客船に乗っているすぐれた演奏家を選び出し、当時としては海上における最高のオーケストラと思えるものを編成しました。グレアムは、もちろん、最初に選ばれた演奏家の一人でした。そうなんです、みなさん。このコルネットはとても長い間、大西洋の底に横たわっていたのです……なぜならグレアム・ファーレーは、一九一二年四月十五日の朝、このコルネットで演奏していたからです。海が彼と〈タイタニック〉を飲みこんでしまったあの日の朝に」

ボーゲルがだしぬけに行なった謎解きに対する反応は、人さまざまだった。サンデッカーは、半信半疑の表情を浮かべた。ガンは硬い表情をしていた。その一方、ピットは軽い興味を示しているにすぎなかった。部屋を満たしている沈黙は、ボーゲルが眼鏡を胸のポケットにもどすにおよんで、ひとしお強まった。

「タイタニック」サンデッカーは美しい女性の名前をめでる男のように、ゆっくりと口にした。彼は鋭い目差しで、ボーゲルを見つめた。その目には驚きの色とともに、依然として疑いの色が浮かんでいた。「信じられない」

「しかし事実です」ボーゲルはさらりと言った。「ガン指揮官、私が思うに、このコルネットは〈サッフォー〉一号が発見した……」

「そうです。航海の終わり近くに」

「あなたの海底探検は、思いがけない収穫を上げたものですね。船そのものに出会わなかったのは、残念ですが」

「ええ、残念です」とガンはボーゲルの目をそらしながら言った。

「私は楽器の状態にまだ当惑しているんですが」サンデッカーが言った。「海中に七十五年もの間沈んでいた遺物が、ほとんど傷んでいない状態で上がってくるなどとは、とうてい思えません」

「腐食が生じていないことは、興味深い問題です」ボーゲルは答えた。「真鍮のもちがよいことはたしかなんですが、それにしても奇妙なのは、鉄分を含んでいる部分が、驚くほど侵されていないのです。本来の吹き口も、ご覧のとおり、完全に近い状態です」

ガンは聖杯でも見るような目つきでコルネットを見つめた。「まだ吹けますか？」

「ええ」とボーゲルは答えた。「とても美しい音色を出すだろうと思います」

「吹いてはみなかったのですか？」

「いいえ……吹いていません」ボーゲルは、うやうやしくコルネットのバルブの列に指を滑らせた。「これまで、助手と私が修復した金管楽器は全部、音色を調べたのですが、今回は、どうしてもそれができませんでした」

「分からないな」とサンデッカーが言った。

「この楽器は、人類の歴史上最悪の海の悲劇の最中に行われた、つつましくはあるが勇気ある行為の遺品です」ボーゲルは答えた。「グレアム・ファーレーとその仲間の音楽家たちが、〈タイタニック〉が海中に没していくのに、自分たちの安全をはかることをなげうって、恐れおののく乗客たちを慰めた様子が、容易に目に浮かびます。このコルネットが演奏した最後のメロディは、とても勇敢な男の唇で吹かれたものです。この楽器でまた演奏しようとすることは、誰がやるにせよ、冒瀆《ぼうとく》に等しいと私は思います」

サンデッカーはボーゲルにじっと目をそそいだ。まるではじめて彼の顔を見たかのように、老人の顔の特徴の一つ一つを吟味《ぎんみ》した。

「オータム」ボーゲルは自分に語りかけるようにつぶやいた。「『オータム』、なつかしい賛美歌だ。グレアム・ファーレーが自分のコルネットで最後に吹いたのが、この調べです」

「『主よ、みもとに』じゃないのですか?」ガンがゆっくり言った。

「伝説だよ」とピットが言った。「沈む直前に〈タイタニック〉から聞こえた最後の曲は『オータム』さ」

「あなたは〈タイタニック〉について研究なさっているようですね」ボーゲルが言った。

「あの船とその悲劇的な運命は、伝染病のようなもので」とピットは答えた。「いったん関心をもつと、なかなか縁が切れなくなるのです」

「船そのものには、私はほとんど興味ありません。しかし、音楽家と楽器の歴史家として、〈タイタニック〉の楽団にまつわる英雄的な伝説には、つねに想像をかきたてられます」ボーゲルはコルネットをケースのなかに納め、ふたを閉め、机の上を押してサンデッカーに渡した。「もう質問がなければ、提督、栄養たっぷりの食事をとり、ベッドにもぐりこみたいと思います。たいへんな一夜でした」

サンデッカーは立ち上がった。「私たち一同、感謝しております、ボーゲルさん」

「あなたがそう言ってくれるのを待っていたのです」やさしい目がいたずらっぽく光った。「お礼ならこうしてくれませんか？」

「どんな？」

「このコルネットをワシントン音楽博物館に寄贈してください。私たちの音楽の殿堂の最高の展示品となってくれることでしょう」

「私どもの研究所の職員が、この楽器とあなたの報告書の検討を終わりしだい、さっそく、あなたのもとにお届けしましょう」

「博物館の理事たちになり代わって、感謝します」

「しかし、寄贈してしまうわけじゃありませんよ」

ボーゲルは、腑におちず提督を見つめた。

「おっしゃることが、分からないのですが」

サンデッカーは微笑んだ。「永久貸与ということにしましょう。これだと、万一、一時的に借りもどしたいときにも、私たちはたいへんな思いをしないですみますので」

「結構です」

「それから、もう一つ」とサンデッカーは言った。「この発見については、報道機関になにも知らせていません。当分、私たちと歩調を合わせていただけるとありがたいのですが」

「あなたがそうなさる動機は分かりませんが、もちろんおおせに従いましょう」

背の高い音楽博物館の主任管理者は別れの挨拶をすると、立ち去った。

「畜生！」ドアが閉まった瞬間に、ガンが口を開いた。「われわれは〈タイタニック〉の船腹のすぐ近くを通ったにちがいない」

「君はたしかにすぐ近くにいたよ」とピットが同意した。「〈サッフォー〉のソナーの探知半径は、二〇〇ヤードだ。〈タイタニック〉は、その円周のすぐ外側に沈んでいるにちがいない」

「もう少し時間があったらなあ。自分たちがなにを探しているのか、分かっていさえすれば」

「君は忘れているぞ」サンデッカーが言った。「〈サッフォー〉一号の試験とローレライ海流について実験を行うことが、君の主な目的だったのだ。それに、君と君の乗組員は、立派な仕事をしたじゃないか。海洋学者たちは君が持ち帰った深海海流に関する資料の整理に、向こう二年間取り組むことになるだろう。私がただ一つ残念に思っているのは、われわれの狙いを君に教えられなかったことさ。しかし、ジーン・シーグラムと彼のところの機密保持要員たちは、〈タイタニック〉に関するいっさいの情報を、引き揚げ作業がすっかり軌道に乗るまで、堅く伏せておくように言ってゆずらなかったのだ」

「この先長く伏せてはおけないでしょうね」とピットが言った。「世界のあらゆる報道機関が、ほどなくツタンカーメン王の墳墓の発掘以来の、歴史上最大の発見にまつわる話をかぎつけるにちがいない」

サンデッカーは机の奥から立ち上がると、窓際に歩いて行った。彼はとても静かにつぶやいた。その声は、非常に遠いところから風に乗って運ばれてくるように聞こえた。

「グレアム・ファーレーのコルネット」

「なんです?」

「グレアム・ファーレーのコルネット」サンデッカーは、もの思いにふけりながら言った。「もしもあの古いラッパがなんらかの手掛かりになるとすると、〈タイタニック〉はあの黒い淵《ふち》に、沈んだ夜そのままの姿で横たわっていることもありうる」

28

たまたま川岸に立っていた人間や、チェサピーク湾にそそぐラッパハンノック川をのんびりさかのぼっている者の目には、荒れ果てた古い手漕《てこ》ぎボートにかがみこんでいる三人の男は、週末に魚を釣りに来たごくありふれた三人組に思えた。彼らは色あせたシャツに粗い木綿のズボンをはき、ありきたりな釣り針と毛針の組み合わせに縁どられた帽子をかぶっていた。これまたよくある図だが、ビール六罐《かん》入りのパックを飲み込んだびくがボートのへりからぶらさがっていた。

三人のなかで一番背が低く、やつれた顔をした赤毛の男は、船尾に寄りかかりうたた寝をしている様子で、両手は釣り竿《ざお》をゆるくつかんでいた。ボートの吃水線《きつすいせん》からわずか二フィートくらいのところを赤と白に塗り分けられたコルク製の浮きが、ひょいひょいと動いていた。二人目の男は、広げた雑誌の上にかがみこんでいるだけだった。三人目の釣り師は、からだをしゃんと立ててすわり、機械的に銀色の擬似鉤《ルアー》の投げこみを繰り返していた。彼は大柄で、オープンシャツの腹の部分がひどく突き出ていた。彼の顔は、明るい感じを与える丸顔で、おっとりした青い目で水面を見つめていた。万人が思い描く、やさしい年老いたおじいさんの姿そのものであった。

ジョージフ・ケンパー提督は、やさしく振る舞うだけの余裕があった。彼のように信じられないほどの権力を握っている人間は、ものの怪《け》に取り憑《つ》かれたように横目で相手を見たり、ものすごい勢いで嚙みついたりする必要はないのだ。彼は目を落とし、うたた寝をしている男に、思いやりのある表情を浮かべた。

「どうも私の見るところでは、ジム、君は魚釣りに打ちこんでいないようだね」

「魚釣りは、人間が考え出したもっとも無益ないとなみだぜ、きっと」とサンデッカーは答えた。

「それに君、シーグラム君？　君は錨をおろしてからまだ一度もルアーを投げこんでいないね」

シーグラムは雑誌ごしにケンパーをのぞくように見た。

「もしも魚がこの川の汚染に耐えて生きているとしたら、提督、その魚たちは予算の少ない恐怖映画に出てくる突然変異種みたいなやつに決まっているでしょうし、その味たるやひどいもんでしょうよ」

「ここに私を誘ったのは君たちなんだよ」とケンパーは言った。「どうも悪い予感がしてきた」

サンデッカーは同意しなかったが、異議も唱えなかった。「リラックスして、すばらしい野外を満喫したまえよ、ジョー。二、三時間、自分が海軍作戦部長であることを忘れるんだ」

「君がそばにいるときは、簡単に忘れられるさ。私の知っているかぎりでは、私にぞんざいな口をきくのは君だけだからね」

サンデッカーはにやっと笑った。「いつも自分の足もとに全世界を這いつくばらせて生きていけるとはかぎらんさ。私の存在を効果のある治療だとでも思えばいいんだ」

ケンパーは溜息をもらした。「君が現役から退いたとき、君とはきれいさっぱり縁が切れたわいと思ったんだがね。ところが、こうして君は、程度の低いろくでもない商人のように、また私にとりついていやがる」

「私が退官するとき、そんな手合いがペンタゴンの廊下で踊り狂っていたのを知っているよ」

「ちょっと言わしてもらうが、君が退官するとき、涙を流した者は一人もいなかったぜ」ケンパーは、ゆっくりルアーを巻きこんだ。「そうとも、ジム。君とは長年つき合っているので、なにか企みがあることぐらいは分かっているんだ。君とシーグラム君は、なにを企んでいるんだね？」

「われわれは〈タイタニック〉を追っかけているのさ」とサンデッカーはさらっと答えた。

ケンパーはリールを巻きこんでいた。「本当かね？」

「本当さ」

ケンパーはまた投げこんだ。「なんのために？　宣伝のために、二、三枚、写真を撮ろうというのか？」

「いや、あの船を浮上させるためだよ」

ケンパーは、リールを巻きこむ手を止めた。彼は振り向き、サンデッカーを見すえた。

「君は〈タイタニック〉と言ったのか？」

「言ったよ」

「ジム、おまえさん、今度は本当におかしくなってしまったようだ。おれに信じろというのか――」

「これはお伽話《とぎばなし》などではありません」シーグラムが口をはさんだ。「引き揚げ作業に対する許可は、ホワイトハウスからじかに出されたものです」

ケンパーは、シーグラムの顔をしげしげと見た。「じゃ、君は大統領の代行ということになるわけかな？」

「そうです、提督。そのとおりです」

ケンパーは言った。「君は妙な仕事の進め方をするね、シーグラム君。ひとつ説明してもらえないかね……」

「ですから、私たちはここへ来ているのです、提督。説明をしに」

ケンパーはサンデッカーのほうを見た。「君もこの計画に加わっているのか、ジム？」

サンデッカーはうなずいた。「断わっておくが、シーグラム君は穏やかな物言いをしているがね、たいへんな重責を担《にな》っているんだぜ」

「分かった、シーグラム、指揮官は君だ。なぜ口実をもうけ、なぜ急いで、古い顧みられない船を引き揚げるのかね？」

「順序だてて申し上げましょう、提督。まず第一に、私はメタ・セクションと呼ばれている政府の高度に秘密な部局の責任者です」

「一度も聞いたことがない」ケンパーは言った。

「私たちは連邦のさまざまな機関のどの刊行物にも記載されておりません。ＣＩＡ、ＦＢＩにしてもそうですし、ＮＳＡも私たちの活動についてはいっさい記録をもっておりません」

「機密扱いのシンク・タンク」とサンデッカーがそっけなく言った。

「私たちは、通常のシンク・タンクの範囲を超えております」シーグラムが言った。

「私のところの人間は、未来に通ずるアイディアを考え出し、しかるのちに、それらをうまく機能する機構に組み上げることを試みます」

「それには、何千万ドルもかかるだろう」とケンパーは言った。

「私たちの予算の正確な規模を申し上げるのははばかられますが、提督、十桁《けた》を少し上まわる資金を要することは認めるにやぶさかでありません」

「驚きだ！」ケンパーは息を殺してつぶやいた。「資金が一〇億ドルを超えているというんだね、君は。誰もその存在を知らない科学者たちの組織。君の話を聞いて、興味がわいたよ、シーグラム君」

「おれもさ」サンデッカーが鋭く言い放った。「いまのいままで、君は大統領の副官をよそおってホワイトハウスのチャンネルを通してＮＵＭＡの助力を求めてきた。なぜマキャベリ流のやり方をしたんだね？」

「なぜなら、大統領が厳密な機密保持を命じていたからです、提督。議会筋に洩れないように。大統領は、メタ・セクションの資金に議会の魔女狩りの手がおよぶのを、一番避けたいと思っているのです」

ケンパーとサンデッカーは顔を見合わせ、うなずき合った。彼らはシーグラムのほうを向いた。そして話のつづきを待った。

「さてつぎに」と彼は話をつづけた。「メタ・セクションは、秘匿名をシシリアン計画という防衛機構を開発しました……」

「シシリアン計画？」

「シシリアン・ディフェンスとして知られるチェスの戦法にちなんで名づけたのです。

このプロジェクトは、基本的な原理の変型にそって考案されたわけです。たとえば、一定の周波数をもつ音波を、原子が励起している媒質のなかに押し出してやると、音は刺激され極度に高い放射状態になります」

「レーザー光線に似ている」ケンパーが感想を述べた。

「ある程度までは」シーグラムが答えた。「レーザー光線は、光のエネルギーを幅のせまい帯状に放出しますが、私たちの装置では幅の広い、音波の扇形の場をつくります」

「大勢の人間の鼓膜を破るほかに、なにかの役にたつのかね？」とサンデッカーが言った。

「小学校時代にならって、おぼえていらっしゃるでしょうが、提督、音波は小石を投げこんだとき池にできる波のように輪になって広がります。シシリアン計画の場合、私たちは音波を百万倍も増幅できます。それで、この並はずれたエネルギーを放出すると、それは大気中に広がり、その解放された力は空気の分子を押して進み、ついにはそうした分子は圧縮され直径数万マイル平方の、堅くて通過不可能な壁をつくり上げます」シーグラムは話をやめ、鼻をこすった。「方程式や実際の装置に関する技術的な詳細にわたってくどくどと述べて、お二人を退屈させるのはよしにします。細部は複雑すぎてここで検討するわけにいきませんが、それが秘めている可能性は容易にご理解ねがえるでしょう。アメリカへ向けて発射された敵国のいかなるミサイルも、この目に見えぬ保護障壁にぶつかると葬り去られてしまうわけです。目標地帯に突入するずっと以前に」

「その……その機構は本当の話なのかい？」ケンパーが遠慮がちにきいた。

「そうです、提督。機能できることを請け合います。現在すでに、全面的なミサイル攻撃を阻止《そし》するうえで必要とされる数の施設を建設中です」

「すごいや！」サンデッカーが大きな声を上げた。「究極兵器だ」

「シシリアン計画は、兵器ではありません。わが国を防衛する純然たる科学的な方法です」

「どうも、よく理解できない」とケンパーが言った。

「ジェット旅客機が起こすソニック・ブームを千万倍にしたものと考えてもらえばいいんです」

ケンパーは、そう言われて面くらったようだった。「しかしその音は——地上のあらゆるものを破壊してしまうのではないかね？」

「いいえ、このエネルギーの力は地上ではなく、宇宙に向かっていますし、その途中でエネルギーが増幅されます。それは海面の高さに立っている人間にとっては、遠くで鳴る雷の衝撃と同じく無害です」

「それと〈タイタニック〉がいったいどう結びつくんだね？」

「音波の放射を最適のレベルへもっていくうえで必要な元素はビザニウムで、そこで今度の獲得作戦ということになるのです。といいますのは、世界で存在が確認されている唯一のビザニウム鉱石が、一九一二年に〈タイタニック〉に積まれアメリカへ送り出されているからです」

「なるほど」ケンパーはうなずいた。「すると、君の防衛機構の成否は、あの船の引き揚げにかかっているというわけだ」

「役にたつのは、ビザニウムの原子構造だけなのです。ビザニウムの既知の属性をコンピューターに入れて検討したところ、私たちは、失敗する率がわずか三万分の一でしかないことを確認しました」

「しかし、どうして船をそっくり引き揚げるんだね？」ケンパーがきいた。「隔壁を破って、ビザニウムだけ引き揚げればすむじゃないか」

「私たちは、爆薬を使って船艙までたどり着くしかありません。鉱石を破壊してしまい、取り返しのつかない結果を招く危険がきわめて強いのです。大統領も私も、船全体を引き揚げるために余計に金がかかっても、ビザニウムを失う危険を冒すよりずっとましだと考えているわけです」

ケンパーはまたルアーを投げこんだ。「君は積極的な考えをする男だ、シーグラム。それは認める。しかし、〈タイタニック〉がそっくり引き揚げられる状態にあると、どうして思うんだね。海底に七十五年間も沈んでいたのだから、錆ついた屑鉄の大きな山になっているおそれが多分にあるだろうに」

「その点について私のところの者は、一つの理論をもっています」彼は釣り竿をわきに押しやり、釣り道具の箱を開け、封筒を一つ取り出した。「これをちょっと見てください」彼は幅四インチ、長さ五インチの写真を数枚、ケンパーに手渡した。

「どうも海中のがらくたのように見えるが」ケンパーが感じを述べた。

「そのとおりさ」サンデッカーが答えた。「私のところの潜水艇のカメラは、航行中の船から捨てられた残骸《ざんがい》に実によく出くわすんだ」彼は一番上にある写真を指さした。

「これはバーミューダ沖の四〇〇〇フィートの水中で見つけたガレー船のストーブだ。つぎのものは、自動車のエンジンブロックで、アリューシャン列島沖の六五〇〇フィートの深度で写真に収めたもの。どちらも、どれくらい海中に沈んでいたのか分からん。さてこれは、第二次世界大戦当時のグラマンF4Fで、アイスランドに近い一万フィートの深さで見つかったものだ。この飛行機に関する記録は、つきとめた。一九四六年三月十七日に、無傷だったのだが、燃料が切れたため、シュトラウスという名の中尉が不時着したものなんだが」

ケンパーはつぎの写真を、腕を伸ばしてかざした。「いったい、これはなんだい?」

「それは〈サッフォー〉一号がローレライ海流探検に従事しているとき、発見した瞬間に撮ったものだ。はじめのうち、台所用のありふれたじょうごに思えたのが、ホルンであることが判明した」ボーゲルが修復した楽器を収めた写真を、彼はケンパーに見せた。

「これはコルネットだよ」ケンパーはサンデッカーの間違いを正した。「〈サッフォー〉一号がこれを拾い上げたと言ったね？」

「そうとも、一万二〇〇〇フィートの海底で。それは一九一二年から、海底に沈んでいたのさ」

ケンパーは眉をつり上げた。「これが〈タイタニック〉から落ちたものだと言うつもりなのか？」

「証拠書類だってそろっているんだぜ」

ケンパーは溜息をもらし、写真をサンデッカーにもどした。ケンパーは肩を落とした。それはもはや、若くはない男、重責をあまりにも長い間担ってきた男が見せる、倦《う》み疲れた姿だった。彼はびくのなかから罐ビールを取り出し、栓を開けた。「この写真のうちのどれかが、なにかを証明してくれるのかね？」

サンデッカーは口もとを固く閉じて、うっすらと笑いを浮かべた。「証拠はわれわれの目の前に二年もの間、置かれてあったのさ──例の飛行機が発見されたのもそのころだった──しかしわれわれは、可能性をまったく見落としていたのさ。そうとも、飛行機の保存状態のすばらしさについては聞かされていたんだ。しかし、私のところの海洋学者たちは、その重要性に気づかなかった。〈サッフォー〉一号があのホルンを引き揚げてきて、はじめてどういう意味がこめられているかが分かった」

「君の言うことが飲みこめんのだが」とケンパーが元気なく言った。

「まず第一に」とサンデッカーは話しつづけた。「あのF４Fの九割は、アルミでできている。君も知ってのとおり、アルミは海水にひどく弱い。にもかかわらず、あの飛行機は、海の底に四十年以上も沈んでいたのに、工場でできあがった当日の姿さながらだ。ホルンもまったく同じだ。あれは八十年近くも海底にあった。しかし、赤児《あかご》の尻《しり》のように輝いている」

「どうして？」ケンパーがきいた。

「ＮＵＭＡでももっとも有能な海洋学者二人が、現在、私のところのコンピューターに資料を送りこんでいる。いま現在のところでは、さまざまな要素が重なり合ったためであろうと考えられている。深海には、破壊をもたらす生物がいないことに加えて、海底近くでは塩分の含有量が少なく、深海の温度は零度を割っているし、酸素の量が少ないので、金属の酸化の速度が落ちる。こうした要素の一つあるいは全部が作用して、深海の残存物の破壊が遅れるのだろうね。〈タイタニック〉を目撃できれば、もっとよく分かるさ」

　ケンパーは、しばらく考えていた。「私になにを望んでいるんだね？」

「保護です」シーグラムが答えた。「ソビエト側が私たちの狙いをかぎつけたら、彼らは私たちを阻止し、ビザニウムを自分たちのものにするため、戦争一歩手前のあらゆる手段に訴えることでしょう」

「その点については安心したまえ」とケンパーは言った。そういう彼の声は、にわかにきびしさをおびていた。「ソ連のやつらは、大西洋に首を突っこむのに、二の足を踏むことだろうさ。君が行う〈タイタニック〉の引き揚げ作戦は、ちゃんと守ってやるよ、シーグラム君。その点は、間違いなく約束する」

サンデッカーの顔に、うっすらと笑いが浮かんだ。「君が寛大な気持ちになっている間に言うんだが、ジョー、〈モドック〉を貸してもらうわけにいかんかね？」

「〈モドック？〉」ケンパーはおうむ返しに言った。「あれは、海軍のもっとも優秀な深海引き揚げ船だ」

「あの船の乗組員も、われわれは活用したいんだが」サンデッカーはさらに一押しした。

ケンパーはビール罐の冷たい表面を汗が浮いている額の上でくるくるところがした。

「いいとも、〈モドック〉と乗組員を自由に使ってくれ。それに、必要な人員でも装置でも希望に応じよう」

シーグラムは、ほっと息をついた。「ありがとうございます、提督。感謝します」

「君は興味深い考えに取り組んでいる」とケンパーは言った。「しかし、多くの問題をはらんだ考えだ」

「なにごとも、すんなりとはいきませんよ」シーグラムは答えた。

「つぎの段階は？」

この問いには、サンデッカーが答えた。「われわれはテレビカメラを沈めて、船の位置を探り当て、損傷の程度を調査する」

「神のみぞ知るだ、どんな状態か――」ケンパーは不意に口をつぐみ、サンデッカーの引いている浮きを指さした。「ほら、ジム、魚がかかったんだぜ、きっと」

サンデッカーはゆっくりボートの側面にかがみこんだ。

「たしかに釣れたぜ」と彼は笑いながら言った。「〈タイタニック〉もこんな具合に、すんなり上がってくれることを祈るとしよう」

「その願いは、高くつくことだろうよ」とケンパーは言った。そう言う彼の口もとに、笑いは浮かんでいなかった。


ピットはジョシュア・ヘイズ・ブルースターの日記を閉じ、会議用のテーブルごしにメル・ドナーを見た。「こういうわけなのか」

「それが全貌だよ、すべて事実」ドナーは答えた。

「だが、このビザニウム、名前はどうでもいいが、こんなに長く海につかっている間に、その特性を失ってしまっているんじゃないだろうか？」

ドナーは首を振った。「誰にも、そんなことわかるものか。それがどんな反応を示すか確認できるだけの量を手にした人間など、一人もいないんだ」

「じゃ、まったく価値がなくなっていることもありえる」

「〈タイタニック〉の金庫室のなかにちゃんと納まっていさえすれば、そんなことはない。われわれが調査したところでは、金庫室は防水だ」

ピットはからだを椅子の背にあずけ、日記をじっと見つめた。「大きな賭《かけ》だ」

「それは承知している」

「子どもたちに二、三本のロープと筏《いかだ》を与え、パットン戦車をエリー湖から引き揚げろ、というに等しい」

「それも承知している」ドナーは繰り返した。

「〈タイタニック〉の引き揚げ費用だけで、考えがおよばないほどだ」とピットが言った。

「数字を言ってくれ」

「一九七四年のことだが、ＣＩＡはソ連の潜水艦の船首だけを引き揚げるのに、三億ドル以上かけた。一万二〇〇〇フィートの水中から総トン数四万六〇〇〇の定期客船を引き揚げるのに、どれほど金がかかるやら、計算に着手することすらできないよ」

「じゃ、見当をつけろ」

「この作戦の資金は誰が出すのです？」

「メタ・セクションが資金の面倒は見る」とドナーは言った。「私を近所にいる親切な銀行家だと思ってくれたまえ。引き揚げ作業を開始するにあたって、いくらぐらいかかると思うか私に教えてくれ。そうしたら私は、その金がNUMAの年次経常費にひそかに組み入れられるように手配する」

「作業を開始するために、二億五〇〇〇万ドルはいるだろうね」

「われわれの推定よりちょっと少ないな」とドナーは軽く言った。「自分で枠をせばめるようなことはしないほうがいい。安全をとって、君にさらに五ついくように手配することにしよう」

「五〇〇万ドル？」

「いや」ドナーは微笑んだ。「五億ドル」


守衛に見送られて門を出たピットは、通りのわきに車を止めて振り返り、金網の柵《さく》ごしにスミス運輸倉庫会社を見つめた。「信じられん」と彼は独り言をつぶやいた。「なにもかも、信じられん」そう言うと、彼はまるで催眠術師の指示にさからってでもいるかのように、たいへんな抵抗を感じながらゆっくりシフト・レバーを下に倒して「ドライヴ」に入れ、市街をさして走り去った。

29

大統領にとって、今日一日はとくにしんどい日だった。野党の議員たちとの間に、いくつも会議がもたれ、いつ果てるとも知れなかった。どの会議の席でも、彼は自分が提出した所得税改正に関する新しい法案を支持してくれるよう説得に努めたが、ほとんどの場合は失敗に終わった。つぎには、対立関係に近い状態にある州知事の大会で演説を行い、午後遅くには、攻撃的で傲慢《ごうまん》な国務長官と激しい議論を交わした。

そしていま、十時ちょっと過ぎに、もう一つ不愉快な仕事をかたづけなければならなかった。彼はクッションの分厚い椅子に腰をおろし、右手には飲み物の入ったグラスを握り、左手でもの悲しそうな目つきをしたバセットハウンドの長い両方の耳をなでていた。

CIAの長官ウォーレン・ニコルソンと、その部下で、クレムリンの機密に関する首席顧問のマーシャル・コリンズの二人が、彼と向かい合って、組立て式の大きなソファーにすわっていた。

大統領はグラスから一口飲むと、けわしい表情で二人を見すえた。「君たちは私に求めていることがどういうことなのか、少しはわきまえているのかね?」

コリンズは、緊張気味に肩をすくめた。「正直なところ、大統領、私どもには分かりません。しかし、これはまぎれもなく、目的が手段を正当化するケースです。私個人として思いますに、ここにいるニコルソンには、すばらしい考えがあるのです。見返りとしてえられる秘密の情報には、驚くべきものがあるはずです」

「それには大きな代償がともなう」と大統領は言った。

ニコルソンは、からだを前に乗り出した。「信じてください、大統領。代償を払うだけの価値はあります」

「君は簡単にそう言えるだろうさ」と大統領は言った。「君たちはどちらも、シシリアン計画の狙いがなにかを、まったく知らないのだから」

コリンズは、うなずいた。「その点について、どうこう言う筋合いはありません、大統領。その秘密はよく保たれております。だからこそ、その存在をわが国の機密保持機関からでなくKGBを通じてつきとめたので、衝撃を受けたのです」

「ソ連側はどれくらい知っていると思う?」

「現時点では、たしかなことは分かりません」ニコルソンが答えた。「ですが、私どもが握っております二、三の事実から推しはかって、KGBは秘匿名を知っているにすぎないようです」

「なんということだ！」大統領は腹だたしげにつぶやいた。「洩れるなんてことは、ありえないはずなのだが？」

「私には、偶然に洩れたものとしか思えません」とコリンズが言った。「モスクワの私の部下がなにかかぎつけずにはおかないはずです。もしも、ソ連の情報分析者たちが、アメリカの超機密扱いの防衛計画をつかんだと思っているなら」

大統領はコリンズを見つめた。「なぜ、国防に関係あると確信したんだね？」

「お話からうかがえるように、シシリアン計画の機密保持が厳重をきわめているとしますと、当然、新しい軍事兵器が浮かび上がってまいります。それに、ソ連側もほどなく同じ結論に達するものと信じて疑っておりません」

「私もコリンズの考え方に同調せざるをえません」とニコルソンが同意した。「彼らの動きのすべてが、私どもの手のなかにすっぽりと入りこんでくるわけです」

「つづけたまえ」

「私どもがソ連海軍情報部に、シシリアン計画に関するわずかな情報を握らせるのです。もしも、彼らがその餌《えさ》に食いついたら……」ニコルソンは両手で、罠をすぼめるような仕草をした。「……そのときには、私どもはソ連の最高の情報収集機関の一つを文字どおり掌握《しょうあく》できるわけです」

人間の話に飽きた大統領のバセットハウンドは、からだを伸ばし、心地よさそうに眠っていた。大統領は賭の重みをはかりながら、しばらくもの思いの表情を浮かべて犬を見つめていた。決定を下すのはつらかった。メタ・セクションの仲間を、自分が背後から刺そうとしているような気持ちに襲われた。

「この計画を率いている男に、最初の報告書をまとめさせることにしよう」彼はやがて口を開いた。「ニコルソン、君は、ソ連側に偽装工作だと気づかれずにすむよう、情報をどこでどのようにして渡すつもりか、私に報告したまえ。君は私に連絡するんだぞ。私だけに、シシリアン計画に関する以後の情報はすべて。分かったな?」

ニコルソンはうなずいた。「流すチャンネルは、私自身が手配します」

大統領は椅子の上で、萎《しお》れ、小さくなってしまったような感じを与えた。「君たちに念を押すにはおよぶまいが」と彼は、もの憂げに言った。「残念ながら、万一、私たちのやったことが露見したら、私たちは三人とも、反逆者の汚名を着せられることになる」

30

サンデッカーは北大西洋の海底の等高線入りの大きな海図の上にかがみこみ、小さな指示棒をもてあそんでいた。彼はガンを見つめ、つぎに、ミニチュアの海底図の反対側に立っているピットに目をやった。それから一瞬、間をおいてから言った。「私には分からん。もしも、あのホルンがなんらかの手掛かりになるとすると、〈タイタニック〉は推定海域に沈んでいないことになる」

ガンはフェルトペンを取り上げ、海図の上に小さな印をつけた。「あの船が沈む直前に報告された位置は、ここです、北緯四一度四六分、西経五〇度一四分」

「それで、君がホルンを見つけた場所は？」

ガンは、また印をつけた。「私たちがファーレーの、ホルンではなくてコルネットを発見したとき、〈サッフォー〉一号の母船が海面にいた正確な場所はここです、南東へ約六マイル寄った地点です」

「六マイルの食い違い。どうしてそんなことが起こるんだろう？」

「〈タイタニック〉が沈没した地点に関する証拠には矛盾があります」とピットが言っ

た。

「救助に向かった一隻、〈マウント・テンプル〉の船長は、客船の位置をずっと東寄りだとしています。彼の測定は太陽観測に基づいており、氷山にぶつかった直後に〈タイタニック〉の四等航海士が推測航法でわり出した数値よりはるかに正確です」

「しかし、生存者を救った船、〈カルパチア〉号だったと思うが、あの船は〈タイタニック〉の無線技士が指示した場所に向かい、救命ボートが浮かんでいるところに、四時間以内にまっすぐ着いた」

「〈カルパチア〉号が、船長が思っていた距離を走ったかどうかについては、多少、疑問があります」ピットが答えた。「正確に走っていなかったとすると、残存物や救命ボートの目撃は、〈タイタニック〉の無線が指示した地点から数マイル南東で行われたことになります」

サンデッカーは、指示棒で海図の囲いをなんとはなしに軽く叩いていた。「そこでわれわれは、いってみれば、あの船と深く青い海の中間にいることになるわけだ、諸君。われわれは北緯四一度四六分、西経五〇度一四分の地点にしぼって調査を行うべきか？　それとも、南東へ六マイル寄ったグレアム・ファーレーのホルンにわれわれの金を賭けるか？　もしも失敗した日には、沈没船に出くわすまでに、大西洋の海底を何エーカーにもわたって水中テレビカメラを引きずりまわす羽目になる。どうなるかは、神のみぞ知るだ。君の意見は、ルディ？」

ガンは躊躇しなかった。「私たちは〈タイタニック〉が沈没したとされている場所とその周辺で、〈サッフォー〉一号を使って調査をしたのに発見できなかったのですから、ファーレーのコルネットを拾い上げた一帯にテレビカメラをおろすのがよいと思います」

「ところで、君は？　ダーク」

ピットは、ややしばらく黙っていた。やがて彼は口を開いた。「私は四十八時間、決定を遅らす案を支持します」

サンデッカーは海図ごしに、思いつめたような目差しで見つめた。「われわれには、一時間の余裕もない。ましてや四十八時間とは」

ピットは提督を見つめ返した。「テレビカメラでの調査は省き、つぎの段階へ進むことを提案します」

「つぎの段階というのは？」

「人が乗り組む潜水艇をおろすのです」

サンデッカーは首を振った。「駄目だ。船がテレビカメラを引いて走ると、動きの遅い潜水艇が要する半分の時間で、五倍の海域をカバーできる」

「しかし、前もって船の墓地を正確におさえていれば、事情は異なります」

サンデッカーの表情はくもった。「では、そのちょっとした奇蹟をどうやって起こそうというんだね？」

「〈タイタニック〉の最後の数時間に関するあらゆる知識を集めるのです――速度、位置に関する矛盾する報告、海流、それに波間に沈んでいったときの角度に関するあらゆる記録をかき集め、コルネットの沈んでいた場所をつけ加えるのです――ありとあらゆることを集めるのです。そして、NUMAのコンピューターにはじき出させるのです。うまくいけば、そのはじき出された資料が、〈タイタニック〉の位置をぴたっとさし示してくれるはずです」

「その方法は、理にかなっている」ガンが認めた。

「そのために、われわれは二日失う」サンデッカーが言った。

「私たちはなにも失いません、提督。私たちは得をします」ピットは真剣だった。「ケンパー提督は私たちに〈モドック〉号を貸してくれました。いま現在、装備も完了し、いつでも出航できる状態でノーフォークにつながれています」

「そうとも！」ガンがだしぬけに言った。「シー・スラグ」

「そのとおり」ピットが答えた。「〈シー・スラグ〉は、海軍の最新式の潜水艇で、深海における引き揚げと救助のためにとくに設計、建造されたものです。あの艇は、〈タイタニック〉の後甲板に乗っています。二日後には、ルディと私は両船を〈タイタニック〉が沈没した周辺に配置し、調査をいつでも開始できる態勢に入っています」

サンデッカーは指示棒で、顎をこすった。「では、コンピューターが答えをはじき出したときには、私が君たちに沈没船の修正された場所を知らせる。そういうわけだな？」

「そうです、提督、そういう段取りです」

サンデッカーは海図から離れ、椅子にゆっくり腰をおろした。彼はやおら目を上げ、毅然《きぜん》とピットとガンの顔を見つめた。「いいぞ、諸君、君たちにまかせた」

31

メル・ドナーはチェビー・チェイスにあるシーグラムの家のドアのベルを押し、あくびを嚙み殺した。

シーグラムはドアを開け、前庭に出た。彼らは朝の早い時間にはつきものの挨拶ぬきで、黙ってうなずき合うと、縁石ぞいにとめてあるドナーの車に向かって歩きだした。

シーグラムは腰をおろすと、横の窓からぼんやり外を見つめていた。彼の目のまわりには、黒い隈《くま》ができていた。ドナーは車のギヤを入れた。

「あなたは生き返る前のフランケンシュタインみたいですよ」とドナーは言った。「昨夜、ずいぶん遅くまで仕事していたんでしょう?」

「実は早く家に帰って来たんだ」とシーグラムは答えた。「ひどい間違いさ。遅くまで仕事をするんだった。ダナと私が喧嘩《けんか》する時間をふやす結果にしかならなかった。彼女は最近、ひどく厭味なんだ。まったく閉口だよ。私はとうとう我慢できなくなって、書斎に鍵をかけてこもったんだ。机で眠ってしまってね。まったく、妙なところが、あちこち痛むよ」

「ありがとう」ドナーが笑いながら言った。

シーグラムは、けげんな表情を浮かべて顔を向けた。「ありがとうって、なにが？」

「独身でいようという私の考えを、一段と固めてくれたから」

ドナーがワシントンのラッシュアワーの車の流れのなかをゆっくり車を走らせている間、二人は黙りこんでいた。

「ジーン」やがてドナーが口を開いた。「立ち入ったことであることは分かっているんだ。なんなら、いやな野郎のリストに加えてもらってもいい。しかしね、あなたは自分を責め、楽しみを否定するかたくなな人間になりかけている」

シーグラムがなんの反応も見せなかったので、ドナーはさらに考えを述べた。「どうして一、二週間、休暇をとって、ダナを静かで陽光豊かなどこかの海辺に連れて行かないんです。ワシントンからしばらく離れるんですよ。防衛施設の建造は、とどこおりなくはじまりました。ビザニウムに関しても、サンデッカーのＮＵＭＡの部下たちが〈タイタニック〉から引き揚げてくれるのを、ただじっとすわって祈るしかないんですから」

「いまこそ私が必要なのだ、これまでよりも」シーグラムはきっぱりと言った。

「あなたが自分でそう決めこんでいるだけだよ。目下《もっか》のところ、どれもこれも、私たちの手ではどうすることもできないんです」

シーグラムの口もとに、こわばった笑いが浮かんだ。

「君は気づいていまいが、真実を突いている」

ドナーはちらっと彼を見た。「どういう意味です？」

「私たちの手ではどうにもならんのさ」シーグラムは虚ろに繰り返した。「シシリアン計画をソ連に洩らすよう、大統領が私に命じたんだ」

ドナーは車を縁石に寄せて止め、唖然としてシーグラムを見つめた。

「また、どうして？」

「CIAのウォーレン・ニコルソンが、この計画に関するたしかな情報を、わずかばかり餌としてソ連につかませることで、あの国の代表的な情報組織の一つをあやつれると大統領を説得したのさ」

「私にはまったく信じられない」とドナーは言った。

「君がどう思おうと事態は変わりはない」とシーグラムはそっけなく言った。

「もしもあなたの言ったことが本当だとして、ソ連側はその微々たる情報からなにをつかみとるだろう？　必要な詳しい方程式と計算抜きでは、紙の上で理論を組み立てるだけで、少なくとも二年はかかるだろう。それにビザニウムなしでは、構想全体がなんの価値ももたない」

「もしも彼らが先にビザニウムを手に入れたら、三十カ月以内に機能する機構をつくり上げられるさ」

「ありえない。ケンパー提督が、そんなことを許すわけがない。もしもソ連の連中が〈タイタニック〉から盗もうとしたら、彼らをたちまち追いだしてしまうさ」

「考えてみろよ」シーグラムは静かにつぶやいた。「ケンパーが、手を出すな、なにもするなと命令された場合を」

ドナーはハンドルの上にかがみこみ、信じかねて額をこすった。「あなたは、アメリカ合衆国大統領が、共産主義者たちと手を組んでいると私に思わせたいのですか？」

シーグラムはもの憂げに肩をすくめた。「自分自身、なにを信じてよいやら分かりかねているのに、君になにかを信じろなどと言えるわけがないじゃないか」

32

海軍の白い制服に身を包み、威儀を正した長身のパーベル・マーガニンは、夕方の空気を一つ大きく吸いこむと、向きを変えてボロディノ・レストランの華麗なロビーに入って行った。彼は給仕長に自分の名を告げ、案内されてプレフロフのいつものテーブルへ向かった。大佐はファイルに綴《と》じられた分厚い書類を読んでいた。彼はひょいと目を上げ、マーガニンをわずらわしげにちらっと見ると、すぐさまファイルの内容に目を落とした。

「かけてもよろしいですか、大佐?」

「腕にタオルをかけ、皿をかたづけるような真似をしないなら」とプレフロフは依然として熱心に活字を追いながら言った。「いいとも」

マーガニンはウオッカを注文し、プレフロフが口を開くのを待った。まるまる三分近くたってからやっと、大佐はファイルをわきに置き、煙草に火をつけた。

「どうなんだ、大尉、君はローレライ海流の漂流探検について調べてみたのか?」

「詳しくは調べていません。報告書を大佐殿に回す前にざっと目を通しただけです」

「残念だ」プレフロフは傲慢な口調で言った。「考えてもみろよ、大尉。ほぼ二カ月にわたって一度も浮上せず、海底ぞいに一五〇〇マイル移動できる潜水艇だぜ。ソ連の科学者たちが、せめて彼らの半分くらい想像力に富んでいてくれるといいのだが」

「正直なところ、大佐、私はその報告書に退屈しました」

「退屈な内容、そうかな！　君がたまたま熱心に仕事に打ちこむ気になっているときに、報告書を調べれば、探検の最後の数日に、コースが奇妙なそれ方をしていることに気づいたはずだ」

「私は単なるコースの変更に、なにか隠された意味があるとは思いませんでした」

「優秀な情報員は、あらゆるものに隠された意味を探すものだ、マーガニン」

手ひどくやりこめられたマーガニンは、せわしなく腕時計に目をやり、殿方用トイレのあるほうを見つめた。

「アメリカ側がニューファンドランドのグランド・バンクスの沖合で強い関心を寄せたものがなんであれ、われわれは調べるべきだと思う」とプレフロフは話しつづけた。「あのノバヤゼムリヤの一件以来、私はアメリカ海中海洋機関が行なっているすべての活動を詳しく調べたいと思っている。六カ月前の活動から。私の直感では、アメリカ側は母なるロシアに面倒をもたらすなにごとかに取り組んでいる」プレフロフは通りかかった給仕に合図を送り、自分のからになったグラスを指さして見せた。彼はからだをうしろに引き、溜息まじりに言った。「うわべどおりのものなどなに一つない、そうだろう？　紙切れの点や丸の一つ一つが、途方もない秘密につながる重要な手掛かりになる場合があることを考えると、われわれの仕事は、奇妙でしんどいものだ。答えは、まったく思いがけないところにひそんでいる」

給仕がコニャックを持って来た。プレフロフは一気にグラスをあけ、口のなかで一ころがししてから飲みこんだ。

「ちょっと失礼させてもらってよいですか、大佐？」

プレフロフは顔を上げた。マーガニンは手洗いのほうをさしてうなずいた。

「いいとも」

マーガニンは天井の高い、タイル貼りの洗面所に入り、前板の前に立った。用をたしているのは、彼だけでなかった。踝《くるぶし》のあたりまでくるズボンをはいた二本の脚が、仕切りの下からのぞいていた。彼は用をたし、トイレの水を流す音が聞こえてくるまで立っていた。それから洗面台に近づき、両手をゆっくりすすぎながら、公園のベンチに姿を見せた例のふとった男が、ベルトをぐいと引き上げ、自分のほうに近づいて来る様子を鏡のなかに見ていた。

「失礼ですが、船員さん」とふとった男は言った。「これを床の上に落としましたよ」

男はマーガニンに、小さな封筒を渡した。

マーガニンはそれを躊躇せずに受け取り、上着に滑りこませた。「ああ、どうも不注意なことで。ありがとう」

マーガニンがタオルのほうにからだを向けると、ふとった男は、洗面台の上にかがみこんだ。「その封筒には、すごい情報が入ってますぜ」とふとった男が、低く言った。

「軽々しく扱わないでくださいよ」

「慎重に扱うさ」

33

手紙は書斎のシーグラムの机の中央に、きちっとのっていた。彼は明かりをつけると、力なく椅子にすわりこみ、読みはじめた。

いとしいジーン

私はあなたを愛しています。こんな書き出しは陳腐かもしれませんが、本当なのです。私はいまでも心からあなたを愛しています。

私はあなたに強いストレスがかかっているこの数カ月、あなたを理解し、慰めようと懸命に努めてきました。私は、あなたが私の愛と心配りを受け入れてくれる日がくるのを待ち望み、苦しんできました。私はあなたに愛情のわずかな印を期待していたにすぎません。私は多くの点で強い女性です、ジーン。ですが、冷淡な無視と戦うだけの強さと忍耐力は持ち合わせておりません。そんな女性など、一人もいませんわ。

昔がなつかしい。お互いに相手に対する思いやりのほうを、仕事の要求より重視していた日々が。あのころは、もっと簡単だったわ。私たちは大学で教え、声をたてて笑い、いつもこれが最後のように愛し合ったわ。たぶん、子どもをほしがらない私のために、私たちの間に楔が打ちこまれたのでしょう。息子なり娘が一人いたら、私たちの結びつきはもっと強いものになっていたかもしれませんわ。私には分かりません。ああもすればよかった、こうもするのだったと、後悔が先にたつばかりです。

しばらくの間、離れているのが、私たち二人にとって一番よいことであることだけは、心得ています。このまま一つ屋根の下に住みつづけると、二人とも思いもかけないような卑劣で我儘《わがまま》な行為におよぶように思えるからです。

私はマリー・シェルドンのところへ引っ越しました。彼女はNUMAの海洋地質学者です。彼女は私の心のもやもやが晴れるまで、ジョージタウンの自分の家のあいている一室を、親切に貸してくれたのです。どうぞ私と連絡をとろうなどとなさらないでください。そんなことをしても、さらに醜い言葉を交わす結果に終わるにすぎないと思えますので。考えを整理する時間を与えてちょうだい、ジーン。お願いします。

時があらゆる傷を癒《い》やしてくれる、ということです。そうであることを、一緒に祈りましょう。あなたが私を一番必要だと感じているときに、あなたを見捨てるつもりなどありません、ジーン。こうすることで、立場上、あなたにかかっている強い圧力の一つを、取り除いてあげることになる、と私は信じているのです。

私の女性的な弱さをお許しください。ですが、反対の立場、私の立場からしますと、私はあなたに追い出されたように思えます。この先、ゆるぎない愛が私たちのものとなることを祈りましょう。

重ねて、あなたを愛しています。

ダナ

シーグラムは、手紙を四度、読み返した。きちんと書きこまれた紙片から、彼は目をそらすことができなかった。やがて彼は明かりを消すと、暗闇のなかでじっとすわりこんでいた。

34

ダナ・シーグラムは戸棚の前に立って、女性にはお定まりのことで、着て行く服を決めかねて思いあぐねていた。そこへ寝室のドアをノックする音がした。

「ダナ？　もうそろそろ準備できて？」

「入っていらっしゃいな、マリー」

マリー・シェルドンはドアを開け、寝室にからだを折るようにして入って来た。「まあ、あなたったら、まだ服も着ていないの」

マリーは、喉の奥から声を出した。彼女は小柄でやせぎすの活発な女性で、目は青く生気にあふれていた。鼻は短くつんとすましていて、金髪に染めた豊かな髪をシャギーカットにしている。顎がはっていなければ、彼女は男の心を強くそそるにちがいなかった。

「私って毎朝こうなの」とダナはいらだって言った。「前の晩に準備をし、そろえておけばいいいんだけど、いつも最後の最後まで手をつけないの」

マリーは、ダナの隣りに来た。「その青いスカートじゃどう？」

ダナはハンガーからそのスカートをはずしたが、カーペットの上に投げ出してしまった。「だめだわ！　これに合うブラウスをクリーニング屋へ出してしまったのよ」

「注意しないと、あなたの口もとに泡がたちそうよ」

「しようがないわ」とダナは言った。「最近、なにもかもうまくいかないみたい」

「ご主人のところを飛び出してから、という意味？」

「いまの私に、説教はごめんだわ」

「落ち着きなさいな、あなた。怒りを誰かにぶちまけたいのなら、鏡に向かってやるといいわ」

ダナはぜんまいを巻き過ぎた玩具《おもちゃ》の人形のように、からだを固くして立っていた。マリーは相手が感情のたかぶりから泣き出しそうな気配を感じ、逃げ出すことにした。

「気を楽にもって。ゆっくりどうぞ。私は下へ行って車の用意をしておくわ」

ダナはマリーの足音がしなくなるのを待って浴室に入って行くと、精神安定剤を二錠飲み下した。薬の効き目が現われると、たちまちのうちに彼女は落ち着き、青緑色のリンネルの服に袖を通し、髪にブラシをかけ、踵《かかと》の平らな靴をはき、階下に向かった。

ＮＵＭＡの本部へ向かうダナは、明るく、背筋を伸ばし、カーラジオから流れ出る調べに、足で軽く調子を合わせていた。

「一錠、それとも二錠？」マリーはさりげなくきいた。

「なあに？」

「一錠、それとも二錠って言ったのよ。わめきちらしていたかと思うと、すぐにけろっとしているとき、あなたは必ず薬を飲んでいるんだから」

「またお説教なの」

「いいわ、でも警告よ、ルーム・メイトさん。薬の飲み過ぎで暗い夜中に、あなたが床に倒れているのを発見したら、私はこっそり身仕度をして、闇にまぎれて逃げ出してしまうわよ。私はぞっとするような死の現場に、耐えられないの」

「あなた、おおげさよ」

マリーは彼女を見つめた。「私が？　あなたはあの薬を、健康を気づかっている人がビタミン剤を飲むような調子で飲んでいるじゃないの」

「私ならなんともないわ」ダナは反論した。

「本当にそうだわ。あなたは精神的に滅入っている欲求不満の女性の典型的な例よ。それも、一番程度の悪い」

「ささくれだった気持ちが和らぐには、時間がかかるものなのよ」

「ささくれだった気持ちですって。まあ驚いた。罪の意識が薄れるには、でしょう」

「私はジーンのところを去るのが最善の方法だったなどと、自分を欺《あざむ》いて信ずる気はないわ。でも正しいことをしたとは信じているの」

「彼があなたを必要としていると思わないの？」

「私はいつも彼が私に手を伸ばしてくれることを望んでいたのよ。だけど、顔を合わせると私たちはきまって喧嘩になるの。野良猫みたいに。彼が私を閉めだしたのよ、マリー。よくある話。ジーンのような男性が仕事の要求の奴隷《どれい》になると、どんなことをしても突き破ることのできない壁を立てるものなのよ。その理由が馬鹿げているの。信じられないほど馬鹿げているの。私が彼の問題を一緒に案じたりしたら、私も自動的につらい思いをすると思いこんでいるためなの。男性は、感謝されもしないのに責任という重荷を背負いこむ。私たち女は、そんなことしないわ。私たちにとって、人生はその日その日に行うゲームよ。私たちはけっして男性のように先々の計画はたてないわ」ダナの顔は、悲しみにひきつった。「ジーンが彼個人の戦いで傷つき倒れるのを待って、もどって行くしかないのよ。そのときには、そのときばかりは、私がもどって一緒に暮らすことを彼は喜んでくれるにちがいないわ」

「それじゃ、遅すぎるわ」マリーが言った。「あなたの話から判断すると、ジーンは神経障害やひどい発作に一番かかりやすい人のようね。あなたが少しでも勇気があるなら、彼と一緒にがんばり抜くべきよ」

ダナは首を振った。「私は拒絶とは戦えない。二人でまた仲よく暮らせるようになるまで、私は別の人生を歩むつもりなの」

「その暮らしには、ほかの男性たちも登場するの？」

「プラトニック・ラブだけ」ダナはつくり笑いを浮かべた。「私はウーマン・リブの女性のように振る舞ったり、私の前を通るあらゆる男性にとびつくような真似はできないの」

マリーはいたずらっぽく、にやっと笑った。「潔癖ぶり、立派なことを並べたてることと、実際に行うことは、まるで別なことよ、あなた。あなたは忘れているのね。ここはワシントン特別区よ。私たち女性が、八対一のわりで男性より多いんだから。選り好みする余裕のあるのは男性なのよ」

「なにかが起こったら、そのときはそのときよ。私は自分のほうから男をあさったりする気はないわ。それに、やりつけていないし。いちゃつき方なんか忘れてしまったわ」

「男性を誘惑することは、自転車に乗るのと同じよ」マリーは声をたてて笑いながら言った。「一度おぼえたら、二度と忘れるものですか」

マリーはNUMA本部ビルの広い野外駐車場に車を止めた。二人は踏み段を登ってロビーに入った。廊下を足早に歩き、エレベーターで自分の部屋に向かうほかの職員の流れに、彼女たちは加わった。

「お昼に私と会わない？」マリーが言った。

「いいわよ」

「男友達を二人連れて行くわ。あなたがその隠された魅力を発揮できるように」

ダナが断わろうと思ったときには、マリーはすでに人ごみにまぎれてしまっていた。エレベーターのなかで立っているとき、ダナは無性に心はずむ奇妙な感じに胸が高鳴るのに気づいた。

35

サンデッカーはアレキサンドリア海洋大学の駐車場に車を乗り入れ、運転席からおりると、電動式のゴルフカートのわきに立っている男に近づいた。

「サンデッカー提督？」

「そうです」

「マレー・シルバースタインです」丸顔で禿げ上がった小柄な男が、手を差し伸べた。

「よくおいでになりました、提督。私たちが得た結論は、お役にたてるのではないかと思っております」

サンデッカーはカートに乗りこんだ。「われわれは、あなたが与えてくださる有益な資料のすべてに感謝します」

シルバースタインはハンドルを握り、アスファルトの小道を走らせた。「私たちは昨夜から徹底した一連の実験を行いました。私は数学的に正確なお答えを一つとしてお約束できません、よろしいですね。しかし結論はごく控え目にいっても、興味深いものです」

「なにか問題は？」

「二、三あります。私たちの予測が正確なものではなく、だいたいの見当にならざるをえない主な原因は、ゆるぎない事実が欠けているためです。たとえばですね、〈タイタニック〉が沈没したときの船首の方位は、確定されておりません。この未知の要素一つだけで、調査海域を四平方マイル広げてしまいます」

「分かりませんな。四万五〇〇〇トンもの鋼鉄船は、直線的に沈むのではないのですか？」

「必ずしもそうではありません。〈タイタニック〉は螺旋《らせん》状におおよそ七八度の扁平《へんぺい》な角度で海中に滑りこみ、そして沈んで行くときに、前方の客室に流れこんでくる海水の重さが、あの船を四ノットと五ノットの中間の速度で引きずりこみました。つぎに私たちは、あの船の並はずれた船体が生む惰性、それに、海底まで二マイル半あることも考慮に入れなくてはなりません。ですから、沈みはじめた海面からかなり離れた地点の海底に沈んだものと私は思っています」

サンデッカーは海洋学者をじっと見つめた。「一体どうして、〈タイタニック〉が沈むときの正確な角度が分かるのです？　生き残った人たちの話は、総じて信用できませんが」

シルバースタインは右手前方にある大きなコンクリートの塔を指さした。「それに対する答えは、あのなかにあります、提督」彼はその建物の入口の前で、カートを止めた。「一緒においでください。申し上げたことを、実地に実演してお目にかけますから」

サンデッカーは博士に従って短い廊下を通り抜け、一方の端にアクリル樹脂の大きな窓のある部屋に入って行った。シルバースタインは提督にもっと近づくよう合図した。潜水装置を背負ったダイバーが、窓の向こう側から手を振った。サンデッカーは手を振って答えた。

「深水タンク」とシルバースタインが事務的に言った。

「内部の四方の壁は鋼鉄製で、高さは二〇〇フィート、直径は三〇フィートです。底には出入りするための主要気密室があり、側面には一定の間隙《かんげき》をおいて圧力調節室が五つ配置されております。私たちが実験を異なる深度で観察できるようにするためです」

「なるほど」サンデッカーはゆっくり応じた。「〈タイタニック〉が海底に沈むまでの落下を再現できたわけですね」

「そうです。さあ、お目にかけましょう」シルバースタインは観察窓の下の棚にのっている電話の受話器を取り上げた。「オーエン、三十秒後に落としてくれ」

「〈タイタニック〉の縮尺モデルをお持ちなのですね?」

「お断わりするまでもなく、海洋博物館の呼び物になるような出来じゃありませんが」とシルバースタインは言った。「ですが、あの船の全体の外形、重量、それに排水量の縮尺率に関してはほぼ完璧で、バランスのよくとれた複製です。陶工が実にすばらしい仕事をしてくれました」

「陶工？」

「陶磁器」シルバースタインは漫然と手を振りながら言った。「金属製のモデルを一つ作る時間があれば、二〇個のモデルをつくり、焼くことができます」博士はサンデッカーの腕に手をかけ、窓のほうへ案内した。「さあ、沈みはじめましたよ」

サンデッカーは見上げた。長さ約四フィートの長楕円形《ちょうだえん》のものが、ゆっくり水中を沈んできた。その先を、おはじきのようなものが、降るように落ちてきた。細部まで再現する試みがなされていないことが、彼には分かった。モデルは素焼きの滑らかな塊のように思えた。一方の端が丸くなっており、もう一方は先細りになっていて、三本の管が立っていた。これは〈タイタニック〉の煙突代わりだった。モデルの船首がタンクの底にぶつかり、ちりんという音が、観察ガラスごしにはっきり聞こえた。

「モデルの外形上の不備のために、あなたの計算に齟齬《そご》をきたしているのじゃありませんか？」

「そうですとも、一つの手違いで差異が生じます」シルバースタインは彼を見た。「ですが、ご安心ください、提督。私たちは手違いをなに一つ犯していません！」

サンデッカーはモデルを指さした。「本物の〈タイタニック〉の煙突は四本ですが、あなたのには、三本しかありませんよ」

「〈タイタニック〉が最後に沈む直前に」とシルバースタインは言った。「船尾が立ち上がり、あの船は完全に垂直になりました。第一煙突を支えているワイヤーに過重な重力がかかりました。それでワイヤーは切れ、煙突は右舷に倒れたのです」

サンデッカーはうなずいた。「さすがですな、博士。あなたの実験の完璧さに疑問を差しはさんだりして、申し訳ありません」

「なんともありませんよ、本当に。おかげで私の専門知識を知っていただくことができました」博士は向きなおり、観察窓ごしに親指を上に出して合図を送った。ダイバーはタンクの上に向かって走っている線に、モデルを結びつけた。

「もう一度実験を行い、私たちが結論を出した経過を説明しましょう」

「おはじきから説明ねがいます」

「あれらは、ボイラーの役目をしているのです」とシルバースタインが言った。

「ボイラー？」

「完璧な再現です、これも。ご存じのように、〈タイタニック〉の船尾が空をさしているときに、ボイラーがその台座からはずれ、隔壁を破って突き抜け、船首のほうへ投げ出されました。大きなものなのです――全部で二九ありまして、なかには、直径が一六フィートほどで、長さが二〇フィートのものもあるのです」

「しかしあなたのおはじきは、モデルの外に落ちこぼれました」

「そうです。私たちの計算によりますと、少なくともボイラーのうち一九個は船首部を突き破り、船腹からばらばらばらに海中に落ちこんだと判断できるのです」

「なぜ確信できるのです？」

「なぜなら、ボイラーの落下が途中で阻止された場合、ボイラーが船の中央部から前部へ移動するために生ずる途方もない重力の変動で、〈タイタニック〉は九〇度の角度で引きずりこまれ、まっすぐ沈んで行ったにちがいないのです。しかし、救命ボートから見つめていた生存者の報告によれば――この場合にかぎり、ほぼ全員の意見が一致しているのですが――なだれをうつボイラーの耳をつんざかんばかりの轟音が静まり返るとほどなく、船尾の部分が少しばかりうしろへ倒れ、それから滑りこむように沈んでいったということです。この事実から、とにかく、〈タイタニック〉からボイラーが吐き出され、いったんその重量から解放されて、姿勢が少しもとにもどり、先ほど私が言った七八度の角度になったことが分かるのです」

「そして、あのおはじきがその理論を裏づけているのですか」

「まさしくそのとおりです」シルバースタインはまた受話器を取り上げた。「いつでもいい、かかってくれ、オーエン」博士は受話器をもとにもどした。「オーエン・デューガン、上にいる私の助手です。いまごろは彼がモデルを、タンクの水中の一方の側面にある測鉛線の真上の水面に置いているはずです。モデルの船首に計算に基づいてドリルで開けた穴から水が入りだすと、船首のほうから沈みはじめます。モデルがある一定の角度になると、おはじきがころがって船首のほうへ行き、ばね仕掛けのドアが開き、落ちるようになっています」

まるで合図を受けたかのように、おはじきがタンクの底に向かって落下をはじめ、そのすぐうしろからモデルが落ちてきた。モデルは、測鉛線から約一二フィート離れた底に沈んだ。ダイバーはタンクの底に小さな印をつけ、親指と人差し指で一インチの幅を示した。

「ご覧のとおりです、提督、何度沈めてもあのモデルは四インチ四方の外側には沈みません」

サンデッカーは、タンクのなかを長い間のぞいていた。そして、やおらシルバースタインのほうを向いた。「で、私たちは、どこを探したらよいのです？」

「私どもの物理学部で見事な計算が数度行われた結果、一番確度の高い地点は〈サッフォー〉一号がコルネットを発見したところから南東に一三〇〇ヤードということになりました。確度が高いとはいうものの、推定にすぎませんが」

「ホルンが一定の角度をもって沈まなかった、とどうして確信できるのです？」

シルバースタイン博士は、傷ついたような仕草をして見せた。「あなたは私の完璧を期す才能を低く見ておられるようですね、提督。コルネットが海底に沈むまでの軌跡をはっきりとらえないことには、ここでの実験結果は無意味です。私の必要経費伝票つづりには、コルネット二本分の領収書が収まっています。タンクで一連の実験を行なった後に、私たちはハッテラス岬《みさき》の二〇〇マイルの沖合へ行き、一万二〇〇〇フィートの海中にコルネットを落として実験したのです。私どものソナーが描いた図をお見せします。いずれも、沈みはじめた点の真下五〇ヤード以内に落下しました」

「怒らないでください」とサンデッカーは落ち着いて言った。「軽口をたたくわけではありませんが、気持ちが沈みますな。疑ぐり深い性格の代償として一九八四年産のロバート・モンダヴィ・シャルドネを一箱、お贈りしなくてはならぬようで」

「一九八一年産」シルバースタインは、にやりと笑って言った。

「私が我慢がならんのは、舌のおごっている馬鹿者です」

「私たちのような者がいないと、世界はつまらないものになりますよ」

サンデッカーは返事をしなかった。彼は窓に近づくと、タンクの内側にある〈タイタニック〉号の陶器のモデルを見つめた。シルバースタインが彼の背後に近づいた。「この船は興味つきぬ対象です、本当に」

「〈タイタニック〉には奇妙なところがある」サンデッカーは静かに言った。「一度、あの船の魅力に憑かれると、ほかのことなどいっさい考えられなくなる」

「ですが、どうしてでしょうね？　私たちの想像力をかき立て、私たちをとらえて離さないのは、あの船のなんでしょう？」

「あの船の残骸の前では、ほかのすべてのものの影が薄くなってしまうからです」サンデッカーは言った。「あの船は、現代史における最大の伝説にして、とらえがたい宝庫です。あの船のたった一枚の写真でも、人の胸をときめかすに十分です。あの船の歴史、あの船を動かした乗組員、あの船のわずかなありし日々に、甲板の上を歩いた人たちを知るにつけ、想像力がかき立てられるのです、シルバースタイン。〈タイタニック〉は、私たちが二度と見ることのできない一時代の魔大な古文書館なのです。あの壮大な麗婦人を日射しのなかにふたたび連れ出すことが可能かいなかを知っているのは、神のみです。しかし、私たちは断じて挑戦する」

36

潜水艇〈シー・スラグ〉の外観は、流体力学的に見てすっきりしており洗練されているが、その内部は水力関係のパイプと電気回路がところ狭しと走っており、六フィート二インチの体を折りまげて操舵席につくピットの目には、閉所恐怖症の人間にとっての悪夢そのものと映った。艇の長さは二〇フィート、形は管状で、両端は丸くなっており、その名にふさわしく鈍い感じを与えた。艇は明るい黄色に塗られており、大きな四つの舷窓《げんそう》が二つ一組になって船首についていた。檣楼《しょうろう》ぞいに取りつけられてある小型のレーダー・ドームに似たものは、たいそう強力な二基の照明燈であった。

ピットはすべての点検を終え、ジョルディーノのほうを向いた。彼はすぐ右隣りの席にすわっていた。

「潜水にかかろうか？」

ジョルディーノは、歯をみせて笑った。「ええ、潜りましょう」

「いいか、ルディ？」

ガンは下の覗き窓のところにかがみこんだまま上を向いた。「いつでもどうぞ」

ピットはマイクに話しかけ、制御盤の上にある小さなテレビのスクリーンを見つめた。スクリーンの上に、〈モドック〉のデリック（起重機）が〈シー・スラグ〉を甲板の船台から持ち上げ、ゆっくりと舷側へ運び、水中におろす様子が映し出されていた。ダイバーが引き揚げ用のケーブルをはずすとすぐさま、ピットはバラスト・バルブを少し開けた。潜水艇は左右に大きくうねる波の下にゆっくりと沈みはじめた。

「生命維持タイマー、オン」ジョルディーノが告げた。

「海底へ一時間。調査時間十時間、浮上に二時間、万一に備えて五時間の予備」

「その予備の時間も、調査に使う」ピットが言った。

ジョルディーノは、万一の事態が生じたときの動かしがたい事実をよく知っていた。万一、予想外のことが起こったときには、一万二〇〇〇フィートの深さで事故が発生したら、まず助かる見込みはない。じわじわと息苦しくなって死んでいくような恐ろしい目にあわず、一思いに死んでしまうよう祈るばかりである。彼は〈サッフォー〉一号にもどり、広い空間ののびやかなくつろぎと八週間もつ生命維持装置の安心感を味わいたいものだと願っている自分に気づき、苦笑してしまった。彼は深く腰をかけ、〈シー・スラグ〉が深海におりて行くに従い、暗さのます海を見つめながら、この艇を操縦している不可解な男のことを考えるともなく考えていた。

ジョルディーノは高校時代からピットを知っていた。当時、彼らは、カリフォルニア州ニューポート・ビーチの裏にある人気《ひとけ》の少ない田舎道で、速度が出るよう改良したボロ車でよく競走したものだった。彼はピットという人間を、ほかの誰よりも知っていた。この点に関しては、どんな女性にもひけをとらなかった。ピットの内部には、ある意味で、互いに直接的な関係のない二人の人間が住んでいる。一人は人好きのするダーク・ピットで、その彼は道筋の真ん中からめったにそれることはなく、ユーモアに富んでいて気取りがなく、出会う人間と誰彼の区別なくざっくばらんに打ち解ける。もう一人のダーク・ピットは、冷酷なまでに手際のよい機械のような人間で、めったに誤りを犯さず、しばしば自分の殻のなかに閉じこもり、とっつきにくい。その二人の人間の間に立っているドアを開ける鍵があるのかもしれないが、ジョルディーノはまだそれを見つけていなかった。

ジョルディーノは、ふたたび注意を深度計に向けた。針が一二〇〇フィートを示していた。彼らはほどなく二〇〇〇フィートの深度を過ぎ、永遠の闇の世界に入った。この地点から先は、こと人間の目で見るかぎり、真っ暗闇であった。ジョルディーノがスイッチを押すと、船外の照明の明かりが広がり、暗闇のなかに光の帯ができ、心強かった。

「最初の調査で、あの船を見つける確率はどれくらいあると思う?」と彼はきいた。

「もしもサンデッカー提督が送ってよこしたコンピューターのデータが正しければ、〈タイタニック〉は一一〇度の弧のなかに、すなわち、君がコルネットを回収した地点の南東一三〇〇ヤードのところに沈んでいるはずだ」

「そりゃ、すごいや」ジョルディーノはからかい半分につぶやいた。「コニーアイランドの砂浜のなかで釘《くぎ》を一本探すに等しい調査が、木綿畑で白いワタゾウムシを探す程度にせばめられたわけだ」

「そらはじまった」とガンが言った。「また弱気になっているのか」

「放っておいたら、彼はこの艇から出て行くんじゃないかな」とピットが笑いながら言った。

ジョルディーノはしぶい顔をして笑いを浮かべると、海水のなかを指さした。

「そうとも、つぎの角でおろしてくれ」

「われわれはあの古い船を絶対に見つける」とピットが断固たる口調で言った。彼は制御盤の蛍光時計を指さした。

「見ろよ、いま六時四十分だ。昼食時までに、われわれは〈タイタニック〉の甲板の上方に出る。そうね、十一時四十分ごろには」

ジョルディーノは横目でピットを見た。「偉大な予言者は語りぬ」

「多少の楽観主義はけっして害にはならん」とガンが言った。彼は艇の外についているカメラの支柱の方向を調整して、ストロボのスイッチを入れた。その瞬間にストロボは目もくらむ一条の光を放ち、水中に漂っているプランクトンに似た無数の生物が映し出された。

潜水してから四十分たった一万フィートの深度で、ピットは〈モドック〉に報告を行い、深度と水温を知らせた。水温は約一・六度だった。三人の男は、覗き窓の前をゆっくり通り過ぎる骨っぽくて醜い小さなチョウチンアンコウに見とれた。頭から突き出ている光を放つ肉片が標識のように、一つぽつんと光った。

一万二三七五フィートで、海底が見えはじめ、〈シー・スラグ〉が止まっているのに、海底が浮かび上がってせまってくるような感じがした。ピットは推進モーターを作動させ、船体の角度を調整し、静かに〈シー・スラグ〉の降下を止め、海底をおおっている寒々とした赤い粘土の上に水平に保った。

不気味な沈黙が、〈シー・スラグ〉の電動モーターの旋律的なうなりによって徐々に破られた。はじめのうちピットは、海底の隆起となだらかな窪《くぼ》みを見分けられなかった。そこには、三次元の尺度になるものがなにもなかった。光の先まで広がっている平坦な広がりしか、彼の目に映らなかった。

そこには、生命の影も形もなかった。しかし、生命の存在を裏づける証拠はあった。深海の住人たちがつけた足跡が、沈澱層の上を四方に向かって、ぬうようにジグザグに走っていた。そうした足跡は、つい最近のもののように思えなくもないが、海は人の判断を欺く。深海に住んでいるウミグモ、ナマコ、あるいはヒトデの足跡は数分前につけられたものかもしれないし、何百年も昔のものかもしれない。というのも、深海の軟泥に含まれている顕微鏡的な動物や植物の遺骸《いがい》が上のほうから落ちてくる量は、千年につき一、二センチの厚さにしかならないからだ。

「あそこにきれいな生物がいる」とジョルディーノが指さしながら言った。

ピットはジョルディーノの指を追った。イカとタコの合の子のような、青味がかった黒い色をした奇妙な動物が、彼の目に止まった。八本の触手が、アヒルの水掻きのある脚のように一つにつながっていて、からだのほぼ三分の一を占めるほどの球状の二つの目で、〈シー・スラグ〉をにらみ返していた。

「コウモリダコだ」とガンが彼らに告げた。

「あいつに、トランシルバニアに親類がいるかときいてみろよ」ジョルディーノがにやりと笑った。

「なあ君、あれを見ていると、なんとなく君のガールフレンドを思い出したよ」とピットが言った。

ガンがとびついた。「あんたが言っているのは、胸の平らな例の女のことか？」

「彼女を見たことあるのかい？」

「くだらんことを言っている。妬《や》いてやがるんだ」ジョルディーノは不平を鳴らした。

「彼女はおれに夢中だし、彼女の親父はいつもいい酒を飲ましてくれる」

「いい酒にも、いろいろあってな」ピットは鼻であしらった。「オールド・セスプール・バーボン、アッチラ・ハン・ジン、チファナ・ウオッカ。こんな銘柄の酒、聞いたことあるまい?」

それから二、三時間、〈シー・スラグ〉のなかでは酒落《しゃれ》や冷やかしが飛び交った。実際の話、艇内は掛け合い漫才の場と化していた。それはやりきれない単調さから脱け出すための、一つの手段であった。ロマンティックに仕上げられた小説の世界とは異なり、深海での沈没船探しは、つらく、単調な仕事だった。それに加えて、艇内は息苦しいほど狭いうえに湿気が強く、肌寒いほどの温度なので、居心地の悪さはつのるばかりだし、人間にありがちな失敗がもとで事故が起こると、高くつくと同時に致命的なものになるおそれがあった。

ピットは制御装置にしっかり両手を置いて、〈シー・スラグ〉を海底から四フィートほど浮上させた。ジョルディーノは、生命維持装置に神経を集中していた。一方、ガンの目は、ソナーと磁力計に油断なくそそがれていた。長時間におよぶ計画の段階は、すでに終わっていた。いまや忍耐と持続が要求されるときだった。そこには、宝を求める人間全員に共通のあくなき楽観主義と未知なるものに対する愛着がないまぜになった、一種独特の気分が溶けこんでいた。

「前方に岩の塊があるようだ」とピットが言った。

ジョルディーノは、覗き窓を通して上のほうを見た。

「軟泥のなかに埋まっているようだ。どこから来たんだろう」

「たぶん、古い帆船が投げ捨てたバラストだろう」

「氷山から落ちた線のほうが強いな」ガンは言った。「岩石や岩屑がたくさん海上に運びこまれ、やがて氷山が溶けて海底へ落ちこむ――」ガンは講釈の途中で口をつぐんだ。

「待ってくれ……ソナーに強い反応が出ている。今度は、磁力計も反応を示している」

「どの方向だ?」ピットがきいた。

「一三七度の方向」

「一三七度」ピットは反復した。彼は〈シー・スラグ〉をまるで飛行機のように優美に傾斜させ、新しい進路をとった。ジョルディーノはガンの肩ごしにソナースコープの光が幾重にも描いている緑の輪をじっと見つめていた。点滅する小さな一つの点が、人間の目の届かぬ二〇〇ヤード先に、固形物体があることを示していた。

「あんまり期待しないほうがいいぜ」ガンは静かに言った。「船にしては、映像が小さすぎる」

「なんだと思う?」

「ちょっと分からんな。長さはせいぜい二〇フィートか二五フィートだから。二階家程度の高さ。ひょっとすると……」

「あるいは〈タイタニック〉のボイラーの一つかもしれん」とピットが口をはさんだ。

「海底には、ボイラーが散らばっているはずなんだ」

「大正解」とガンは言った。その声は、興奮のため、たかぶっていた。「これと同じ類いの映像をとらえたんだ、一一五度の方角に。さらに一六〇度の方角にも。最後の長さの計示は、約七〇フィート」

「あの船の煙突の一つのようだ」ピットが言った。

「おうっ！」ガンはしわがれ声でつぶやいた。「この下に屑鉄の山のようなものが現われはじめた」

暗闇の縁の薄暗がりのなかから、不意に丸い物体が見えはじめた。不気味な光のなかに黒々と浮き上がった姿は、巨大な墓石に似ていた。潜水艇のなかの三対の目は、ほどなく大きなボイラーの火室の格子を見分けることができた。そしてやがて、鉄の継ぎ目や裂け目ぞいのリベットの列、それに蒸気管の裂けちぎれた残りのぎざぎざの切れ目が、確認できた。

「当時、火夫をやっていて、あの罐《かま》を焚《た》いてみたかったと思わないかね？」ジョルディーノがつぶやいた。

「もう一つキャッチした」ガンは言った。「いや違う、待ってくれ……パルスが強くなりつつある。長さの計示が出る。一〇〇フィート……いや、二〇〇」

「どんどん長くなれ、たのむぞ」ピットは祈った。

「五〇〇……七……八〇〇フィート。あの船だ！　あの船を見つけたんだ！」

「方位は？」ピットの口はからからに乾いた。

「〇九七度」ガンがつぶやくように答えた。

彼らは〈シー・スラグ〉が接近していく数分間、黙りこくっていた。彼らの顔は期待に張りつめ、青ざめていた。ピットの胸の鼓動は苦しいほど高鳴り、胃は大きな鉄のおもりでも飲みこんだうえに、大きな手で外から握りつぶされているように感じられた。彼は潜水艇を軟泥に近づけすぎたことに気づいた。彼は制御装置を逆に入れ、覗き窓からのぞき、目をならした。なにが現われるか？　引き揚げることなどとうてい無理な、古い錆ついた船腹？　上部構造を泥のなかに突っこみ、ひしゃげ、引き裂かれた船腹？　やがて彼の緊張した目が、暗闇のなかから不気味に浮かび上がってくる巨大な影をとらえた。

「やった！」ジョルディーノは畏《おそ》れにうたれ、低くつぶやいた。「船首のまっすぐ前に出たぞ」

距離が五〇フィートにせばまったところで、ピットはモーターの速度を落とし、〈シー・スラグ〉の方向を変え、不運に取り憑かれた定期船の吃水線に並行して走らせた。鋼鉄板の舷側ぞいに見た沈没船の大きさは、信じがたいほどであった。八十年近くたっているのに、沈没船は驚くほど腐食されていなかった。八八二フィートの黒い船腹を取り巻いている金色のバンドは、強力な光を受けてきらきらと輝いた。ピットは潜水艇をゆっくり上昇させ、重さが八トンある左舷の錨を通り過ぎ、全員が高さ三フィートの金色の文字をはっきり読み取れるところまで近づいた。その文字の列は、いまもタイタニックと誇らかに宣言していた。

魅せられたように、ピットは受け台からマイクを取り、送信ボタンを押した。「モドック、モドック。こちらシー・スラグ……聞こえますか？」

〈モドック〉の無線技士は、ほとんど間髪をいれずに答えた。「こちらモドック。シー・スラグ、聞こえますよ。どうぞ」

ピットはぱりぱりという雑音を最小限にするため、音量を調節した。「モドック、NUMA本部に、われわれがビッグTを発見したと伝えてくれ。繰り返す、われわれはビッグTを発見した。深度、一万二三四〇フィート。時間、十一時四十二分」

「十一時四十二分？」ジョルディーノがおうむ返しに言った。「うぬぼれ屋め。たった二分の違いか」

〈タイタニック〉は、黒一色の深海の不気味な静寂に包みこまれて横たわり、悲劇をもたらした恐ろしい爪跡をとどめていた。氷山との衝突で生じた亀裂《きれつ》は、右舷の船首艙から第五ボイラー室にいたる船腹を約三百フィートにわたって切り裂いており、船首の吃水線の下にぱっくりと口を開けているいくつもの穴は、ボイラーが船腹の本来の場所から引きちぎられ、隔壁をつぎつぎに打ち破り、最後に海中にとび出したときの衝撃のすさまじさを物語っていた。

〈タイタニック〉は左舷に少し傾き、軟泥のなかにどっかりと沈んでいた。船首楼は、南のほうを向いており、ついに入港できなかった港にたどり着こうと、いまだに悲劇的な努力を繰り返しているような感じを与えた。潜水艇が放つ光が、亡霊さながらの上部構造の上で舞うたびに、チーク材の長いデッキに、奇怪な影が浮かび上がった。舷窓は開いているものも閉じているものもあり、左右の舷側の幅広い広がりにそって整然と並んでいた。煙突を失った〈タイタニック〉は、ほぼ現代的な流線型の外観を見せていた。前方の三本の煙突の姿はなかった。そのうちの二本は、たぶん、海底に沈むまでにもぎとられたのだろう。四本目の煙突は、後部のボート・デッキに倒れていた。そしてボート・デッキには、錆つき、ばらばらになった煙突用の鋼索が、そこここに散らばっており、手すりにまとわりついていた。そのほかには、かつてこの巨大な定期客船の救命ボートがつり下がっていた主を失った鉄柱と、それを見おろすわずか二、三の大きな通風船筒が黙して立ちつくしているだけだった。

この遺棄船には、異様な美しさがあった。潜水艇内部の男たちは、心楽しく談笑する何百人もの乗客でにぎわっている照明に明るく照らし出された、食堂や特別室をまざまざと見る思いがした。彼らは本がぎっしりつまっている読書室、紳士たちのふかす葉巻の紫煙がたちこめる喫煙室を思い描き、二十世紀初頭のラグタイムを演奏する船上楽団の調べを聞く思いにおそわれた。乗客たちが、甲板を行き交っている。金持ちで有名な男たちは、ちり一つついてない夜会用の正装スタイルで。女性は、踝《くるぶし》までくる色彩あざやかなガウンに身を包んでいる。子守りは、お気に入りの玩具《おもちゃ》を手に握っている子どもと連れだっている。アスター家、グッゲンハイム家、それにシュトラウス家の人たちは、一等船室に乗っている。中産階級の人たち、学校の教師、聖職者、学生、記者たちは二等船室に。移民、アイルランド人の農夫とその家族、スウェーデン、ロシア、ギリシアの奥深い山村出身の大工、パン屋、洋服屋たちは、三等船室に。さらに、およそ九〇〇人にのぼる乗組員。彼らは高級船員から賄《まかな》い方、乗客係、エレベーター係、機関室の要員まで、多岐にわたっている。

偉大な富が、数多くあるドアと舷窓の奥の闇のなかに横たわっている。水泳プール、スカッシュ・テニスのコート、それに、トルコ風呂はどうなっているのだろう？　社交室には大きな掛け毛氈《もうせん》の腐った残りが、まだ掛かっているのだろうか？　大階段の青銅の柱時計や、優雅なカフェ・パリジャンの水晶のシャンデリア、あるいは、一等船客大食堂の見事な装飾がほどこされた天井はどうなっているのだろう？　船長エドワード・スミスの骸《なきがら》は、影におおわれているブリッジのどこかにあるのではないか？　かつての浮かぶ巨大な宮殿が、もしもふたたび日の光を受けるときがあるとすれば、そのときにはどんな謎が浮かび上がるだろう？

潜水艇のカメラのストロボは、小さな侵入者が巨大な廃船のまわりを回っている間、休みなく光を放っているように思えた。とびきり大きな目をし、頭をがっちり武装した体長二フィートもある深海魚ホシギンザメが、射し込む光などまったく無視して、傾いている甲板の上をかすめるように泳ぎ過ぎた。

数時間にも思える時を経《へ》て、潜水艇は一等ラウンジの屋根の上に浮上した。乗組員たちは、依然として覗き窓に貼りついていた。そこにしばらく漂ってから、小さな電子信号カプセルをおろした。これで、その低周波のインパルスによって、沈没船を求めてまた潜水するときには、誘導してもらうことが可能となった。つぎに、潜水艇は滑るように上向きに方向を変え、明かりを切った。潜水艇は通り抜けてきた闇のなかにふたたび姿を消した。

日の射さぬ、黒く厳しい寒さのなかで適応し、生き延びている海洋生物の閃光がときおり光るだけの世界に、〈タイタニック〉はまたひとり取り残された。しかし間もなく、ほかの潜水艇が何隻かやって来るし、沈没船はずっと昔に、ベルファストのハーランド・アンド・ウルフ造船会社の大きな船台にのっていたときと同じように、自分の鋼鉄の肌の上で働く男たちの工具を感じとることになるのだ。

そしてたぶん、文字どおりたぶん、この船は最初の港にやっと入港できるのだ。

4　タイタニック

37

一九八八年五月

ソ連の書記長、ゲオルギー・アントノフは、正確な手つきで慎重にパイプに火をつけ、マホガニーの長い会議用テーブルを囲んでいる出席者を一わたりながめた。

彼の右手には、ソ連海軍情報部長官のボリス・スローユク提督とその副官であるプレフロフ大佐がすわっていた。彼らの向かい側には、KGBの対外機密局の責任者、ウラジーミル・ポレヴォイと、国内機密の責任者を兼ねている元帥《げんすい》、ワシリー・ティレヴィッチがすわっていた。

アントノフは、いきなり要点を切り出した。「ではじめるが、アメリカ側は〈タイタニック〉の引き揚げを決意した模様である」彼は自分の前に置かれてある書類にしばらく目を落とし、また話をつづけた。「現実に、集中的な努力が行われているようだ。母船二隻、補給船三隻、深海艇四隻」彼は顔を上げ、スローユク提督とプレフロフを見た。「われわれはあの海域に、偵察船を出してあるかね?」

プレフロフがうなずいた。「イワン・パロトキン船長指揮下の海洋学研究船〈ミハイル・クルコフ〉が引き揚げ作業の周辺を巡航しております」

「パロトキンは個人的に知っています」スローユクがつけ加えた。「彼は優秀な海軍軍人であります」

「アメリカ側が七十六年もたっているスクラップの引き揚げに何億もの金を費やしているとすると、当然、しかるべき動機があるはずだ」とアントノフは言った。

「動機はあります」スローユク提督が重々しく言った。

「わが国の安全そのものを脅やかす動機が」彼はプレフロフに向かってうなずいた。プレフロフは『シシリアン計画』と書きこまれた赤い色のフォルダーをアントノフとテーブルの向かい側の出席者たちに渡しはじめた。「それがゆえに、われわれはこの会議を要求したのです。私の部下が、アメリカの新しい防衛機構計画のあらましをつきとめました。私はみなさんがその研究に、恐れは感じないまでも、衝撃を受けるものと思います」

アントノフとほかの者たちはフォルダーを開け、読みはじめた。五分間ほど、ソ連の書記長はときおりスローユクのほうをちらっと見やりながら、読みつづけた。アントノフの表情はさまざまに変わった。まずはじめは立場にともなう当然の関心、つぎに心からの当惑、そして驚き。さらに最後に、真相を飲みこみ呆然とした。

「こんなこと信じられぬ、スローユク提督、まったく信じられぬ」

「こんな防衛機構が、可能なのかね？」とティレヴィッチ元帥がきいた。

「私も同じことをわが国のもっとも尊敬されている科学者五人にきいてみました。五人が五人とも、十分に強力な出力源さえあれば、理論的にはそうした機構は実現可能であると言っております」

「そして、その出力源が、〈タイタニック〉の船艙にある、と君は読んでいるんだな？」とティレヴィッチは彼にきいた。

「われわれはそう確信しております、同志提督。報告書のなかで述べてありますように、シシリアン計画の完成に必要不可欠な要素は、ビザニウムというほとんど知られていない元素です。現在、われわれは、アメリカ側が七十六年前に、ソ連領土内から世界で唯一の鉱石を盗みだしたことを知っています。われわれにとって幸いなことに、彼らは不運にもあの呪われた船でそれを運んだのです」

アントノフは、まったく信じかねて首を振った。「もしも、君がこの報告書のなかで言っていることが本当なら、アメリカ側はわが国の大陸間弾道ミサイルを、羊飼いが蠅《はえ》を叩き潰《つぶ》すように、いとも簡単に叩き落とす潜在能力をもっていることになる」

スローユクは、重々しくうなずいた。「それが恐るべき真相だと思われます」

ポレヴォイは、テーブルの上に身を乗り出した。彼は信じかね、唖然としていた。

「君はここで、君の接触している相手は、アメリカ合衆国国防総省のある高官づきの副官であると述べている」

「そのとおりです」とプレフロフは、うやうやしくうなずいた。「彼はウォーターゲート事件のおりに、アメリカ政府に失望し、その後、重要と思う材料をすべて私に送ってよこしているのです」

アントノフはプレフロフの目を鋭く見すえた。「君は彼らがそれをやれると思うかね、プレフロフ大佐？」

「〈タイタニック〉の引き揚げですか？」

アントノフはうなずいた。

プレフロフは見つめかえした。「一九七四年にアメリカ中央情報局が、ハワイ海域の一万七〇〇〇フィートの深さに沈んでいたソ連の原子力潜水艦を引き揚げたことを思い出していただくとよろしいかと思います――CIAはジェニファー計画とたしか呼んでいたと思いますが――アメリカ側が〈タイタニック〉をニューヨーク港に運び入れる技術をもち備えていることはまず間違いないでしょう。ええ、同志アントノフ、彼らはやってのけるだろうと私は堅く信じています」

「私は君の意見に賛成できない」とポレヴォイが言った。「〈タイタニック〉ほどの大きな船と潜水艦では、とても比べものにならん」

「私はプレフロフ大佐の判断を支持せざるをえない」とスローユクが主張した。「アメリカ人というやつは、いやらしいことに、いったんやると決めたことは、やりとおす癖があるんでね」

「では、シシリアン計画についてはどうです?」ポレヴォイは食い下がった。「KGBは秘匿名以外、その存在に関する詳しい情報をいっさい受け取っていません。アメリカ側が戦略核兵器に関する制限会議で脅しをかけるために、謎のプロジェクトをでっち上げたとしても、われわれに知るすべはないではありませんか?」

アントノフは、テーブルを指の関節で軽く叩いた。「アメリカ人はこけおどしなどしない。同志フルシチョフは、二十五年前のキューバ・ミサイル危機のさいに、そのことを思い知らされた。彼らが〈タイタニック〉の船腹からビザニウムを引き揚げしだい、この防衛機構を機能させられるところまできている可能性を、それがたとえいかにわずかな可能性であるとしても、無視することはできない」彼は言葉を切ってパイプをふかした。「つぎにわれわれが考えるべきことは、いかなる行動をとるかだ」

「いうまでもなく、ビザニウムがアメリカ本土に着かぬよう手を尽さねばならぬ」ティレヴィッチ元帥が言った。

ポレヴォイは、シシリアン計画のファイルを指で軽く叩きつづけた。「妨害工作。引き揚げ作業の妨害をすべきだ。ほかに方法はない」

「両国の関係に影響を及ぼすような事件をいっさい起こしてはならない」とアントノフ

がきっぱりと言った。「明白な軍事行動による干渉はいっさい認めるわけにいかない。ソ連とアメリカの関係を、再度、悪化させることは避けたいのだ。分かったな？」

「引き揚げ海域に潜入しないかぎり、われわれはなに一つできない」ティレヴィッチが食い下がった。

ポレヴォイはテーブルごしにスローユクを見すえた。

「アメリカ側は作業を守るために、どんな手段を講じているんだね？」

「誘導ミサイルを備えた原子力巡洋艦、〈ジュノー〉が引き揚げ船の視界内を、二十四時間態勢で巡視しています」

「発言してもよろしいですか？」プレフロフはへりくだるようにたずねた。彼は返事を待たずに口を開いた。「しかるべき配慮から、同志のみなさん、潜入はすでに行われております」

アントノフは顔を上げた。「君自身の口で説明したまえ、大佐」

プレフロフは上官のほうを、横目でちらっと見た。スローユク提督は、かすかにうなずいて許しを与えた。

「わたしたちはＮＵＭＡの引き揚げ要員のなかに、工作員を二名忍びこませております」とプレフロフは明らかにした。「とびきり有能なチームです。彼らはアメリカの海洋学に関する重要な資料を、二年間にわたってわれわれに送りつづけています」

「よし、よし。君の部下は実に立派にやっている、スローユク」とアントノフは言った。しかし、その声に暖か味はなかった。彼はプレフロフを見すえた。「そうなのかね、大佐、君が立案したのか？」

「そうです、同志」

プレフロフが執務室にもどって来たとき、マーガニンは大佐の机に向かって平然とすわっていた。彼の物腰は変わっていた。彼が、ほんの二、三時間前にプレフロフが出かけたときと同じ、平凡で卑屈な副官とは、とても思えなかった。彼はずっと自信に満ち、自らを恃《たの》んでいる感があった。自信のほどが目に宿っていた。おどおどした彼の目が、いまや自分が行わんとしていることを自覚している男の自信に輝いていた。

「会議の模様はどうでした、大佐？」マーガニンは立ち上がらずにきいた。

「君が私を提督と呼んで話しかける日がくるのもそう遠くはあるまい、と言ってよいと思うね」

「本当のことを言わせてもらいますが」とマーガニンは冷やかに言った。「あなたは頭はいいが、惜しむらくはエゴが勝ちすぎる」

プレフロフは不意をつかれた。彼は真っ青になって怒りを抑えた。口を開いた彼の声にこもっている感情は、とくに耳や想像力がすぐれていなくてもはっきりと分かった。

「君は私を侮辱するつもりなのか？」

「なんの不思議があります。あなたは同志アントノフに、シシリアン計画と〈タイタニック〉引き揚げの目的をつきとめたのは自分だ、と売りこんだはずです。ところが実際は、その情報をもたらしたのは、私の情報源じゃないですか。それに、あなたは会議の出席者に、アメリカ人からビザニウムを強奪するすばらしい計画を、自分が考え出したものとして話したにちがいない。それも、私から盗んだものだ。要するに、プレフロフ、あんたは無能な泥棒以外のなにものでもないんだ」

「それで決まった！」プレフロフは、マーガニンを指さした。彼の声は、氷のように冷やかだった。にわかに、彼は強気に転じた。彼は完全に落ち着きを取りもどし、一途で、垢抜けした、本物のプロに返っていた。「不服従のかどでおまえを痛めつけてやる、マーガニン」と彼は気分よさそうに言った。「今月中に、何度も死の苦しみを味わわさせてやる」

マーガニンは、なにも言わなかった。ただ、ぞっとするほど冷やかな笑いを浮かべただけだった。

38

「洩れないように、ずいぶん気を配ったのだが」とシーグラムは、サンデッカーの机の上に新聞を投げ出した。「これは今朝の新聞です。スタンドで買ったのです。まだ十五分とたっていないと思います」

サンデッカーは新聞の向きを変え、一面を見た。詳しく読むまでもなく、すべてが飲みこめた。

「NUMA、タイタニックを引き揚げる」彼は声を出して読んだ。「なるほど。今後は、少なくともこそこそせずにすむわけだ。『運命に呪われた定期客船を引き揚げるために、何億ドルもの作業が展開される』。読み物として面白いことは、これじゃ君も認めないわけにいかんね。『情報筋は今日、海中海洋機関がイギリスの蒸気船タイタニックを引き揚げるために全力を傾けていると語った。この船は氷山にぶつかり、一九一二年四月十五日に中部大西洋で沈没し、一五〇〇人以上の人が死亡した。この並はずれた事業は、深海サルベージの新しい夜明けを告げるもので、人類の宝探しの歴史にも比肩するものはない』」

「億単位の金をかけての宝探し」シーグラムは暗い表情で顔をしかめた。「大統領がさぞ喜ぶことでしょう」

「私の写真まで載っている」サンデッカーが言った。「あまり似ていないな。やつらのファイルにある手持ち写真にちがいない。それも五、六年前に撮られたやつだろう」

「いちばん悪いときに出てしまった」とシーグラムが言った。「あと三週間……ピットは三週間後にはあの船の引き揚げにかかると言っていた」

「がっくりしなさんな。ピットと彼の仲間は、九カ月も取り組んできたんだ。大西洋のありとあらゆる冬の嵐と戦い、あらゆる困難と技術上の逆境に取り組む、きびしい九カ月間に耐えてきたんだぜ。彼らがこんなわずかな時間に、これだけのことをなしとげたのは奇蹟さ。しかし、いまだに失敗の危険は大いにある。海底から離れたときに、船腹を大きく引き裂く原因となる亀裂がひそんでいないともかぎらないし、竜骨と海底の軟泥の間の並はずれた吸引のために、船が海底から離れないことだってないとはいえない。かりに私が君なら、シーグラム、私は〈タイタニック〉が自由の女神の像の前を曳かれて通り過ぎるのを目撃するまで、小躍りするようなまねはしないね」

シーグラムは傷ついた様子だった。提督は彼の悲しげな表情を見てにやっと笑いを浮かべると、葉巻をすすめた。相手は断わった。

「その一方」とサンデッカーは慰めるように言った。「あの船は、君の望みどおりすんなり浮き上がるかもしれない」

「そこがあなたのよいところだ、提督。ときおりのぞく楽観主義が」

「私は失望に備えることのほうをよしとする。苦しみを和らげてくれるから」

シーグラムは答えなかった。彼はしばらく黙りこんでいた。やがて口を開いた。「では、その時がきたときに〈タイタニック〉の心配をすることにしましょう。しかし、依然として報道機関に対して、手をうたなければなりません。どう処置したもんでしょう?」

「簡単さ」とサンデッカーは気軽に言った。「スキャンダル探しに鵜《う》の目鷹《たか》の目の記者たちにうしろめたい素行を暴露されたとき、地方選出の勇ましい政治屋がきまって使う手をわれわれも使うさ」

「といいますと?」シーグラムは用心深くきいた。

「記者会見を開くんだ」

「それは狂気の沙汰だ。議会筋や世間が、この計画にわれわれが七億五〇〇〇万ドル以上もの金をつぎこんでいることを万一かぎつけたら、彼らはカンザス地方を襲う大旋風のように襲いかかってきますよ」

「だから、われわれは相手に手の内を見せず、サルベージの費用を半額にして発表するのさ。誰に分かるね? 本当の数字がつきとめられるわけがないじゃないか」

「それにしても、気が向きません」とシーグラムは言った。「ワシントンの記者たちは、記者会見する人間を解剖することにかけては、名うての外科医ですからね。彼らはあなたを感謝祭の七面鳥みたいに、切り刻みますよ」

「自分を想定しているんじゃないんだ」とサンデッカーはゆっくり言った。

「では誰です？　私でないことはたしかだ。私はここの人間ではない、よろしいですね？」

「私は別の人間を考えているのさ。われわれが陰でやっているいんちきを知らない人間を。沈没船に関する権威者で、新聞記者たちが最高の礼儀と尊敬をもって接する人間を」

「そんな美徳の典型のような人間を、どこで探すつもりなんです？」

「君が美徳という言葉を使ったんで、私は大変うれしいですな」とサンデッカーはいたずらっぽく言った。「お分かりでしょう、私は君の奥さんを考えているのです」

39

ダナ・シーグラムは演説台の前に自信たっぷりに立ち、NUMA本部の講堂に腰をかけている八〇人ほどの記者が浴びせる質問をたくみにかわした。彼女は微笑を絶やさなかった。彼女は自分の立場を楽しんでいると同時に、自分が一目《いちもく》おかれることを心得ている女性に認められる幸せな表情を浮かべていた。彼女は赤褐色の巻きスカートに、深いVネックのセーターを着て、小さなマホガニーのネックレスでござっぱりしたアクセントをつけていた。彼女は背が高く、魅力的で、優雅であった。彼女は、一目見るなり、質問するほうが不利な立場に立たされてしまう類いの相手だった。

部屋の左手にすわっていた白髪の女性が手を上げた。

「シーグラム博士?」

ダナは優雅にうなずいた。

「シーグラム博士、私の新聞、『シカゴ・デイリー』の読者たちは、政府が錆ついた古い船の引き揚げに何百万ドルも費やす理由を知りたがっていると思うのです。ほかの目的に使ったほうが有益なのではないでしょうか。たとえば、福祉や必要にせまられている都市部の再開発などに振り当てたほうが？」

「あなたの疑問にお答えいたします」ダナは言った。「まずはじめに、〈タイタニック〉を引き揚げることは、お金の無駄遣いではありません。二億九〇〇〇万ドルが予算に計上されていますが、これまでのところ、私どもはその数字をかなり下回っています。それに申しそえておきますが、予定より計画は進んでおります」

「あなたは、それを大金だと思いません？」

「予想される見返りをお考えになっていただければ、そうは思わないでしょうね。ご存じのように、〈タイタニック〉はまぎれもなく宝庫です。三億ドル以上の価値があるでしょう。乗客の宝石や貴重品の多くが、いまだにあの船に残っています。特別室一室で、二五万ドルの価値があります。それに、船の備品や調度品や貴重な装置もあります。それらの一部は残っていることでしょう。収集家は一等船客食堂の陶器や水晶のゴブレット一つにつき、五〇〇ドルから一〇〇〇ドルくらいなら喜んで出すでしょう。みなさま、今回の政府の計画ばかりは、税金の無駄遣いにはならないものの一つです。いずれ私たちは、金銭上の利益と過去の歴史的な遺品がもたらす収穫をまとめて報告いたします。海洋科学と技術に関するたいそう多くのデータが得られることは、申すまでもございません」

「シーグラム博士」講堂のうしろのほうで、背が高くやつれた表情の男が声をかけた。

「あなたが先ほど配付してくれた報道用記事を、われわれは時間がなくて読んでおりません。それで、サルベージの進め方について説明していただきたいのですが？」

「その点についておたずねいただき、うれしく思います」とダナは声を出して笑った。「真面目な話、ありきたりな言い方で申し訳ないのですが、あなたのご質問をしおに、短いスライドをご覧いただこうと思います。これはこのプロジェクトにまつわる数多くの謎を解く働きをしてくれるはずです」彼女は演壇の両袖を向いた。「明かりを消してください、お願いします」

室内は薄暗くなり、最初のスライドが演説台の背後の大きなスクリーンに映し出された。

「海底に横たわっている〈タイタニック〉の姿をご覧いただくために、八〇枚以上の写真をつなぎ合わせた合成写真からはじめます。幸いなことに、船は左舷に多少傾いてはいますがまっすぐ立っていますので、氷山のために受けた数百ヤードの長さの裂け目には、うまい具合に接近でき、ふさぐことができます」

「そんな大きな裂け目を、あんな深いところでどうやって密封できるのです？」

二番目のスライドに変わり、液体樹脂の大きな雫《しずく》のようなものを手に持っている男の姿が映し出された。

「その質問にお答えします」とダナは言った。「この方はエイモス・スタンフォード博士で、ご自分で開発なさったウェットスチールという名の物質を見せているところです。この名前から察しがつくように、ウェットスチールは空中ではしなやかですが、水にふれてから九十秒たちますと、鋼鉄の強度に固まりますし、熔接《ようせつ》したように金属物体につきます」

この最後の説明を受けて、部屋全体につぶやきが広がった。

「ウェットスチールを納めた、直径一〇フィートの球状のアルミ製タンクが、あの船の周囲の要所要所におろされました」ダナは説明をつづけた。「このタンクは、潜水艇がじかにとりつけるように設計されています、シャトル用のロケットが宇宙研究所にドッキングする方法と似ていないでもありません。そして、潜水艇は、乗組員が特別に設計されたノズルから、ウェットスチールの狙いをつけ、放出できる作業場所まで近づきます」

「ウェットスチールはタンクからどのようにして送り出されるのですか?」

「別の例をあげて申し上げますと、あの深さですと圧力が大変強く、アルミのタンクは歯磨きが入っているチューブのように押しつぶされるため、密閉剤はノズルから絞り出され、ふさぐ必要のある開口部に入っていきます」

彼女はつぎのスライドと代えるよう合図した。

「今度は海域の断面図で、海面には補給用の補給船が、そして海底には、沈没船のまわりに群がっている潜水艇が描かれております。この引き揚げ作業には、有人潜水艇が四隻参加しております。〈サッフォー〉一号、これはローレライ海流漂流探検に使用されたもので、みなさまご記憶でしょうが、現在は、船腹の右舷ぞいに氷山でできた損傷をふさぐ作業を行なっております。それと船首の損傷をふさぐ仕事もしておりますが、これは〈タイタニック〉のボイラーに破られた個所です。〈サッフォー〉二号は、新しい一段と進歩した姉妹船で、通風筒や舷窓といったもっと小さな開口部の密閉を行なっております。海軍の潜水艇〈シー・スラグ〉は、マスト、鋼索、それに後部のボート・デッキに倒れている後部の煙突といった不必要な残存物を切り離す仕事にかかっております。そして、最後の〈ディープ・ファザム〉は、ウラヌス石油会社のものですが、〈タイタニック〉の船腹と上部構造に気圧放出用のバルブの取りつけを行なっております」

「そのバルブの目的を説明していただけますか、シーグラム博士」

「承知いたしました」ダナは答えた。「沈没船が海面に向かって動きだすと、内部にポンプで送りこまれている空気は、船体の表面にかかる水圧が減るにしたがい膨脹《ぼうちょう》しはじめます。この内部の圧力を絶えず逃がしてやりませんと、〈タイタニック〉が破裂してばらばらになる事態が予想されます。したがいまして、問題のバルブは、この取り返しようのない事態を防ぐためにあるわけです」

「では、NUMAは遺棄船の引き揚げに圧搾空気を使うつもりなのですね？」

「そうです、サポート役をする補給船、〈カプリコーン〉には、二基のコンプレッサー装置がございます。それらは〈タイタニック〉の船腹内の水を海中に出し、浮上させるために必要な空気を送りこむ能力を備えております」

「シーグラム博士」また声だけ聞こえた。「私は『サイエンス・トゥデイ』の者です。私はたまたま、〈タイタニック〉が沈んでいる海底の水圧が、一インチ四方につき六〇〇〇ポンドを超えることを知っております。それに、入手可能な最大のエア・コンプレッサーの圧力が、わずか四〇〇〇ポンドにすぎぬことも知っております。この差をどうやって克服するおつもりですか?」

「〈カプリコーン〉に積まれている大きいほうのポンプは、海上から強化パイプを介して沈没船の中央部に配置されている補助ポンプに空気を送りこみます。この補助ポンプの外観は飛行機のロータリーエンジンに似ていて、中央の轂《こしき》から一連のピストンが広がっております。この場合にも、ポンプを動かすために深海の大きな水圧を利用しますが、海上から送られてくる電力と空気圧の助けも借ります。申し訳ないのですが、詳しくご説明申し上げられません。私は海洋考古学者でして、海洋技術者ではないものですから。しかし後ほど、サンデッカー提督があなたの専門的な質問にずっと詳しくお答えできると存じます」

「吸引についてはどうです?」『サイエンス・トゥディ』の記者の声が、食い下がった。

「こんなに長い間、細いすき間にくいこんでいたのですから、〈タイタニック〉は海底にかなり強くくっついているんじゃないでしょうか?」

「たしかにそうでしょうね」ダナは照明をつけるよう合図した。明かりがついた。彼女はまぶしそうにまばたきをしながら、しばらく立っていた。やっと、彼女は質問者を見分けることができた。相手は中年の男性だった。髪は長く褐色で、大きなメタルフレームの眼鏡をかけていた。

「巨体を浮上させるに十分な空気が船内に送りこまれたことが確認されますと、空気を送るパイプは船腹からはずされ、マイアーズ=レンツ社が精製した電解質の化学薬品を〈タイタニック〉の竜骨のまわりの沈澱層にそそぎこむ目的に転用されます。その結果、沈澱層の分子は分解し、泡のクッションをつくりますので、静止摩擦は消え、大きな船腹は吸引から解放されます」

別の男が手を上げた。

「かりにですね、作業が成功し、〈タイタニック〉が海面に向かって浮かびはじめたとしてもですね、ひっくり返ってしまうおそれが多分にあるのではないでしょうか? 四万五〇〇〇トンもある、バランスを欠いた物体がですね、二マイル半の長い道中、直立していられるものでしょうか」

「あなたのおっしゃるとおりです。あの船が転覆する可能性はあります。ですが、私どもは下部の船艙に、この問題を解決するにたるだけの水をバラスト代わりに残す計画をたてております」

まるで男のような若い女性が立ち上がって、手を振った。

「シーグラム博士！　私、コニー・サンチェスです。『フィーメール・エミネンス・ウィークリー』の。私の読者は、専門職を支配している利己的で強情な男性と毎日戦っていくために、あなたがどんな防衛手段を身につけたか関心があると思うのですが」

この質問を耳にした記者団は、気まずい思いから黙りこんだ。ダナは胸の内で、そらきた、遅いか早いかの違いだけで、避けて通れないのだわ、と思った。彼女は演説台のわきに出て、しどけなく、セクシーともいえる姿勢で台に寄りかかった。

「私の答えは、ミズ・サンチェス、完全にオフレコあつかいにしてくださいよ」

「それだと、あなたはとがめを受けないですむわけよね」コニー・サンチェスは高慢ちきな笑いを浮かべた。

ダナは、ジャブを無視した。「まず申し上げますが、私は防衛手段などほとんど必要ないと思っております。男性の同僚は、私の知性を敬ってくれておりますので、私の意見を受け入れてくれます。私は彼らの注目をひくために、ノーブラになったり、脚を開かなくてもすみます。二番目に、私は男性の職員とではなく、私と同じ女性の職員と競うほうが好きです。ＮＵＭＡの職員である五四〇人の科学者のうち、一一四人が女性なんですもの。三番目に、ミズ・サンチェス、生まれてこの方、私が出会った強情な人は、不幸にして男性ではなく、むしろ女性なのです」

しばらくの間、部屋はあっけにとられ、静まりかえっていた。やがて当惑からくる静けさを不意に破って、聴衆のなかから声が上がった。「お見事だわ、博士」と『シカゴ・デイリー』の小柄で白髪の婦人が叫んだ。「彼女から一本とったのよ」

拍手がいっせいに起こり、やがて賞讃の渦となって大きくとどろき、講堂をおおいつくした。歴戦のワシントンの記者たちが、立ち上がって熱狂的な拍手を送って彼女に敬意を表した。

コニー・サンチェスは自分の席にすわりこみ、怒りで顔を赤く染め、冷やかに見つめていた。ダナはコニーの唇の動きから、「ビッチ」と言ったことを見てとった。ダナは女性にしかうまくできない、つんとすまして人を小馬鹿にしたような笑いを浮かべた。へつらいを受けるって、なんて素敵なんでしょう、と彼女は思った。

40

朝早くから、風が北東から絶えまなく吹いていた。午後遅くに、風は勢いをまして三五ノットの強風になり、海上では山のような波がたち、サルベージ船は食器洗い器のなかの紙コップのように、上下に揺さぶられた。嵐は北極圏の凍土で発生した身も凍える寒気を運んできた。氷のような甲板にあえて出て行く者は一人もなかった。暖かさを奪う最大の敵が風であることは、よく知られている。人間は零下三〇度で風がないときよりも、零下五度であっても三五ノットの風が吹いているときのほうがずっと寒く、みじめに思いがちである。風はからだが補給する熱を片端から奪っていき、体感温度を下げる。

〈カプリコーン〉の気象係、ジョエル・ファーカーは、アメリカ気象庁から出向してきた人間で、司令室の外で荒れ狂っている嵐に気を取られるふうもなく、気象衛星につながっている機器にあたり、衛星が撮る北大西洋の四枚の写真を二十四時間ごとに提出した。

「君の予測では、この先どうなると思う?」ピットは横揺れに足を踏んばりながらきいた。

「あと一時間後には、おさまりはじめる」ファーカーは答えた。「明日の日の出までに、風は一〇ノットまで下がっているはずです」

ファーカーは顔を上げずに話した。彼は仕事熱心な、小柄な赤ら顔の男で、ユーモアのセンスには無縁だし、親しみやすさも薬にしたくてもなかった。しかし彼は、サルベージに従事している全員に尊敬されていた。というのも、彼が仕事に全身全霊を打ちこんでおり、彼の予測が不気味なほど正確なためだった。

「最高に練り上げられた計画……」ピットは漫然と一人つぶやいた。「また一日つぶれるのか。空気を送りこむ管を解き、ブイにつなげなければならない日が、これで週に四度目だ」

「嵐をつくれるのは神様だけさ」とファーカーは関心なさそうに言った。彼は〈カプリコーン〉の司令室の前方の隔壁をおおっている二列のテレビ・モニターのほうを向いてうなずいた。「少なくとも、彼らは風にはまったくわずらわされていない」

ピットはスクリーンを見つめた。情容赦ない海面下一万二〇〇〇フィートで、沈没船にとりついてこともなく作業を行なっている潜水艇が映し出されていた。潜水艇が海面とは関係なく作業できる点が、このプロジェクトの救いだった。潜水持続時間が十八時間で、現在、〈モドック〉の甲板にしっかりとつながれている〈シー・スラグ〉を除く、ほかの二隻の潜水艇は、五日間潜水をつづけて〈タイタニック〉引き揚げのための作業を行なってから乗組員の交替のために浮上する予定に組みこむことができた。ピットはアル・ジョルディーノのほうを向いた。彼は大きな海図テーブルの上にかがみこんでいた。

「海上の船の配置は？」

ジョルディーノは海図の上に点在している長さ二インチの小さなモデルを指さした。

「〈カプリコーン〉は中央のいつもの位置にいます。〈モドック〉は、まっすぐ前方に。〈ボンバーガー〉は、三マイル後方の海上にいます」

ピットは〈ボンバーガー〉のモデルをじっと見つめた。それは新造船で、深海サルベージのためにとくにつくられたものだった。「あの船の船長に、一マイルまで接近するよう言ってくれ」

ジョルディーノは、禿げ上がった無線技士に向かってうなずいた。技士は自分の受け持ち機器の手前の、傾斜した屋根にしっかりとりついていた。「聞こえたろう、カーリー。〈ボンバーガー〉に船尾一マイルまで近づけと言ってくれ」

「補給船のほうはどうだい？」ピットがきいた。

「こっちのほうは、なんの問題もない。この空模様など、あの二隻のような大きな船にとってはべつにどうということはない。〈アルハンブラ〉は左舷に位置しており、〈モントレー・パーク〉は、右舷の予定の位置にちゃんといる」

ピットは小さな赤いモデルに向かってうなずいた。「ソ連の友人たちは、まだわれわれにつき合っているわけか」

「ミハイル・クルコフ?」とジョルディーノが言った。彼は軍艦の青いモデルを取り上げ、それを赤いモデルの隣りに置いた。「そうです、しかし、ゲームを楽しんでいるわけにはいかんでしょう。誘導ミサイルを搭載した海軍の巡洋艦〈ジュノー〉がべったりくっついているから」

「ところで、沈没船のブイについている信号装置は?」

「大波の下約八〇フィートのところから、異状なく発信しています」とジョルディーノは知らせた。「わずか一二〇〇ヤード、そう。〇五九度の位置、すなわち南西に寄っていますがね」

「ありがたい、装置を吹き飛ばされずにすんだ」

「安心しろよ」ジョルディーノは力づけるように笑いを浮かべた。「あんたは、ちょっと風が吹くたびに、娘が深夜になってもデートから帰って来ないで心配している母親みたいになる」

「引き揚げ作業が近づくほど、母親なみに心配がつのる」とピットは認めた。「あと十日。あと十日穏やかな天候に恵まれたら、われわれはあれを引き揚げられる」

「そいつはお天気博士にきいてみなければ分からないぜ」ジョルディーノはファーカーのほうを向いた。「どうかね、気象の知恵を備えた偉大な予言者さん？」

「十二時間前の予報が、私にできる最大限です」とファーカーは顔を上げずに、ぼそぼそと言った。「ここは北大西洋です。この海は世界のどの海より予測がむずかしいんですよ。ほとんど一日として同じ日はないんですから。かりに、あなた方にとってかけがえのない〈タイタニック〉がインド洋に沈んでいるなら、八〇パーセントの確度で十日後の予測をしてあげられるんですが」

「言い訳ばっかり言っている」ジョルディーノが応じた。

「君は女を愛するときも、君を満足させる自信は四〇パーセントしかないと言うんだろうな、きっと」

「ゼロより四〇パーセントのほうがましですよ」とファーカーはさらりと言ってのけた。

ピットはソナー係の合図に目をとめ、そばに近づいた。

「なにかとらえたのか？」

「増幅器から奇妙なピューという雑音がするんで」とソナー係が答えた。彼は青白い顔をした男で、背丈もからだつきもゴリラに似ていた。「この音は、この二カ月間、ときおりしていたのです。奇妙な音です。誰かが伝言を送ってよこしているような」

「なにか意味をなしているのか？」

「いいえ、なにも。カーリーに聞いてもらったことがあるんですが、まったく意味をなしてないと言っていました」

「沈没船のゆるんでいる部品が、海流にもまれて音をたてているんじゃないかな」

「あるいは幽霊《スピリット》」ソナー係が言った。

「君は幽霊の存在を信じていない。しかし怖い、そうなんだろう？」

「一五〇〇人もの人間が、〈タイタニック〉と一緒に沈んだのです」ソナー係は言った。

「少なくともそのうちの一人がもどって来て、あの船に取り憑くことも、ありえないことではありません」

「おれが関心のある唯一のスピリットは、われわれが飲む酒のたぐいさ……」とジョルディーノが海図テーブルのところから言った。

「〈サッフォー〉一号のキャビンのカメラがいま消えてしまいました」こう声をかけたのは、テレビ・モニターの前にすわっている赤毛の男だった。

ピットはすぐさま、その男の背後へ行き、消えてしまったモニターを見つめた。「こっちに問題があるのか？」

「いいえ、ありません。ここととブイの中継パネルの回路はすべて機能しています。問題は〈サッフォー〉二号にあるにちがいありません。誰かがカメラのレンズに、布でもかぶせたような感じです」

ピットは無線技士のほうを向いた。「カーリー、〈サッフォー〉二号と連絡をとり、キャビンのテレビカメラを調べるよう彼らに言ってくれ」

ジョルディーノは書類ばさみを取り上げ、乗組員の配置予定表を調べた。「オマー・ウッドソンが、目下、〈サッフォー〉二号の指揮をとっている」

カーリーは送信用スイッチを押した。「サッフォー二号、もしもし、サッフォー二号、こちらカプリコーン。応答願います」そう言うと、彼はからだを前に乗り出し、頭につけている受話器を両方の耳に押しつけた。「音が弱い。雑音がひどいし。言葉がひどくとぎれとぎれです。意味が分かりません」

「拡声器につなげ」とピットは命じた。

司令室内に、静電気ごしにはっきりしない人の声がガーガーと流れた。

「なにかが送信を邪魔している」とカーリーが言った。

「空気を送りこむ管のブイについている送信装置は、声をもっと大きくはっきりとらえているはずです」

「音量をいっぱいに上げろ。ウッドソンの返事の意味の見当がつくかもしれないから」

「サッフォー二号、もう一度繰り返してください。聞き取れないのです。どうぞ」

カーリーが拡声器の音量を上げたとたん、耳をつんざくようなパリパリという音が飛び出し、みな跳び上がった。

「――コン、われわれ――後――で。――うぞ」

ピットはマイクをわしづかみにした。「オマー、こちらピット。君のキャビンのテレビカメラが切れた。修理可能か？　君の返事を待つ。どうぞ」

司令室の全員は、スピーカーが生きものでもあるかのように、視線を釘づけにされた。彼らがウッドソンの返事を待っているうちに、のろのろと五分が過ぎた。やがて、ウッドソンの切れ切れの声が、また拡声器から飛び出してきた。

「ヘン――ムンク――。――面――にする許――」

ジョルディーノは分かりかねて、顔を歪めた。「ヘンリー・ムンクについてなにか言っているんだ。それ以外のことは脱落が多すぎてわけが分からん」

「モニターが映った」全員が拡声器を見つめていたのではなかった。テレビ・モニター係の若い男は、〈サッフォー〉一号のスクリーンからずっと目を放さずにいたのだった。

「乗組員は、誰か床の上に横になっている人間のまわりに集まっているみたいです」

テニスの試合の観衆のように、みんなの頭がいっせいに、テレビ・モニターのほうに向けられた。カメラの前面を何人かの人影が行きつもどりつし、奥のほうには潜水艇の狭いキャビン・デッキに醜く伸びている体の上に、男が三人かがみこんでいるのが見えた。

「オマー、私の言うことを聞け」ピットはマイクに向かって叩きつけるように言った。

「われわれには君の送信内容が分からない。テレビ・モニターは直った。繰り返す。テレビ・モニターは直った。伝言を書き、カメラにそれを向けろ。どうぞ」

彼らは一人の人間がほかの者から離れ、しばらくテーブルの上にかがみこんで字を書き終わると、テレビカメラに近づく様子を見守っていた。それがウッドソンだった。彼は紙切れをかざした。それには荒っぽい綴りで、「ヘンリー・ムンクは死んだ。浮上の許可を求める」と書かれてあった。

「なんだって！」ジョルディーノは心から驚いた表情を浮かべた。「ヘンリー・ムンクが死んだ？　そんなはずはない」

「オマー・ウッドソンは悪ふざけする男じゃない」ピットはいかめしい口調で言った。

彼はまた送信をはじめた。

「駄目だ、オマー。君は浮上できない。海上では三五ノットの強風が吹いている。海は荒れている。繰り返す、君は浮上できない」

ウッドソンは了解したとうなずいて見せた。それから彼は、しきりに肩ごしに盗み見をしながらなにかを書いた。その書きつけには、「ムンクは殺されたものと思う！」とあった。

ふだんとらえどころのないファーカーの顔も、さすがに青ざめた。「これじゃ、彼らを浮上させないわけにいきませんよ」と彼はささやいた。

「おれは、やらねばならないことをする」とピットは首を大きく振った。「私はほかのことを考えなければならんのだ。〈サッフォー〉二号のなかには、まだ生きており呼吸をしている男が五人いる。彼らを浮上させようとして、三五ノットの風を受けてわきたっている波のために、全員を失うわけにはいかない。駄目だ、諸君、明日の日の出までじっと待つのだ。それから〈サッフォー〉二号の内部を調べあげるのだ」

（上巻終わり）

◉訳者紹介　**中山善之（なかやま・よしゆき）**
英米文学翻訳家。北海道生まれ。慶應義塾大学卒業。
訳書にカッスラー『タイタニックを引き揚げろ』（扶桑社ミステリー）ほか、ダーク・ピット・シリーズ全点、クロフツ『船から消えた男』（東京創元文庫）、ヘミングウェイ『老人と海』（柏艪舎）など。

タイタニックを引き揚げろ（上）
発行日　2020年8月10日　初版第1刷発行

著　者　クライブ・カッスラー
訳　者　中山善之

発行者　久保田榮一
発行所　株式会社 扶桑社
〒105-8070
東京都港区芝浦1-1-1　浜松町ビルディング
電話　03-6368-8870(編集)
　　　03-6368-8891(郵便室)
www.fusosha.co.jp

印刷・製本　図書印刷株式会社

ISBN 978-4-594-08570-4　C0197